Menekşe Toprak
Die Geschichte von der Frau, den Männern
und den verlorenen Märchen
Roman

Aus dem Türkischen von Sabine Adatepe

Menekşe Toprak
Die Geschichte von der Frau, den Männern und den verlorenen Märchen
Roman

Aus dem Türkischen
von Sabine Adatepe

orlanda

Originaltitel: Ağıtın Sonu, MENEKŞE TOPRAK
İletişim Yayınları, Istanbul
© 2014 İletişim Yayıncılık A. Ş.

Die Deutsche Bibliothek - CIP-Einheitsaufnahme
MENEKŞE TOPRAK : Die Geschichte von der Frau, den
Männern und den verlorenen Märchen : Roman / Übers. aus
dem Türkischen. von Sabine Adatepe. - Berlin : Orlanda 2017
ISBN 978-3-944666-34-1

1. Auflage 2017

Für die deutsche Ausgabe
© 2017 Orlanda Frauenverlag GmbH, Berlin
Alle Rechte vorbehalten

Korrektorat: Miriam Gries
Umschlag: Reinhard Binder, Visions2Form, Berlin
Umschlagfotos: Shutterstock
Satz: Marc Berger, edition schwarzdruck
Druck: Schaltungsdienst Lange, Berlin

I.

Dieser Anblick gab mythische Vorstellungen ein, er war wie Dichterkunde von anfänglichen Zeiten, vom Ursprung der Form und von der Geburt der Götter. Aschenbach lauschte mit geschlossenen Augen auf diesen in seinem Innern antönenden Gesang, und abermals dachte er, dass es hier gut sei und dass er bleiben wolle.

Thomas Mann, *Tod in Venedig*

1

Der Lodos war schuld, dachte sie später. Hätte der Sturm aus Südwest mich damals nicht auf der Insel festgehalten, hätte ich wie eine Fremde die Stadt besichtigt und wäre weitergezogen, wäre weiter auf den bekannten Pfaden durchs Leben gegangen. Doch es kam anders. Sie hatte sich unendlich frei gefühlt bei dem Sturm, der bei den meisten Menschen Sehnsucht nach einem Haus ausgelöst hätte. Womöglich weil sie damals zum ersten Mal mit Begriffen zu tun hatte, die ihr stets ein Geheimnis zu bergen schienen. Sie war im Binnenland geboren und aufgewachsen, kam ihr maritimes Vokabular unter wie Lodos, Poyraz, Bullauge oder Mole, packte sie oft das Gefühl, die Tür zu geheimnisvollen, fernen Lebenswelten aufzustoßen. Zu dieser Stadt aber gehörten solche Wörter und an jenem Tag war sie unter ihren wahren Besitzern, die diese Vokabeln im täglichen Leben auf der Haut spürten.

Sie stand am Eingang zum Warteraum am Schiffsanleger und beobachtete die anderen Passagiere, die auf die Fähre warteten. Die meisten wirkten verärgert, aber nicht überrascht, als bestätigte sich etwas, das sie schon kannten. Sie hingen am Handy, wie die junge Frau mit dem Lockenkopf neben ihr, und benachrichtigten Leute am anderen Ende der Leitung darüber, dass sie heute Abend nicht in die Stadt kommen konnten, oder sie gingen hinaus und verliefen sich, gegen die Saltos des Sturms ankämpfend, rasch in den Gassen an den Hängen der Insel. Doch es gab auch kopflose Ortsfremde:

Die einen umringten und bedrängten den Angestellten am Pier, als hätten sie in ihm den Verantwortlichen für den Lodos ausgemacht, andere blickten hilflos in die Runde, manche suchten Rat bei anderen Wartenden. All das beobachtete sie aus der Distanz, als schaute sie zu, wie jemand aus dem Stegreif zu spielen begann, die Mitspieler sich aber gegen die Spielregeln sträubten. Es amüsierte sie, ohne Verantwortung von außen beobachten zu können. Irgendwann fiel ihr Blick auf Jill und Thomas, das ältere amerikanische Ehepaar. Die beiden standen mitten im Raum, klammerten sich mit zitternden Händen besorgt aneinander und blickten hilfesuchend umher, sie wirkten gealtert. »Sie suchen nach mir, sie brauchen Hilfe«, dachte sie, scherte sich aber nicht darum. Als die Frau ihren Kopf zum Eingang drehte, wo sie stand, schlüpfte sie hinaus.

Dunkle Wolken jagten einander, der Sturm pfiff. Markisen knirschten, Rollläden knarrten, Papier und Zeitungsseiten wirbelten durch die Luft. Ein paar Stunden zuvor hatte sie den Zitronenbaum vor dem Lokal mit einer zierlichen Frau verglichen, eingefroren just in dem Moment, da sie beim Tanzen ein Bein mit schmaler Fessel vor das andere setzte, nun schien eine unsichtbare Hand sie zu schütteln, eine zweite zauste ihr gnadenlos das Haar.

Sie strich die ihr ins Gesicht flatternden Haare zurück, zog den Rucksackriemen über die Schulter und knöpfte die lange Strickjacke zu. Dann marschierte sie los, umrundete die beiden Männer, die Plastikstühle und Tische vor dem Restaurant zusammenschoben, und flüchtete sich unter das lange, schmale Laubendach, das sich den ganzen Strand entlangzog. Ein paar Katzen hatten dort Unterschlupf gefunden, wie Klumpen hockten sie da. Doch das Meer toste, in rascher Folge schnellten mächtige Zungen empor und warfen weißen Schaum an den Strand, es sah nicht so aus, als würde es die Katzen in Ruhe lassen.

Tief atmete sie die feuchte Luft ein, beim Ausatmen fühlte sie sich Mal um Mal ein Stück reiner und leichter. War es das, was man Leichtigkeit nannte: um die Begrenztheit der Zeit wissen, zugleich aber die Unendlichkeit des Augenblicks kosten? Würde sich, was man Augenblick nannte, verlängern, wenn einem nur eine einzige Nacht noch bliebe? Vielleicht rang der Mensch so heftig mit der Zukunftsangst, weil er ewig zu leben glaubte. Dabei kann man das Leben auch leichtnehmen. Man kann, was einem widerfährt, nicht als Katastrophe, sondern als neuen Weg begreifen. Kann überzeugt davon sein, das Leben nähme einen anderen Verlauf, kann fasziniert davon sein, noch einmal bei null anzufangen. Auch gedankenlos nur den Augenblick leben, wie jetzt, schauen, beobachten, geschehen lassen – all das ist möglich! Als spürte sie die Kraft des Lodos-Sturms, waren all ihre Sorgen auf null gesetzt. Der Kloß, der ihr seit Wochen immer wieder in der Kehle saß wie ein verkeilter Klotz, die permanente Beklemmung war verschwunden. Als hätte der Sturm, der alles, was ihm unterkam, durchschüttelte, auch den Klotz gelöst und mit sich fortgerissen.

Sie vernahm ein Geräusch, zunächst ein dumpfes, unbestimmtes Dröhnen, wie ein Teil vom Sturm, dann wurde es allmählich deutlicher und entpuppte sich als Hundegekläff, sie wandte den Kopf zur Landseite. Zwei Hunde, das ungepflegte Fell vom Wind zerzaust, jagten auf ihren Laubengang zu, ein Mann stürmte hinterher. »Stehen bleiben, Jungs!«, rief er. Als er näher kam, sah sie sein Gesicht schärfer. Schwarze Augen, ebenmäßige Züge, Flaum über den vollen Lippen, weizenfarben der Teint. So bekannt, so schön, und gerade wegen seiner Schönheit so unerreichbar. Hätte sie sein Lächeln und seine warmen Blicke nicht gesehen, wäre ihr dieser Sturmtag vielleicht nur flüchtig als fröhliches Erlebnis in Erinnerung geblieben. Es war ein interessanter Tag, hätte sie später erzählt. Auf dem Weg zur Insel lernte ich ein älteres Ehepaar aus Amerika kennen. Ich streifte über die Insel, zunächst gemeinsam mit den beiden, dann allein. Ein warmer Wind wehte, wurde dann unvermutet stärker und brüllte bald. Ich saß auf der Insel fest, hungrig musste ich erst ein Lokal, dann ein Hotel suchen, doch ich war es zufrieden, war sogar glücklich. Während sich alle vor dem Sturm in Sicherheit brachten, spielte ein junger Mann mit Hunden. Er sah gut aus, vielleicht war ihm deshalb allzu bewusst, was er tat, es schmeichelte ihm, mit Wohlgefallen beobachtet zu werden. Im Spiel mit den Hunden schien seine Rolle *Der mit dem Wolf tanzt* zu sein. Wie klischeehaft und kindisch solche Männerrollen sind!

Doch der Mann stieß sie nicht ab und sie fürchtete sich auch nicht vor den heranjagenden Hunden. Seit Jahrzehnten war sie bemüht, ihre Angst vor Hunden zu überwinden, ohne sie je ganz abgelegt zu haben. Denn abgesehen von einigen räudigen Kötern waren in ihrer Kindheit alle Hunde, die in Banden herumstreunten, Gassen kontrollierten, aus finsteren Winkeln oder hinter Gartenzäunen plötzlich hervorsprangen und, Schaum vor ihren fürchterlichen Reißzähnen, bellten, bedrohlich und blutrünstig. Im Laufe der Jahre gewöhnte sie sich an Haushunde und glaubte die Angst einigermaßen gebändigt, doch nach wie vor machte unvermutetes Gebell ihr Herz zittern.

Diesmal aber hatte sie keine Angst. Sie war nur ein bisschen nervös, als die Hunde sie umsprangen, die Köpfe reckten und an ihrem Rock schnüffelten, ohne sie mit den feuchten Nasen tatsächlich zu berühren. Die kahlen Stellen, wo ihnen das Fell ausgefallen war, sahen wie Flicken aus, vernarbte Wunden verstärkten den Eindruck noch. Mit seinem zotteligen Lockenkopf und dem Dreitagebart glich der Mann zwar einem Landstreicher, war aber zu gut gekleidet, als dass er der Besitzer der Hunde hätte sein können. Die gediegene dunkelblaue Regenjacke, Leinenhosen in Beige, dunkle Sportschuhe wiesen ihn als Sportsmann und Angehörigen der gebildeten Mittelschicht aus.

»Sind das nicht Straßenköter?« Sie musste fast schreien, um das Heulen des Sturms zu übertönen.

»Es sind die Hunde unserer Insel.«

»Leben Sie hier?«

»Sozusagen, im Augenblick. Aber ich bin auch hin und wieder in der Stadt«, gab er Auskunft. Er trat näher, beugte sich herunter, streichelte dem Hund mit dem hellen Fell, der schon den Kopf an ihrem Bein reiben wollte, den Hals und schob das Tier dann an den vorspringenden Rippen beiseite. »Los, Jungs, trollt euch!« Er richtete sich auf. »Und Sie sind wohl aus der Stadt ...«

»Genau.«

Wie verlockend, jetzt sagen zu können: Ja, von da bin ich, ich komme aus der Stadt. Was war für sie die Stadt überhaupt? Das überfüllte Beyoğlu oder Kadıköy, wo Bahar wohnte, oder die Umgebung des Flugplatzes, das sie am besten kannte? Bis zum letzten Jahr hatte sie, wenn sie mitunter für eine Produktpräsentation oder eine Sitzung in der Stadt war, in einem Hotel am Flugplatz nah beim Firmensitz logiert. Ohne darüber hinaus etwas von der Stadt gesehen zu haben, stieg sie anschließend nach ein oder zwei

Tagen wieder ins Flugzeug und kehrte heim. Deshalb erschien ihr jenes Viertel, das Jahr für Jahr ein wenig mehr in die Breite und von Wolkenkratzer zu Wolkenkratzer weiter in die Höhe gewachsen war, wie eine Stadt für sich. Ein banaler düsterer Ort, fern von Meer und Geschichte, ohne jede Verbindung zur Metropole.

Wie lange würde es dauern, bis die Dampfer wieder fuhren? Wohin gingen Besucher, die auf der Insel festsaßen, abends, wo kamen sie unter? Diese Fragen schossen ihr durch den Kopf, eher um ins Gespräch zu kommen, auch wenn sie absolut ihre Berechtigung hatten. Da bemerkte sie ein schmächtiges Kind in einer durchsichtigen Regenhaut nur wenige Schritte entfernt durch den Laubengang tappen, jeden Augenblick schien es sich dem Sturm überlassen und davonfliegen zu wollen, es ließ den Blick nicht von ihr. Die Fragen, die ihr auf der Zunge lagen, wurden obsolet. Unter der Regenhaut hielt das Kind ein Plakat vor der Brust, darauf stand: »Hotel Schwalbe – sauber und günstig«. Schon fielen Regentropfen auf seinen Umhang und versammelten sich zu winzigen Bächen. Der Sturm flaute ab, auf das Laubendach pladderte der Regen.

»Das war ja klar«, sagte der Mann und trat zu ihr unter das Dach. »Sie ...«, fing er an, als ein Ruf ihn veranlasste, sich umzudrehen: »Kerem! Wo bleibst du denn, Mann?«

Ein junger Mann mit langer blonder Mähne und zwei junge Frauen standen hinter den beiden Restaurantangestellten, die nun der Regenschauer zur Eile antrieb, und schauten zum Laubengang herüber. Das zierlichere Mädchen hatte ein rundes Gesicht, es war nicht genau zu erkennen, doch sie spürte ihre aufmerksamen Blicke auf sich gerichtet. Der anderen quoll das Haar aus der Kapuze und hing dem Mann über die Schulter, sie war mit sich selbst beschäftigt und bekam gar nicht mit, was um sie herum vor sich ging. Jetzt umringten die Hunde das Trio.

Widerstrebend wandte Kerem sich zu den Freunden um und zog sich die Kapuze über den Kopf. »Wo bleibt ihr denn?«, fragte er zurück. Flüchtig hauchte er ihnen Küsschen auf die Wangen. Auf dieselbe Art wie die beiden anderen küsste er auch das zierliche Mädchen: freundschaftlich, ohne Handschlag, auf beide Wangen. Sein Schatz war sie also nicht. »Gib doch mal Ruhe, Mann!«, moserte der Blonde. Ob er das zu Kerem sagte oder zu einem der Hunde, war ihr nicht klar. Jetzt lachten sie. Kerem hatte erst mit dem Rücken zu ihr gestanden, jetzt wechselte er den Platz und sie sah sein strahlendes Lächeln. Seine gleichmäßigen Zähne erinnerten an einen Werbeclip. Mit diesem Mund, frisch wie eben noch Muttermilch getrunken, mit den schneeweißen gesunden Zähnen beißt er in einen grünen Apfel. Er hielt sich aufrecht, wie gesund ernährte Männer, die viel Sport treiben, war rank und schlank, sein Adamsapfel hüpfte beim Lachen auf und ab. Als plätscherte es durch einen schmalen Bach, spürte sie, wie das bewusste erregende Zischen ihr von der Brust zum Bauch hinab rann. Sie fühlte genau, wo ihr Bauch saß, damit nicht genug, sie spürte, wie ihr Herz Blut in die Adern pumpte. Ihr Körper rührte sich nicht vom Fleck, doch die Flüssigkeiten darin rasten. Als sie bemerkte, wie das zierliche Mädchen sie beobachtete, drehte sie den Kopf zum Meer. Mit beiden Händen zog sie die Wolljacke über die Brust und kreuzte die Arme, wie um sich am eigenen Körper festzuhalten.

Die Stimmen entfernten sich. Als sie sich wieder umdrehte, waren die vier Freunde auf dem Weg zu der Gaststätte gleich gegenüber dem Anleger. Der Blonde hatte den Arm um seine Freundin gelegt, sie barg den Kopf an seiner Brust. Wie anmutig, wie grazil sie sich bewegte. Im Sturmgetöse erstickte eine Frauenstimme: »Wir müssen eine andere Methode ausprobieren. Frappierender, schlagkräftiger, versteht ihr?« Die Zierliche musste gesprochen haben. Sie gestikulierte heftig, die Sache, für die sie meinte, eine schlagkräftigere Methode finden zu müssen, lag ihr offensichtlich mehr am Herzen als den anderen. War, was sie empfand, Eifersucht? Eher eine Art Scham. Scham, das schale Gefühl, ausgeschlossen zu sein, nicht dazuzugehören, keiner Gruppe verbunden zu sein. Als Kerem einmal den Kopf umwandte, überraschte ihre Hand sie mit einer längst vergessen geglaubten Bewegung: Sie griff zur Nase. Das Gedächtnis hatte also nicht vergessen, als wäre jener Höcker nicht vor vielen Jahren geglättet worden, baute er sich hin und wieder an der alten Stelle auf und existierte weiter, wie sich ein vom Körper abgetrenntes Glied weiter bemerkbar macht. Die Nase unter der Hand war schön und eben, der Höcker von damals steckte ihr aber nach wie vor im Kopf. Auch ihr Alter steckte ihr im Kopf. In drei Monaten wurde sie siebenunddreißig und die beiden Linien, die sich seit ein paar Wochen auf ihrer Stirn abzeichneten, vertieften und gabelten sich bereits.

In der Gaststätte lagen weiße Decken auf den Tischen, es roch nach nasser Kleidung, Wolle, menschlichem Atem, im Verbund mit Wärme, aber noch nicht vollständig mit ihr verschmolzen. Feuchte Fußspuren auf den rutschigen beigefarbenen Fliesen, Schemen von Leuten, die bei dem grellgelben Licht nach einem Platz suchten und sich die Hände rieben, hin und her eilende Kellner. Sie glich einer Reisenden, die an einem regnerischen Abend auf dem

Rücksitz eines Fernbusses eingenickt war und erst in letzter Minute die Garküche betrat, bei der der Bus zur Rast gehalten hatte. Es fehlte nur der Geruch von seit Stunden vorgehaltenen grünen Bohnen in Olivenöl, Mousaka, weißem Brot und Gläsern mit abgestandenem Tee auf den Tischen. Sie entdeckte die Gesichter, die sie vom Anleger her kannte: das Mädchen mit dem Lockenkopf, dessen Telefongespräch sie mitgehört hatte, die beiden Frauen mittleren Alters, die den armen Pier-Angestellten bedrängt hatten, die junge Mutter mit ihren zwei kleinen Kindern. Alle hatten sich in ihr Schicksal ergeben und machten es sich bequem. Da waren auch Kerem und seine Freunde! Das Quartett hatte an einem Tisch bei der Säule Platz genommen, die das Lokal in zwei Bereiche teilte, gemütlich wie Stammgäste saßen sie da.

Sie rieb sich die regennasse Stirn trocken, war in Gedanken am Tisch von Kerems Gruppe und schaute sich mit einer uralten Anspannung um. Eine Hand, die jeden Augenblick gehoben werden könnte, ein einladender Blick, ein Lächeln ... Eine Mensa trat vor ihr Auge, das Geraune untermalt vom Lärm eines Fernsehapparats, der in einer schummrigen Ecke an die Wand montiert war. Einander zugewandte Gesichter, die bei direktem Blickkontakt die Augen abwandten, Gemurmel, Gruppen, die ihr den Rücken zukehrten, mittendrin sie, mit siebzehn oder achtzehn, mit unsicherem Gang ... Ihr Mund war trocken, es roch nach der nassen, ihr am Rücken klebenden Strickjacke und nach dem Schweiß unter ihren Achseln.

Sie hatte einen schmalen Tisch unweit von Kerems Gruppe ausgeguckt, als ihr Blick auf Thomas und Jill am Fenster fiel. Thomas deutete auf den freien Stuhl neben seiner Frau und bat sie an ihren Tisch.

Kaum saß sie, entledigte sie sich der nassen Strickjacke und zog den Träger des BHs hoch, der ihr unter dem kurzärmeligen Kleid auf den Arm gerutscht war. Endlich entspannte sie sich. Während Thomas an seinem Rakı nippte, er trank ihn pur, Jill dagegen hielt sich an Rotwein, überfiel sie angenehme Ermattung. Von ihrem Platz aus sah sie Kerems Rücken, beim Reden drehte er immer wieder den Kopf dem Blonden neben sich zu und gestikulierte. Einmal spähte das zierliche Mädchen zu ihrem Tisch herüber, da drehte auch Kerem den Kopf, schaute zunächst suchend umher, zögerte; als sich ihre Blicke kreuzten, als habe er gefunden, wonach er Ausschau gehalten hatte, lächelte er, legte eine Hand auf die Lehne des Stuhls seines Freundes, als würde er sich gleich erneut umdrehen, und wandte sich wieder der Gruppe zu.

Thomas, ein fröhlicher älterer Herr, schätzte Essen, Trinken und gute Unterhaltung, wäre er nicht Amerikaner, sondern ein Einheimischer gewesen; hätte er zum Rakı womöglich ein Istanbuler Lied angestimmt. Vermutlich war es die Lebensfreude, die ihm die Redelust wie auch den Haarschopf erhalten hatte: Seine Haut war schrumpelig und verrunzelt, doch seine schlohweiße Mähne strahlte. Seine Frau wirkte missmutig und erschöpft, offensichtlich hatte sie in jungen Jahren Sport getrieben, ihr faltiger Hals war trotz fortgeschrittenen Alters lang, sie war eine rüstige Frau. Sie hörte dem Paar aufmerksam zu, auch wenn es ihr schwerfiel, manche genuschelten Wörter des amerikanischen Englisch zu verstehen. Mit einem Auge aber war sie ständig am Tisch drüben und in Gedanken bei Namen, an die sie lange nicht gedacht hatte, zu denen sie die Gesichter vergessen hatte, auf den alten Korridoren, in den Hörsälen der Universität. Wie ernst hatte sie damals alles genommen, hämische Blicke waren ihr nahegegangen, alles war von ungeheurer Bedeutung für sie gewesen. Beispielsweise an dem Tag, als sie Korays Blicke aufgefangen hatte. Welche Note in Statistik hatte sie da noch gleich erhalten? Die einzige Möglichkeit, ihre Wut auszudrücken, nein, vielmehr ihre Wut zu besänftigen beziehungsweise zu zähmen, bestand damals für sie darin, eine gute Studentin zu sein. Doch ihr Verstand, auf den sie sich von der Englisch-Vorbereitungsklasse bis zum zweiten Semester des ersten Studienjahres verlassen hatte, oder auf den andere gesetzt hatten – im Grunde hatte sie keine Ahnung, was Verstand eigentlich sein sollte, ja, sie war sich nicht einmal sicher, ob sie gescheit war, auch wenn sie gewohnt war, es zu hören und es mit ihren Schulnoten unter Beweis zu stellen –, ihr Verstand hatte zwar funktioniert, aber doch aufgesteckt angesichts der anderen Studenten, die in der Mehrheit vom College oder von einem Anadolu-Gymnasium kamen. Ob es daran lag, dass auf Englisch unterrichtet wurde, an der fremden Stadt oder daran, dass, was man Verstand nannte, nicht über die Grenzen des Viertels, in dem sie aufgewachsen war, hinausreichte, wusste sie nicht genau, in den anderthalb Jahren war er ins Stocken geraten, der Schlaufuchs in ihr hatte seinen Einsatz verpasst. Dann aber löste sich etwas, mit jener ersten guten Note in Statistik brach der Widerstand ihres Verstands, der sie so bös im Stich gelassen hatte. Doch der Erfolg im Studium wollte nicht auf ihr übriges Leben überspringen. Ja, in jenem Jahr traf sie häufig auf Korays Blicke, doch kaum waren sie aus dem Seminar heraus, entfernten sie sich, wurden unerreichbar. Womöglich waren sie bloß ein Gruß, der andeutete, dass man sich kannte. Koray, Selda, Cenk – und zwei Mädchen, eine hell-, eine dunkelblond, die zusammen wohnten, bildeten eine Clique, draußen änderten sich nicht nur ihre Blicke, sondern auch ihre Sprache, ihre Zukunft, die doch dieselbe hätte sein sollen. Teure Markenjeans, die Lieblingsmusik, ihr vom Sommerurlaub gebräunter Teint, Freunde, mit denen sie ungeniert herumknutschten, distanzierte Blicke, manche schienen, so jung sie waren, schon satt vom Leben zu sein. Vor ihnen wurde sie nervös und lief rot an. Dann leierte ihre Kleidung aus, sie fand ihren abgewetzten Pullover abscheulich und wurde tollpatschig. Kaum war Koray zugegen, fuhr ihre Hand zum Nasenhöcker. Meryem sagte, red keinen Unsinn, an deiner Nase ist nichts auszusetzen, nur von der Seite ist ein leichter Höcker zu erkennen, doch das war kein Trost. Wenn sie zu Meryem hinüberging, meinte sie, die sei an allem schuld, vom ersten Tag an hatte sie sich wie ein Blutsauger an sie gehängt. Doch war Meryem nicht da, wusste sie in der Mensa nicht, an welchen Tisch sie gehen, mit wem sie worüber reden sollte. Aus den Augenwinkeln linste sie zu den Flugblättern und Büchern der Clique hinüber, die hockte stets in einer schummrigen Ecke der Mensa beieinander, man sprach besonders leise miteinander, und gesellte sich jemand dazu, machte man dicht. Meryem und sie unterhielten sich meist mit ein paar jungen Leuten aus irgendwelchen Winkeln Anatoliens, man grüßte sich und tauschte hin und wieder Notizen aus dem Unterricht aus, sie konnte sich kaum noch an Namen erinnern. Ob auch sie auf Außenstehende wie eine Clique gewirkt hatten? Ein hagerer Junge interessierte sich für Meryem, und Seyit, der noch unter Akne litt, obwohl er mindestens achtzehn sein musste, für sie. Doch seine Aufmerksamkeit nervte sie. Sie verzog das Gesicht, ihr Blick suchte nach Koray. Meryem hatte sich in Cihan verguckt, einen von drei Jungen, die ständig zusammen abhingen und aus dem Osten kamen, wie sie wussten, versuchte aber, es sich nicht anmerken zu lassen. Cihan war ein dunkelhäutiger, dunkelhaariger großgewachsener junger Mann, der Selbstvertrauen ausstrahlte. »Worüber reden die bloß?«, eiferte sich Meryem, wenn die drei untereinander ihre eigene Sprache sprachen. Dann wurde sie blass und in ihre enttäuschten Blicke schlich sich Argwohn. »Als könnten sie kein Türkisch!«, regte Meryem sich auf. »Was geht uns das an, lass sie doch reden«, sagte sie dann zu ihr. Dass die Jungen über die hübschen Augen oder Beine eines blonden Mädchens redeten oder darüber, dass einer von ihnen am nächsten Tag blank sein würde und das Schulgeld nicht bezahlen konnte, weil der Vater wieder kein Geld geschickt hatte, dass Cihan sein Fach, die Wirtschaftswissenschaften, hasste, das sagte sie nicht. Meryem wusste gar nicht, dass sie ihre Sprache verstand. Nun, sie wäre aufgeschmissen, hätte sie versucht, mit den Jungen in ihrer Sprache zu reden, sie kannte die Sprache, die sie nie selbst gesprochen hatte, mehr vom Klang her und verstand nur einzelne Wörter.

Die Gedanken an früher ermüdeten sie, Korays Gesicht war, kaum aufgetaucht, schon wieder verschwunden, im ersten Jahr an der Uni stand sie auf ihn, doch schon im zweiten war das vorbei. Als sie nun ihre Aufmerksamkeit auf die Meze-Vorspeisen lenkte, die an den Tisch kamen, und auf die Unterhaltung des Ehepaars, vergaß sie Koray, vergaß Meryem, zu der nach dem zweiten Studienjahr der Kontakt abgebrochen war, vergaß die Aufregung, in der sie mit achtzehn gefangen war. Sie hörte auf, Kerems Schultern zu beobachten, die bebten, wenn er drüben am Tisch lachte, seine wohlgeformten Hände, die das Rakı-Glas hielten, die Miene des zierlichen Mädchens.

Thomas erzählte, das griechische Mousaka, das er in München gegessen hatte, sei ganz anders gewesen als Mousakás in Griechenland und das dortige wieder anders als das hiesige Mousaka, die Sprache kam darauf, wie Kulturen und Speisen mit den Menschen migrierten und Hybridformen annahmen. Thomas sagte, den leckersten Döner habe er in Berlin gegessen, seine Frau führte das darauf zurück, dass seine Eltern Deutsche waren und er mit den Speisen seiner Mutter aufgewachsen war: »Denn der türkische Döner in Deutschland wird mit Soßen serviert, die den Deutschen schmecken.« Thomas widersprach, die Amerikaner seien viel größere Soßenkonsumenten als die Deutschen, wenn sich ein solcher Geschmack bei ihm entwickelt habe, dann sei das nicht seiner Mutter, sondern der amerikanischen Esskultur geschuldet. Jill aber blieb dabei: »Nein, ich habe noch nie gehört, dass in Amerika Döner produziert wird, aber falls doch, dann kannst du Gift darauf nehmen, dass man ihn dort mit Ketchup isst. Nimm nur deinen Namen: Thomas! Ein typisch deutscher Name!«

»Thomas ist nicht deutsch, der Name ist in der gesamten christlichen Kultur verbreitet«, widersprach ihr Mann. »Die Italiener sagen Tomaso, die Polen Tomasz. Du weißt doch, Thomas war einer der zwölf Jünger, der heilige Thomas.« Thomas zählte weitere Namen auf: Peter, Maria, Markus, Eva … Die Betonung seiner Herkunft war ihm ein Dorn im Auge. »Dasselbe gilt auch für muslimische Gesellschaften«, fuhr er fort.

Am Tisch drüben gab es Bewegung, Kerem war aufgestanden, kam herüber. Wie alt mochte er sein? Neunundzwanzig, dreißig? Keine Spur von Haarausfall, kein einziges graues Haar. Ein sportlich schlanker, muskulöser Körper. Auf seinem beigefarbenen

T-Shirt, die langen Ärmel hatte er über die Handgelenke hochgeschoben, prangte ein niedlicher grüner Schildkrötenkopf. Mit der Schildkröte und seinen dunklen Augen kam er direkt auf sie zu. »Ihr Name zum Beispiel«, sagte Thomas gerade, »ist der Name einer bedeutenden weiblichen Führungspersönlichkeit im Islam.«

Ihr entging zunächst, dass er sie ansprach. Thomas nannte ihren Namen, sprach ihn aber falsch aus, mit arabischem, persischem oder einfach nur amerikanischem Akzent. Sie beanstandete das. Ein Auge bei Kerem, sagte sie nachdrücklich, die Silben einzeln betonend, als wollte sie, dass Kerem es hörte: »Fat-ma. Fatma!« Als Kerem, die Hand in der Hosentasche, an ihr vorbeiging, vermeinte sie zu spüren, wie sein Ellbogen ihr Haar berührte, wie sein Hauch ihr Gesicht streichelte. Sie drehte sich um. Hinter dem WC-Schild stieg Kerem die Treppe hinunter. Er hat einen anmaßenden Gang, dachte sie. Doch die Beobachtung huschte vorüber, sie nahm sie nicht weiter wichtig. Schon hatten sich Kerems behaarte braune Arme und die niedliche grüne Schildkröte mit den frechen Glupschaugen auf dem T-Shirt in der empfindsamsten, der lebenswichtigsten Stelle ihres Verstands eingenistet.

2

Der Sturm hatte sich gelegt, das Meer kräuselte sich leicht, als hätte es den Aufruhr vom Vorabend nie gegeben. Die Insel wirkte wie die abgekämpfte Miene eines Kranken mit wirrem Haar, der sich, als die langen, heftigen Schmerzen endlich abflauen, verblüfft umschaut. Fenster mit Blick nach außen, sacht wedelnde Fensterläden, wie Atem holend, vor den Geschäften Markisen, zum Teil verbogen und an den Rändern abgeknickt, abgebrochene, noch am Baum hängende Zweige und Äste, umhergeschleuderte Mülltüten, Cola-Dosen, im Abfall wühlende Katzen, streunende Hunde … Und dort vor dem Restaurant der Zitronenbaum! Unbeschadet hatte er den Sturm überstanden, wieder grüßte er mit höflich vorgebeugtem, grazilem Ellbogen.

Fatma blieb stehen, drehte sich um und spähte zu Thomas und Jill hinüber, die im geschlossenen Fahrgastraum auf dem Dampfer saßen. Doch das grelle Licht draußen erlaubte ihr keinen Blick hinein. Sie wusste auch so, dass das Abenteuer vom Vortag die beiden reichlich mitgenommen hatte, sie saßen jetzt in einer geschützten Ecke auf dem Dampfer und hofften, so schnell wie möglich nach Sultanahmet in ihr Hotel zu kommen. Das so unerschrocken wirkende ältere Paar, das beinahe die ganze Welt bereist hatte, war aufgelöst, als eine Nacht es aus der gewohnten Welt herausgerissen hatte. Auch Abenteuer und Fernreisen hatten also ihre Grenzen und Regeln. Das Nomadenleben zwang alten und kranken Menschen ständig griffbereite Medikamente, Gewohnheiten und reibungslos funktionierende Ordnung auf: Tabletten, die den Blutdruck des einen und den Zucker der anderen regelten, wollene Schlafanzüge, die der einen die schmerzenden Knochen und dem anderen den rheumatischen Leib einhüllten. Vielleicht war anstrengendes, aufreibendes Wanderleben nur dann erträglich, wenn man seine Routinen und Gewohnheiten mit sich führte. Wieder fiel ihr die Geschichte der drei polnischen Arbeiter ein, die Thomas am Abend erzählt hatte.

Drei Zimmerleute, die sich mit Fleiß, Meisterschaft und als billige Arbeitskräfte in Wien einen gewissen Ruf erworben hatten, waren im Haus der Frau beschäftigt, von der Thomas die Geschichte hatte. Sie übernachteten im eigenen Kleinbus. Die Frau bot dem Trio ein Zimmer im Haus an, damit sie nicht im Bus schlafen mussten. Eines Abends betrat sie das Zimmer, um etwas zu holen, da bot sich ihr folgendes Bild: Über einen Karton war eine Tischdecke gebreitet, darauf standen zwei brennende Kerzen, eine Mutter-Maria-Figur, zwei gerahmte Familienfotos. Davor saßen zwei Männer und eine Frau, die mit Appetit Zwiebelomelette zum Abendessen verzehrten. Die Zimmerleute hatten inmitten des Harzgeruchs, und sei es für eine Nacht, mit Familienfotos und einer Maria mit Jesuskind auf dem Schoß ein Heim geschaffen, die gewohnten Gegenstände ließen sie ihr Nomadenleben vergessen.

Nachts hatte Fatma in dem feuchten Hotelzimmer nicht einschlafen können und lange darüber nachgedacht, warum diese Anekdote sie so beeindruckte. Als sie vor zwölf Jahren mit einem Masterstipendium nach Potsdam aufgebrochen war, hatte sie nichts mitgenommen, kein Foto, keinen Nippes oder etwas, das sie an ihren Glauben erinnert hätte. Nur ein paar neue Romane, ein, zwei CDs, das englische Wirtschaftslexikon, ein Mini-Wörterbuch Deutsch-Türkisch, Klamotten für den täglichen Bedarf, nichts weiter. Mit einer Vergangenheit wie nach einem Brand hatte sie ihr Land verlassen. Gleich nach dem Masterabschluss hatte sie sich in der Marketingabteilung eines internationalen Telefonanbieters an der niederländisch-deutschen Grenze, weitab von großen Städten, beworben, dann eine Weile in der Warschauer Niederlassung des Unternehmens gearbeitet und dort Bartal kennengelernt, der zwischen der Zentrale und den diversen Filialen der Firma pendelte. Ihr war, als wäre sie permanent stumm gewesen. Sie war stumm, wenn sie sprach, war stumm, wenn sie lachte, war ebenso stumm, wenn sie nicht sprach. Zwei Jahre nach dem Eintritt in das Unternehmen war sie zur Marketingchefin für Osteuropa befördert und in die Zentrale berufen worden, der Erfolg hatte sie gefreut, dennoch war sie weiter stumm gewesen. Auch als sie Konsumentenprofile der Türkei für die Marktforschung angefertigt und grafisch aufbereitet hatte, wofür der Abteilungsleiter sie lobte: »Bravo, tolle Leistung!«, hatte sie sich gefreut, war aber stumm geblieben. Ebenso als sie ein paar Monate in den Niederlassungen der Firma in Turkmenistan und anschließend in Berlin tätig gewesen war. Als Bartal bei dem Essen am Wochenende auf einem Rheinschiff zum ersten Mal ihre Hand genommen hatte, war sie vor Freude aus dem Häuschen gewesen, aber weiterhin stumm. Auch beim Sex mit ihm war sie wie stumm, ebenso wenn sie sich stritten, wenn sie sauer war. Falls sie eine echte Stimme hatte, dann lag ein Schatten, ein Dunstschleier darauf. Tat sie etwas oder redete sie, tat und sagte das ein Ich, das nicht wirklich sie selbst war. Diese Stummheit, diese Anspannung hatte sie gestern Abend für einen

Augenblick abgelegt, hatte die eigene Stimme gehört, von der sie nicht genau wusste, wie sie klang, kurz war ihre Wahrnehmung geschärft gewesen.

Als sie merkte, dass sie eine bekannte Silhouette vor sich hatte, hätte sie an der Reling, an der sie lehnte, beinahe das Gleichgewicht verloren. Kerem lief über den Strand, einer der Hunde von gestern war bei ihm.

Mit Brottüte und Zeitung in der Hand wirkte er so einheimisch, dass ihr wieder einfiel, wie er am Vorabend mit seinen Freunden das Restaurant verlassen hatte. Im Hinausgehen hatte die Zierliche gesagt: »Ehrlich, Kerem, von meiner Seite war's das. Aber einen heißen Tee trink ich noch bei dir.« Das hatte sie so laut gesagt, als läge ihr daran, dass man es ringsum hörte. Kerem dagegen beugte sich beim Sprechen zu ihr und legte ihr die Hand auf die Schulter. Zweifellos waren sie zu Kerem nach Hause gegangen, hatten es sich auf bequemen Sofas, vielleicht auch auf Sitzkissen, wie auch immer seine Wohnung eingerichtet sein mochte, gemütlich gemacht. Kerem hatte Tee für die Freunde aufgesetzt. Sie hatten geplaudert, sich gemeinsam aufgeregt und über den Plan, den das Mädchen schlagkräftiger fand, diskutiert. Dann in der Intimität der Nacht … War sie eifersüchtig bei dem Gedanken, dass Kerem mit ihr schlief? Sie war weniger eifersüchtig auf sie als vielmehr auf die Situation, sie dachte daran, dass jene Sache, die sie verpasst und längst vergessen hatte, von der sie meinte, sie könnte sie wiederhaben, wenn sie nur die Hand danach ausstreckte, doch nicht so leicht zu haben war.

Kerem ließ von dem Hund ab und schaute nun zu Fatma herüber. Als er, wie um Hallo zu sagen, leicht die freie Hand hob, verschwand die schmollende Stimme in ihr und sie freute sich unbändig. Vielleicht war alles gar nicht, wie es den Anschein hatte, vielleicht waren jene, von denen wir glaubten, bei ihnen wäre alles im Lot und sie wären glücklich mit ihrem Leben, auf der Suche nach ganz anderem, nach anderen Menschen. Würde Fatma sich doch nur trauen, von Deck zu gehen und zu Kerem zu laufen, der nach dem Frühstückseinkauf da stand und zu ihr herüberschaute, obwohl die Freunde auf ihn warteten.

Doch schon stampfte der Motor des Dampfers, zwei Hafenarbeiter lösten die Taue von den eisernen Pollern. Mit Abschiedsschmerz, darin aber eine gute Prise Lebensfreude, entfernte sie sich allmählich. Kerem wurde immer kleiner, als er gar nicht mehr zu sehen war, schwebte Fatmas vage winkende Hand noch immer in der Luft. Die Insel entfernte sich, Wind setzte ein, auf dem Meer jagte weißer Schaum dem Dampfer hinterher, am Himmel Möwen.

Auf dem offenen Meer wehte eine steife Brise, selbst Möwen, die den Dampfer begleiteten, schienen immer wieder aus dem Gleichgewicht zu geraten. Doch die Vögel waren energisch, närrisch und flatterhaft. Die Möwen von Rotterdam oder an der Ostsee hatte sie nie so lebhaft, so lärmend erlebt. Ob auch Vögel sich dem Geist der Stadt anpassen, in der sie leben? Die Vögel Mitteleuropas glitten doch eher vereinzelt, ja, sittsam und still dahin, wie quirlig und unersättlich dagegen waren diese, regelrecht auf der Jagd nach Brotkrumen, die ein gedrungener Mann an der Reling ihnen zuwarf.

Ihr Blick glitt von den Möwen zu dem Mann. Jedes Mal, wenn die Vögel die durch die Luft fliegenden Krumen erhaschten, klatschte er unbeholfen in die Hände und lachte mit einer kindlichen Freude, die nicht recht zu seinem männlichen Körper passen wollte. Es war die aus der Kindheit herübergerettete Freude eines Mannes, der es für ungehörig hielt, in der Öffentlichkeit zu lachen und zu weinen. Wieder warf er zwei Möwen ein Stück Simit zu, die Fettere schnappte sich die Beute. Die unteren Schneidezähne des Mannes wirkten wie ins Fleisch gehauene gelbe Nägel. Fatma drehte den Kopf in Fahrtrichtung. Sie näherten sich einer spitz zulaufenden, mächtigen Halbinsel, zu beiden Seiten wellten sich Hügel.

Dies war die Stadt, die sie vor Jahren neidvoll im Fernsehen gesehen hatte. Damals war sie auf einer Versammlung in Frankfurt, wo Mitarbeiter der verschiedenen Filialen für eine Woche tagten. Morgens war sie im Hotel aus dem Bad gekommen und rubbelte sich vor dem laufenden Fernseher mit einem Handtuch die Haare trocken. Im türkischen Sender liefen Nachrichten. Lebendig pulsierte die Stadt hinter dem Sprecher, hingebreitet unter klarem Himmel. Sie hatte weniger darauf geachtet, was der Sprecher sagte, als vielmehr auf seine Sprechweise, und betrachtete dabei den Verkehrsstau auf der Brücke hinter ihm, das Meer unter der Brücke, die Silhouette der Stadt. Damals war ihr, als wäre sie mitten in der lebendigen, über den Bildschirm fließenden Stadt, werde aber hinausgestoßen. Wie exiliert und nicht freiwillig fortgegangen, abgestoßen wie Ballast. So hatte sie dann auf der Bettkante gehockt, das feuchte Handtuch in den Händen, aus den Haarspitzen tropfte ihr Wasser auf die Brust, schluchzend beim Anblick der Stadt, die sie nur ein paar Mal besucht hatte. Ihr war, als würde sie nie wieder in die Welt dort auf dem Bildschirm zurückkehren. Dabei war das gar nicht die Welt, aus der sie eigentlich kam. Sie war in einer zentralanatolischen Stadt aufgewachsen, in der es weder Meer noch Dampfer noch lange Brücken gab, und hatte anschließend sieben

Jahre in Ankara gelebt. Doch das Gefühl nun war ein anderes: Alle erlebten gemeinsam etwas, während sie weit fort war, alle hatten sich gegen sie verbündet und ein gemeinsames Leben geschaffen, sie aber verbrachte ihre Jahre bloß damit, von außen zuzuschauen und um Verständnis zu ringen.

Verschwenderisch spielten die Sonnenstrahlen auf den Wellen, das weite Meer glitzerte. Als der Dampfer sich dem Land näherte, das hinter den Villen am Ufer aufstieg, fragte sie sich: Warum soll das nur eine Zwischenstation für mich sein? Warte ich darauf, in ein anderes Land gerufen zu werden, um nicht in ein Leben zurückzukehren, das ich in der Jugend mit einer gewissen Furcht geführt habe, um nicht in der Angst vor Enttäuschungen zu leben, um in Sicherheit zu sein? Auch für mich gibt es einen Job in dieser Stadt, eine Wohnung, etwas, wofür ich mich einsetzen kann. Auf einmal sah sie das Morgenlicht des Marmarameers über den Moscheekuppeln der in Grün und Grau getauchten historischen Halbinsel funkeln.

3

Sie stand am Anfang einer der parallel verlaufenden Gassen. Zu beiden Seiten der Gasse verliefen erhöhte Straßengräben, sie erinnerten an schmale Kanäle, die ins Unendliche dahinströmten. Von Weitem vermittelten die Schulter an Schulter stehenden beigen, grauen und rauchfarbenen Häuser mit ihrer Patina einen harmonischen, geordneten Eindruck. Doch beim Näherkommen ging die Ordnung verschütt. Links und rechts geparkte Autos, Treppenlöcher vor Eingängen, Stellschilder vor Geschäften, von Straßentieren und Müllsammlern zerfetzte Abfalltüten, die blasierten Katzen der Gehsteige und Hauseingänge, für sie vor den Hauswänden platzierte Wassernäpfe, tranige Straßenköter mit Chip von der Stadtverwaltung im Ohr … Vor ihr trippelte eine ältere Frau bedächtig dahin, auf dem Gehsteig gegenüber lief ein Transvestit, das lange Haar oben am Kopf schon licht. Aus der Ferne wehte Geläute herüber, das gar nicht nach Glocke klang.

Als sie das gesuchte Haus gefunden hatte, blieb sie stehen und hob den Kopf. Das schmale dunkle Gebäude wirkte wie ein zwischen zwei stämmigen Männern eingeklemmter magerer Alter, unfähig sich zu bewegen. Die Fenster waren dunkel, von den weißen Gesimsen bröckelte die Farbe.

Hinter den Eisengittern vor dem Fenster im Erdgeschoss tauchte wie ein Schemen ein Gesicht auf, sie erschrak. Seit sie in die Gasse gebogen und nach der Hausnummer gesucht hatte, war ihr etwas aufgefallen, das sie erst jetzt benennen konnte: In dieser Gasse öffneten sich Vorhänge einen Spaltbreit, an Fenstern tauchten Gesichter auf, nervöse Hände vertrieben die Gesichter, die kaum geöffneten Vorhänge wurden stracks wieder zugezogen. Fatma hatte das Gefühl, es hier mit Menschen der Mittelschicht zu tun zu haben, die das Wort »ungehörig« kannten, und denen es unangenehm war, andere zu begaffen. Vielleicht ein guter Grund zum Umkehren, dachte sie, da ging quietschend die Eisentür auf, und eine kleine alte Frau stand vor ihr.

Noch vor wenigen Jahren hätte Fatma sich nicht einmal vorstellen können, dass auch alte Menschen einmal jung waren. Als wären Alte immer schon alt, Junge nur jung und Kinder nur Kinder. Für sie galt das Alter von Menschen nur für den Augenblick. Diese Frau aber weckte mit ihren wachen, fragenden Blicken sogleich die Vorstellung, dass sie einmal jung gewesen und immer noch dynamisch war. Ihre kurzen Locken waren füllig für ihr Alter, aber grau, ihre Augen funkelten auf eine Weise, die ihr Alter Lügen straften.

»Fatma Hanım?«

»Ja, das bin ich.«

»Schön, dass Sie da sind, ich bin Naira. Wir haben telefoniert.«

Naira Hanım war winzig. Dadurch wirkte alles in ihrer Nähe größer und sichtbarer. Der große Schlüsselbund in ihrer Hand zum Beispiel, die Höhe der Tür, auf deren Schwelle sie stand. Wie sie mit den Schlüsseln so resolut aufrecht dastand, erinnerte die Frau Fatma vage an etwas. Als sie ein paar Stunden später darüber nachdachte, fielen ihr die alten Frauen ein, die sie kannte. Die alten Frauen ihrer Kindheit, in den Händen Schlüssel von Lagerräumen, von mit Schlössern verriegelten Truhen, Frauen, die stärker wurden, je mehr sie in sich zusammenschrumpften, die Söhnen und

Gatten gegenüber rebellisch auftraten, zu Schwiegertöchtern tyrannisch waren, zu den Enkelkindern aber liebevoll.

Durch das Milchglas der Haustür fiel nur spärliches Licht herein, im Flur roch es nach Schmierseife, der gefliestе Boden blitzte wie soeben gefeudelt. Der Geruch von Sauberkeit und die Kühle ließen den schmalen Eingang breiter wirken. In einer Nische neben der Tür hingen Wasserzähler, weiter oben Stromzähler in einem Kasten, dessen Klappe nur angelehnt war. Hätte die alte Frau die angelehnte Klappe nicht nach Art einer pingeligen Hausfrau, die ihr Haus im besten Licht erscheinen lassen will, zunächst ganz aufgerissen, gezeigt, was sich dahinter befand, und anschließend sorgfältig geschlossen, hätte Fatma all die Einzelheiten wohl kaum gleich zu Beginn wahrgenommen.

Ebenso wenig hätte sie die Tür zur Wohnung unter der Treppe so aufmerksam beäugt, wenn dahinter nicht leises Gescharre zu vernehmen gewesen wäre. Gleichzeitig ertönte ein gezischelter Ruf, wie aus dem Mund einer zahnlosen Frau: »Orhan, mein Junge, wo bist du?« Da ging die Tür auf, und ein hagerer Mann trat heraus, die Stirn schon gelichtet, doch das Gesicht noch jung, nein, es waren nur die geradezu kindlich wirkenden Augen, die das Gesicht jung aussehen ließen. Seine gelblich blasse Haut schien nie Sonne gesehen zu haben. Der Mann zog die Frotteetrainingshose unter dem T-Shirt hoch und rückte zugleich die Füße in den offensichtlich hastig übergestreiften Hausschlappen zurecht. War das nicht das Gesicht, das sie eben am Fenster gesehen hatte?

Die zahnlose Frau zischte: »Wieso läuft der Fernseher nicht, Orhan?«

Der Mann an der Tür schickte sich an, wieder hineinzugehen,

blieb dann aber doch. Verwirrt ging sein Blick zwischen den beiden Frauen hin und her.

»Was gibt's denn, Naira Hanım?«

»Gar nichts, geh nur wieder hinein! Das Fräulein will die Wohnung oben besichtigen, die von Nevin.«

Von drinnen rief die Frau: »Was ist los, Orhan, wer ist da?«

»Nichts, Mama«, rief der Mann in die Wohnung hinein, drehte aber gleich wieder den Kopf und stierte Fatma an. Unwillkürlich griff Fatma nach dem schmiedeeisernen Treppengeländer und wandte sich der alten Frau zu. Als sie hinter der Alten die Stufen hinaufstieg, glaubte sie den Mann noch immer an derselben Stelle stehen, den Blick auf ihre Hüfte und Beine gerichtet, obwohl sie wusste, dass er sie von da aus gar nicht sehen konnte. Sie straffte sich.

»Es ist frisch renoviert. Sie hat alles ganz neu eingerichtet. Aber dann war sie weg, ohne richtig hier gewohnt zu haben.«

Fatma war nicht gleich klar, über wen die Alte klagte, die nun vorn auf dem schmalen Korridor stand. Unbeirrt fuhr sie fort: »Hier im Haus sind die Wohnungen alle gleich. Zwei Zimmer, ein Wohnzimmer. Doch als Nevin diese Wohnung kaufte, ließ sie die beiden Zimmer hinten zusammenlegen.« Sie schritt durch die Tür neben dem Eingang. »Hier ist das Schlafzimmer.« Sie verstummte, als wäre ihr bewusst geworden, wie lächerlich es war, einen Raum, der offensichtlich das Schlafzimmer war, als solches zu benennen. Ihre Hand aber sprach weiter und zeigte auf das Bett, das sich nur wenige Zentimeter vom Boden abhob.

Fatma berührte das hölzerne Kopfteil des Bettes, als begrüßte sie einen altvertrauten Gegenstand. Sie hatte eine Zeit lang in dem gleichen Bettmodell geschlafen, nur in Grün. Ihr hatte immer gefallen, dass das Bett nur zwei Handbreit hoch war. Dieses war rauchgrau, und ihr behagte, dass es ihr so bekannt war. Neben dem Bett stand ein dazu passender kleiner Nachttisch, darauf eine Nachtlampe. Auf dem Fußboden Laminat, darauf ein bunter Kelim, ein massiver Schrank, daneben ein Standspiegel mit gusseisernem Rahmen. Auch im Wohnzimmer am anderen Ende der Diele standen bekannte Möbel: ein leichter, billiger Holztisch, der nach Eiche aussah, tatsächlich aber aus Pressspan war, zu beiden Seiten Stühle, ein weißes Bücherregal mit sechs Borden, einen Meter breit. Egal in welcher Stadt sie sich für kurze Zeit aufgehalten hatte, es waren diese Serienfabrikate, auf die sie traf, die wie handgefertigt aussehen sollten, aber doch nicht mehr als ein Trostpflaster für Antiquitätenfreunde mit geringem Einkommen waren. Ebenso das Viersitzer-Sofa, das sich zu einem Doppelbett ausziehen ließ, und sogar die dünnen Filzdecken, die beidseitig diagonal darübergebreitet lagen und den Anschein nicht allzu übertriebener Ordnung erwecken sollten. In den Häusern der Menschen überall auf der Welt fanden sich mittlerweile auch Möbel, die Fertiggerichten glichen, derselbe Geschmack, dieselbe Qualität, man nahm sie aus dem Gefriergerät, erhitzte sie in der Mikrowelle und konsumierte sie. Sauber und einfach. Nach ein paar Jahren Gebrauch gingen sie rasch kaputt, wahrscheinlich hing etwas durch, zum Beispiel die Regale, die schwere Bücher nur mit Mühe trugen, und wurden entsorgt. Sie kam sich vor wie eine Touristin aus dem Westen, die im Urlaub in einem fernen, fremden Land unruhig abwog, welche Speise ihr nicht den Magen verderben würde, und erst aufatmete, als sie einen McDonald's fand. Die Billigmöbel für Selbstabholer zur Selbstmontage, die sie stets denken ließen, wie flüchtig doch alles war, gaben ihr nun das Gefühl, heimisch zu sein.

Vor der Balkontür waren Hammerschläge zu hören, das Anlassen von Motoren, Kinderstimmen, das Dröhnen der Stadt in der Ferne. Unter strahlend blauem Himmel schmiegten sich die blassen Bauten in imposantem Gewühl an einen Hang.

Seit sie in der Wohnung waren, hatte die alte Frau sich umgeschaut, als entdeckte sie selbst alles mit den Augen einer Fremden neu, nun, eine Hand an der Hüfte, die andere am Tisch abgestützt, schien sie endlich erschöpft und schwieg. Als Fatma sich von der Balkonschwelle löste und wieder ins Zimmer trat, humpelte die Frau zum Sofa, setzte sich und stützte die Hände auf die Knie. Fatma hatte vorher gar nicht bemerkt, dass sie humpelte.

»Naira Hanım, die Wohnung gefällt mir!«, sagte sie.

»Die Wohnung ist wirklich schön. Was sagtest du am Telefon, von wem hast du gehört, dass die Wohnung zu vermieten ist?«

»Von einer Freundin. Einer Freundin, die Nevin kennt.«

»Ach so? Du bist mit Nevin befreundet, da habt ihr also schon alles unter euch ausgemacht.«

»Nein, nein, ich kenne sie gar nicht persönlich. Eine Freundin gab mir Ihre Telefonnummer. Sie seien diejenige, die zu entscheiden hat.«

Naira Hanım strahlte. Sie rutschte auf dem Sofa hin und her, offenbar freute sie sich wie ein Kind darüber, ins Spiel mit einbezogen zu sein. Erst platschte ein Schlappen zu Boden, als sie so herumrutschte, dann der andere. Sie bewegte die befreiten bloßen, dicken Füße, neigte sich seitwärts, griff mit der Hand nach einem Bein und streckte sich auf dem Sofa aus. Grüne Krampfadern pulsierten unter der weißen Haut innen an den Schenkeln zu den Knien hin.

»Entschuldige, an diesem Bein hatte ich vor drei Monaten eine Operation. Bei der kleinsten Anstrengung tut es weh. Setz dich doch, Mädchen. Ich muss kurz ausruhen, dann gehen wir nach oben. Da dir die Wohnung gefällt, trinken wir einen Kaffee und reden. Ich wohne zwei Stockwerke höher.«

»Sind Sie die Verwalterin?«

»Aber nein! Dieses Haus ist anders als andere. Ein Familienbau. Mein Mann war Architekt, er hat es eigenhändig erbaut. Früher ging es hier sehr fröhlich zu. Alle Türen standen offen. Jeden Tag kochte eine der jungen Schwiegertöchter, abends versammelten wir uns dann alle in einer Wohnung und aßen zusammen. Jetzt sind alle versprengt. Nach Frankreich, nach Amerika. Ein Schwager von mir war in Deutschland. Neunzig ist er geworden, maschallah, bevor er im letzten Jahr verstarb. Meine Söhne sind nicht ins Ausland gegangen, aber sie wollten auch nicht hier im Viertel bleiben. Sie zogen in die Neubaugebiete im Umland. Gott schütze meine Kinder, es geht ihnen gut, sehr gut. Sie sind selbstständig, verdienen gutes Geld. Komm zu uns, sagen sie, hier ist die Luft sauber, hier ist viel Grün, es gibt ein Schwimmbad. Doch was soll ich mit einem Schwimmbad? Ich war siebzehn, als ich heiratete, erst in diesem von meinem Mann erbauten Haus fing für mich das Leben richtig an. Er war ein guter Mann, hat alles besorgt, was ich wollte. Er war gut, Gott sei Dank, ein bisschen eifersüchtig, aber gut.«

Sie zögerte. Aufmerksam musterte sie Fatma, dann fuhr sie fort: »Wir sind Armenier. Aber für uns gibt es keine Unterschiede. Die unten zum Beispiel wohnen seit zwanzig Jahren zur Miete bei uns.

Kümmere dich nicht um Orhans irre Blicke. Er hat niemanden außer seiner alten Mutter, der Arme hat Angst. Das Viertel hat sich enorm gewandelt. Viele Leute sind zugezogen, wir kennen sie nicht, wir wissen nicht, wer sie sind. Darum reißt Orhan beim kleinsten Laut die Tür auf. Und das ist gut so. So kommt hier nicht so leicht ein Fremder rein. Du bist hoffentlich genauso nett wie Nevin. Wenn sie kam, um einen Kaffee zu trinken, löcherte sie mich mit Fragen. Nach meiner Mutter, nach unserer Familie und Herkunft ... Aber kaum waren wir näher bekannt, und ich freute mich, dass eine liebe Freundin ins Haus gezogen ist, da ging sie fort. Ich sagte ja schon, mein Mann hat das Haus erbaut. Es ist solide. In fünfzig Jahren hat hier niemand auch nur einen Nagel angerührt. Das nicht, aber ... Ach, wenn sie doch nur Ruhe geben würden.«

»Wie meinen Sie das?«

»Ach, was weiß ich, Mädchen. Hier laufen Geldhaie herum, die Lage ist zentral, das ist kostbarer Baugrund. Schau da vorn, die Straße runter, da haben sie angefangen, Hotels zu bauen. Auch die Gegend hier wollen sie aufkaufen und Hochhäuser bauen. Glücklicherweise sind die Eigentümer in der Gasse hier nicht recht dafür zu haben.«

Sie verstummte erneut, verzog das Gesicht und rieb ihr Bein. Fatma hörte sie mit sich selbst reden, Namen murmeln, die sie nicht verstand. Kurz darauf war Naira Hanım aber wieder ganz da. Sie schob die Beine vom Sofa, rutschte vor und angelte nach ihren Schlappen.

»Und du, wer bist du? Erzähl doch ein wenig. Hattest du am Telefon schon erwähnt, woher du kommst?«

»Aus Holland. Als meine Firma dichtmachte ...«

»Du bist also arbeitslos.«

»Sozusagen. Aber es dürfte nicht schwer sein, hier einen Job zu finden. Und es ist auch gar nicht dringlich. Ich habe Ersparnisse. Wenn Sie wollen, zahle ich Ihnen die Miete für sechs Monate im Voraus.«

»Hast du keine Familie? Mann, Kinder, Eltern? Ich weiß nicht, so wie vom Himmel gefallen …«

»Ich habe nie geheiratet. Und meine Eltern sind gestorben, als ich noch klein war«, erklärte Fatma und fügte leise hinzu: »Ein Verkehrsunfall.«

»Mögen sie im Paradies ruhen, was soll ich da sagen, mein Kind.«

»Was meinen Sie, Naira Hanım, ich gebe Ihnen die Miete für sechs Monate im Voraus, ja?«

Naira Hanım schaute Fatma lange ins Gesicht, musterte sie von oben bis unten, wie ein Kaufmann die Ware prüft, die er kaufen will, endlich sagte sie: »Hör zu, ich mag dieses Gerede von Hanım, Tante und so weiter nicht, nenn mich einfach Abla, große Schwester!« Sie seufzte. »Du siehst anständig aus. Genau wie Nevin. Auch sie blickte einen so ergeben und teilnahmsvoll an. Was machen nur Frauen in eurem Alter so allein? Heute hier, morgen dort. Ohne Kinder, ohne Familie. Wie lange funktioniert das Alleinleben, Mädchen?«

Naira Hanıms Worte berührten Fatma nicht, noch nicht, sie hatte jetzt eine möblierte Wohnung und Geld genug, bis sie einen neuen Job fand, es reichte für mindestens ein Jahr, und für ein neues Leben in dieser Stadt.

4

Im Dämmerlicht richtete sie die Augen blicklos an die Decke, noch halb gefangen in dem Traum, aus dem sie soeben erwacht war, tappte von Zimmer zu Zimmer, von Keller zu Keller, alle gingen ineinander über, rannte durch ein Labyrinth, in dem es von der Decke tropfte. An einem Ende des Labyrinths machte sie Schatten aus, die sich hinter dem Licht bewegten, sie wollte schreien, doch ihre Stimme versagte. Ihr war, als bewegte sie sich an einem Ort, den sie gut von früher kannte und lange nicht gesehen hatte, den zu sehen sie aber keineswegs verwunderte. Die Gegenstände, die Finsternis des Labyrinths, die Feuchtigkeit, alles war wie an den Orten, von denen sie in früher Jugend geträumt hatte, als gäbe es da einen gewissen Ort in ihrem Gedächtnis. In der Realität blieb nichts und niemand, wie er war, alles wandelte sich, doch in den Träumen blieb alles unverändert. Vielleicht gab es Ewigkeit nur in Träumen und in der Erinnerung.

Sie bewegte sich, und die vom Traum geschaffene Magie und Furcht wichen. Sie hatte geschwitzt, das T-Shirt klebte ihr am Rücken. Ihr Mund war trocken. Sie befreite sich von der Bettdecke und stand auf.

Eingestellt auf Dunkelheit in einer langen Diele, überlegte sie, wo der Lichtschalter sein könnte, da sah sie plötzlich Licht im Wohnzimmer am anderen Ende des Korridors. Erst ärgerte sie sich über sich selbst, weil sie am Abend offenbar die Lampe angelassen hatte, doch als sie zwei, drei Schritte weiter war, blieb sie wie angenagelt stehen. Sie hatte in dieser Wohnung überhaupt kein Licht eingeschaltet, sie wusste ja nicht einmal, wo die Lichtschalter waren. Was hatte sie gestern gemacht? Nach der Wohnungsbesichtigung war sie mit Naira Hanım in ihre Wohnung zwei Etagen höher gegangen. Sie hatte sich ein weiteres Mal die Geschichte des Hauses und des verstorbenen Mannes angehört, hatte sich gelangweilt, hatte von den Speisen gegessen, die die Alte ihr auftischte – hatte etwas Neues über das Leben gelernt, nämlich, dass der Mensch, wenn er alt wird, Fremden gegenüber sowohl sein Herz als auch seine Küche öffnet –; hatte dann der Frau eine Monatsmiete in die Hand gezählt, versprochen, fünf weitere im Laufe der Woche zu zahlen, den Schlüssel ausgehändigt bekommen und war wieder in die Wohnung unten gegangen. Eigentlich wollte sie zu Bahar fahren und ihre Sachen zusammenpacken, um früh am nächsten Morgen umzuziehen. Doch sie war satt und mochte dann, mit dem Kopf schon in der neuen Wohnung, nicht den weiten Weg zurückfahren. Sie hatte Bahar eine Nachricht geschickt, sie käme am Abend nicht mehr, war dann in der Wohnung umhergewandert, hatte sich umgeschaut, wo was zu finden war, hatte sich darüber gefreut, dass inklusive Besteck alles bereitlag, hatte sich auf die Bettkante gesetzt und gleich langgemacht, wie von einem Schlaftrunk hingestreckt. Bevor sie unter die Decke schlüpfte, hatte sie zuletzt die Jeans abgestreift, daran erinnerte sie sich noch.

Sie vergaß ihren Durst, hielt die Luft an und schlich auf das Licht zu. Je näher sie kam, umso deutlicher waren die Objekte im Raum zu erkennen. Die weißen Troddeln des roten Kelims, das Laminat auf dem Boden, der Griff der Balkontür. Als sie von drinnen ein Geräusch hörte, als atmete dort jemand, und ihr im selben

Moment ein kühler Hauch über die Beine fuhr, erstarrte sie zu Eis. Konnte jemand über den Balkon eingestiegen sein? Unmöglich. Ihr war schwindelig geworden, als sie gestern Abend vom Balkon hinuntergeschaut hatte. Zur Straßenseite lag die Wohnung im ersten, aber rückseitig im dritten Stock.

Da erblickte sie den Schatten auf dem Tisch und schrak zurück. Ein großer Kopf mit verfilzten Haarzotteln schwang vor und zurück, die Haare wischten über den Tisch. Das Herz im Hals, hätte sie am liebsten geschrien, konnte es aber nicht, es kam nur ein Flüstern: »Wer ist da?« Ihr fielen die Messer verschiedener Größe am Magnethalter an der Küchenwand ein. Zugleich war ihr, als hörte sie von weit her eine Stimme. Eine ähnliche Stimme aus anderer Richtung fiel wie ein Echo ein. Der Ruf zum Morgengebet, die Lautsprecher der Moscheen stimmten wie Chorsänger beim Kanon wenige Sekunden verzögert ein und überlagerten einander. Kurz darauf ertönte der Ruf einer weiteren Moschee, so laut, als käme er unmittelbar aus dem Haus. Ein Hund heulte, Kläffen hob an, ein Brett knarrte, eine Tür quietschte in der Angel, anderswo schlug eine Tür zu, eine Klospülung rauschte, Wasser gurgelte, Rohre grummelten. Der Gebetsruf in der Morgendämmerung hatte Hunde und Nachbarn auf die Beine gebracht und befreite Fatma von einem Albtraum.

Im Zimmer war niemand. Der Vorhang vor dem offenen Fenster blähte sich, die langen Fransen legten sich über den Tisch, dann fiel er in sich zusammen, bevor er sich erneut blähte. Auch die anderen Gegenstände bewegte der Hauch: Die Ecken der Überwürfe auf dem blauen Sofa regten sich, Zeitungen auf dem Stapel im untersten Bücherbord raschelten.

Erleichtert atmete Fatma auf. Während sie das Fenster und anschließend die angelehnte Balkontür schloss, überlegte sie, wie es sein konnte, dass die Lampe eingeschaltet war. Konnte Naira Hanım hier gewesen sein, während sie im anderen Zimmer schlief? Oder der Mann von unten? Aber … Hatte die alte Frau nicht gestern beim Essen von den Stromzählern am Eingang gesprochen und davon, dass man die Sicherung einschalten müsse? Ja, das war die einzige logische Erklärung. Die Frau musste unten die Sicherungen eingeschaltet haben.

Sie fror. Rasch rieb sie mit beiden Händen die Gänsehaut an den Beinen weg, nahm dann eine der Wolldecken von der Rückenlehne des Sofas und wickelte sie sich um die Taille. Ihre Müdigkeit war verflogen, sie wollte etwas tun, setzte sich aber aufs Sofa, als wüsste sie nicht, was. Dann stand sie auf und ging zum Bücherregal.

In der Mitte standen Romane, einige hatte vor Jahren auch sie im Internet bestellt, oben fanden sich russische und französische Klassiker sowie, neben einer Handvoll Bücher über Kino, eine Biografie der Schauspielerin Türkan Şoray. Sie nahm den Band heraus und stöberte weiter. Schmale Lyrikbände, ein Wörterbuch Englisch-Türkisch, ganz unten ein paar Bände über Religion, Mythologie und Märchen. Eine Bibel, eine dicke und eine dünne Koran-Ausgabe, die Thora. Dazu, von einer metallenen Buchstütze abgetrennt, ein Stoß Zeitungen und Magazine. Sie hockte sich davor und blätterte durch den Stapel, dabei fiel ihr ein, was sie selbst im Laufe der Jahre angesammelt hatte. All das war jetzt bei Bartal im Keller untergebracht. Das englische Wirtschaftswörterbuch, CDs, im Internet bestellte Romane, Broschüren von Arbeitsseminaren, ein Modell vom Eiffelturm, ein handgroßer Brocken von der

Berliner Mauer hinter Glas, ein Matador aus Bronze, der seine Pelerine vor dem Stier schwenkte, ein Matruschka-Set in Gestalt eines russischen Bauernmädchens. Sie konnte sehr wohl ohne diese Dinge leben, ja, ohne sie auch nur zu vermissen. Jetzt wurde ihr klar, im Grunde hatte sie es längst gewusst, dass sie all diese Dinge in der Hoffnung bei Bartal gelassen hatte, sie könnten ihr die Rückkehr ermöglichen, gleichsam als ein Stück von sich selbst. Ihr Blick fiel auf ein Heft im A4-Format, Schulheft stand darauf. Sie nahm es heraus. Ohne zu wissen, was für einen Geruch sie erwartete, führte sie es zur Nase, doch sie fand nicht, wonach sie gesucht hatte, anders als die Hefte ihrer Kindheit schien dieses nach Spiritus zu riechen. Heft und Türkan-Şoray-Biografie nahm sie mit zum Sessel hinüber.

Als sie das Heft aufschlug, fiel ihr ein Bündel zusammengefalteter Blätter in die Hände. Ein Computerausdruck von fünf Seiten. Oben drüber stand: *Das Märchen von dem Mann, dem Pferd und der Frau.* Sie blätterte durch das Heft. Notizen, mal in Schwarz, mal in Blau, stellenweise auch in Rot, wild durcheinander. Es sah aus wie Gekritzel einer verträumten Schülerin, die sich im Unterricht langweilt, andere Dinge im Kopf hat, oder auch rasch mitschreibt, aber doch nie bis zum Satzende kommt. Zwei Seiten versuchte sie zu entziffern, etwas wie ein Theaterstück, die Beschreibung eines chaotischen Zimmers. Als sie den Kopf hob, war ihr, als befände sie sich in dem beschriebenen Zimmer. Die Wand, das Sofa, auf dem sie saß, der Tisch am Fenster, gleich gegenüber der Balkon. Sie schlug das Heft zu und legte es aufs Sofa. Wann war sie zuletzt im Theater gewesen? Als Studentin in Ankara? Welches Stück mochte sie damals gesehen haben?

Sie stand auf, öffnete die Balkontür und stellte einen Stuhl davor. Sie setzte sich, in der Hand die Blätter mit dem Märchen, unterzeichnet mit Nevin Su. Draußen dämmerte der Tag. Das graue Morgenlicht verwandelte die schmutzigen, maroden Häuser, die sich den Hang hinaufstapelten, in gespenstische Schemen. Aus ein, zwei Fenstern drang matt gelbes Licht. Ohne diese Lichter hätte sie den Anblick für ein mexikanisches Dorf in einem Western halten können, verlassen nach einer Pestepidemie, nur noch von Hunden bevölkert.

Das Märchen von dem Mann, dem Pferd und der Frau

Einst lebte in einem Land, manche sagen in einem fernen Land, doch wenn ihr mich fragt, lag es gar nicht so weit entfernt, ein fescher, schwarzhaariger Jüngling. Er hatte nur eine verwitwete Mutter, zwei Schwestern und sein über alles geliebtes Pferd, sonst niemanden. Er sah so umwerfend aus, dass die Leute vor die Haustüren traten, wenn er vorüberritt, und sich die Schatten hinter den Gardinen mehrten. Bäumte sich das Pferd vor einem Haus auf und wieherte, glaubte das Mädchen im Haus, was der Jüngling nicht sagen konnte, sagte das Pferd, was er nicht tun konnte, täte sein Pferd, es riefe nach ihr. Mit dem schlanken Leib und der Blesse auf der Stirn war das Pferd schöner und schneller als der Mann, der Mann schöner und schneller als das Pferd. Die Männer schauten das Pferd an, die Frauen und Mädchen den Jüngling und seufzten. Wo ihn so viele begehrten, wandte der Jüngling sich gar nicht erst um und gönnte niemandem einen Blick. Im Grunde kannte er nichts anderes, als Brennholz nach Hause zu bringen, das Pferd zu striegeln, aufzusitzen, mit dem Wind um die Wette zu reiten und im Wald zu jagen.

Bald war der Jüngling so an die Freiheit gewöhnt und gefangen davon, im Wald auf Beute zu lauern und mit den Wildtieren um die Wette zu rennen, dass er kaum noch heimkam. Schaute er doch einmal daheim vorbei, lud er Jagdbeute und Brennholz vor dem Haus ab, um sogleich wieder in seinem Wald zu verschwinden. Verzweifelt passte die Mutter ihn nachts an der Tür ab und bat ihn herein: »Komm, schlaf dich im weichen Bett aus, geh unter Menschen.« Doch ihr Flehen erreichte ihn nicht. So kann es nicht weitergehen, meinte sie und suchte den Weisen des Landes auf.

Der welterfahrene, weißbärtige Weise hörte die Frau an und sagte: »Der Mensch ist ein schwaches Geschöpf. Erst recht der Mann. Kaum berührt er eine Frau, ist er brav und gezähmt. Damit dein Sohn seinen Wald verlässt, gibt es nur einen Weg: Er muss eine Frau berühren.«

Kaum wieder daheim, zog die Mutter die Nachbarsfrau ins Vertrauen. »Verheiraten wir ihn, ohnehin verzehren sich Dutzende Mädchen nach ihm«, sagte die Nachbarin. »Ja, glaubst du denn, daran hätte ich nicht auch längst gedacht? Was der Weise gesagt hat, ist auch mir eingefallen«, entgegnete die bekümmerte Mutter. »Doch er zeigt sich ja nicht einmal mir. Und wie er in letzter Zeit aussieht! Lange Haare, zerzauster Bart, ein rechter Waldschrat ist er geworden. Welches Mädchen, das ihn bei Tag sieht, würde ihn so noch zum Mann wollen?«

An der Tür aber lauschte Dilnaz, sie war seit eh und je in den Jüngling verliebt, weshalb sie die Mutter oft besuchte. Dilnaz, eine hübsche junge Frau von Stand und Rang, war noch in der Woche ihrer Hochzeit verwitwet. Nun lief sie geschwind heim, ließ anspannen und machte sich auf den Weg. Bald lagen die Häuser zurück, sie fuhr durch Wiesen und Weiden über die

Hügel und kam endlich an den Fluss vor dem Wald, in dem der Jüngling hauste. Erschöpft war sie und schwitzte.

Der Jüngling aber, seit Tagen einer Gazelle auf der Spur, die zum Trinken an den Fluss kam, lag unter den Bäumen auf der Lauer. Da sah er hinter den ins Wasser hineinreichenden Zweigen einer Trauerweide eine Frau hervortreten, nur mit leichter Unterwäsche bekleidet schritt sie zum Fluss. Er sah zum ersten Mal eine Frau in ihrer Blöße und erlebte zum ersten Mal, wie schön Nacktheit sein konnte. Er vergaß die Gazelle und das Jagen und versank im Anblick der Frau.

Als Dilnaz wunderbar erfrischt, den Schweiß abgespült, zum Baum zurücklief, kam ein Waldschrat auf sie zu, die Mähne bis in den Rücken, der Bart lang und verfilzt. »Ist er das?«, fragte sie sich. Ist dieser abgerissene, verdreckte Waldmensch mit langen Fingernägeln jener hübsche Jüngling? Statt zu ihren Sachen und zum Wagen zu laufen, flüchtete sie zurück in den Fluss.

»Was fliehst du vor mir, komm heraus, ich will deine Figur sehen«, brüllte der Jüngling.

»Nein!«, gab Dilnaz zurück. »Deine Haare gleichen einem Besen, dein Bart ist struppig und verfilzt. Sieh dich nur an, über und über mit Tierblut befleckt. Solange du dir nicht Nägel, Haare und Bart schneidest, dich nicht säuberst und wäschst, trete ich dir nicht unter die Augen.« Der Jüngling bat und flehte, doch vergebens, die junge Frau ließ sich nicht umstimmen. Als er sah, dass er nicht weiterkam, sprang er auf sein Pferd, ritt zum Hamam im nächstgelegenen Ort, legte die blutbefleckten Jagdkleider ab, ließ Haare und Bart schneiden und kehrte gewaschen und gereinigt zum Fluss zurück. Da saß die Frau mit ihren hübschen Rundungen in ihrer leichten Wäsche noch am Ufer. Kaum erblickte sie ihn, lächelte sie süß und senkte schüchtern den Blick. Der Jüngling sprang vom Pferd und lief zu ihr hin, da wickelte sie sich in ihren Überwurf und rief: »Doch nicht hier! Ich fahre heim. Komm dorthin, wenn du mich sehen willst!« Sie beschrieb ihm den Weg und sagte: »Und jetzt dreh dich um, ich ziehe mich an!«

Wutentbrannt sprang der Jüngling fluchend auf sein Pferd und verschwand im tiefen Wald. Doch in Gedanken war er bei der Frau. Lief ihm eine herrliche Gazelle vor die Füße, sah er sie nicht, hörte er einen Löwen brüllen, den es nach der Gazelle gelüstete, richtete er nicht eifersüchtig den Pfeil gegen ihn. Schließlich sah der Jüngling ein, dass er die Frau nicht vergessen konnte, bestieg sein Ross und machte sich auf den Weg.

Im Haus duftete es verlockend, Dämpfe stiegen auf, die ihm den Kopf verdrehten. Er trat ein, aß vom Braten in schmackhafter Soße, trank Wein, von dem man nie genug bekommen konnte. Da reichte Dilnaz ihm die Hand und der Jüngling entdeckte die Frau, reizender als die reizendste Beute, die Lust, die sie ihm verschaffte, war größer als alle Lust, die er je verspürt hatte, wenn er auf seinem Pferd dahinflog. Ihm war, als wäre er nur um des Augenblicks willen, da er zur Frau kam, bislang von einer Beute zur nächsten gejagt. Er bäumte sich auf, kam mehr und mehr in Fahrt und verströmte all seine Kraft in den Leib der Frau. Am nächsten Tag wollte er in den Wald zurück, doch in all ihrer Weiblichkeit, all ihrem Liebreiz gab sich die Frau ihm erneut hin. Der Jüngling vergaß seinen Wald, seine Jagdbeute, seinen Wettlauf mit den Wildtieren. Nie wieder wollte er dieses Haus verlassen, nie wieder rührte er sein Ross an, das sehnsüchtig im Stall auf ihn wartete. Stets saß er Dilnaz zu Füßen, labte sich an ihren schmackhaften Speisen, war stark auf ihrem Lager und wurde schwach. Nur in den Basar ging er hin und wieder, sah sich kurz um und kehrte gleich wieder nach Hause und in den Schoß der Geliebten zurück. Bald aber wurde die junge Frau seiner Leidenschaft und seines Nichtstuns überdrüssig. Allmählich begann Dilnaz, über sein Faulenzen zu klagen, und die Mutter, die aus der Ferne das Geschehen beobachtete, um den Sohn zu fürchten. Ohnehin war in dem Land, in dem ein junger Mann und ein jungfräuliches Mädchen nur durch Hochzeit zusammenfinden durften, diese Beziehung, die allen Sitten und Bräuchen spottete, in aller Munde. Um sie zu beenden, suchte die Mutter aufs Neue den Weisen auf.

»Ach ja«, sagte der Weise. »Ich habe es doch gesagt, der Mann ist schwach und seine Schwäche beruht auf der Leidenschaft für das, was er berührt. Er muss andere Frauen, muss andere Lebensweisen sehen, um zu lernen, dass seine Leidenschaft nicht einer Frau entspringt, sondern aus ihm selbst. Vor allem muss dein Sohn sich seiner alten Jagdkunst erinnern. In der Stadt auf der anderen Seite des Waldes herrschen andere Sitten als hier, da leben Menschen mit viel Freude und vielen Frauen. Schick nur deinen Sohn ans andere Ende des Waldes und du wirst sehen, er wird sich als Jäger neu entdecken und in der Stadt andere Frauen kennenlernen.«

»Schön und gut«, sagte die Frau, »doch wie soll ich den Jungen dorthin schicken, wo er doch nicht einmal sein geliebtes Ross besteigt?«

»Na, das sei nun dem Geschick von euch Frauen überlassen«, entgegnete der Weise. »Wo nun dein Sohn einmal ein guter Jäger ist … In dem erwähnten Land leben Menschen, die das Jagen lieben, wirke nur auf deinen Sohn ein, er soll sich wieder der Jagd widmen, die er so gut beherrscht, und zugleich lernen, sich von der Beute hier loszureißen.«

Die Frau überlegte hin und her und meinte schließlich, wenn das jemand zuwege bringen könne, dann Dilnaz. So klopfte sie eines Tages, da ihr Sohn müßig durch den Basar schlenderte, bei Dilnaz an.

»Hör mal, bist du denn glücklich mit einem derart träge gewordenen Mann, der dir immer nur am Rockzipfel hängt?«, fragte sie die junge Frau. »Ach nein«, entgegnete Dilnaz, »der Mann, den ich geliebt habe, war der Jüngling auf dem Pferderücken, der die Herzen an den Türen beben machte, an denen er vorüberkam.« »Dann rede du mit ihm. Er soll in die Fremde gehen, soll auf der anderen Seite des Waldes jagen, aber auch lernen, wie er seine Jagdbeute in der großen Stadt zu Geld macht. Lass ihn nur ein wenig kämpfen und Schweiß vergießen, dann soll er als echter Mann zurückkehren!«

Dilnaz überlegte hin und her und sah schließlich ein, dass es keinen anderen Ausweg gab, so überredete sie ihn. Zuerst war der Jüngling traurig, doch wo nun einmal die Frau, die er liebte, so darauf bestand, zumal ihre frühere Leidenschaft mittlerweile erloschen war, bestieg er sein Ross und machte sich auf den Weg. Das Pferd, das endlich seinen Besitzer wiederhatte, führte ihn zunächst durch kühle Brisen und himmlische Düfte, lief dann mit dem Wind um die Wette, überwand Berge und durchschwamm Flüsse. Wie herrlich es doch war, auf dem Rücken eines willfährigen Pferdes dahinzufliegen, wie betörend, die reine Waldluft zu atmen, wie aufregend, zu beobachten, wie Gazellen sprangen, Bären brummten, Löwen sich – in höchster Körperspannung und harpunengleich – auf ihre Beute stürzten. So entdeckte er im Wald sein altes Leben neu. Am Abend aber, als es abkühlte und der Himmel seine dunkle Decke über sich zog, da sehnte er sich doch nach seinem warmen, weichen Bett und nach Dilnaz' Duft. Doch Umkehr war unmöglich. Mutterseelenallein und mit gebrochenem Herzen machte er sich zur Stadt am anderen Ende des Waldes auf.

Es war eine reiche und grüne Stadt mit milder Luft. Hübsche Frauen nahmen von sich aus junge Männer bei der Hand und kosten mit ihnen in aller Öffentlichkeit. Wie anders war es hier, wie stark waren Liebe und Leben ineinander verwoben. In einem Garten fiel ihm eine wunderschöne Frau auf, die Dilnaz ähnlich sah. Die Frau schaute den Jüngling an, er schaute sie an, doch als ihr Blick auf die blutigen Gazellen an seinem Sattel fiel, wandte sie sich ab.

Der Jüngling ritt schnurstracks zum Markt, verkaufte die Gazellen, legte die blutbefleckten Kleider ab, wusch und säuberte sich und kehrte zu dem

Haus zurück, vor dem er die schöne Frau gesehen hatte. Da fand er mehrere Männer und Frauen, darunter auch die, die ihm gefallen hatte, im Garten feiern, speisen und lachen. Auch ihn baten sie zu Tisch. Doch als er sah, dass die Frau sich aus süßem Geplauder mit ihm unvermittelt umdrehen und einen anderen Mann anlächeln konnte, dachte er, man muss also stark sein, schöne Worte sagen und hübsche Geschichten erzählen, um sie zu erobern. So stellte er seine Abenteuer und die Tiere im Wald in bunten Farben dar und gewann schließlich die Zuneigung der Gastgeberin. Und als die Gäste heimgingen, fand er sich in ihren Armen wieder. Als der Jüngling am Morgen erwachte, meinte er, auch dieses Bett sei sehr bequem, die Düfte himmlisch und anziehend, die Frau willig. Er dachte an sein Leben bei Dilnaz. Bliebe er nur einen Tag, bliebe er auch einen zweiten, bald würde sich ein Tag an den anderen reihen. Wieder würde er Saft und Kraft verlieren, auch diese Frau würde irgendwann klagen und ihre Leidenschaft erlöschen. Unverzüglich sprang er auf und eilte davon. Kaum waren ein paar Tage vergangen, lernte er am anderen Ende der Stadt eine andere Frau kennen. Auch ihr sagte er schöne Worte. So betörend erzählte er von der Jagd und vom Wald, dass die Schöne glaubte, er sei den ganzen langen Weg nur um ihretwillen gekommen.

Kurz vor dem Einschlafen an der Seite der Frau überfiel den Jüngling aufs Neue die Angst. Das saubere, weiche Bett, die herrlichen Düfte aus der Küche … Noch bevor der Morgen dämmerte, stahl er sich heimlich davon. Während er nun von einem Haus ins andere, von einer Frau zur anderen stürmte, gingen wohl drei, vielleicht auch fünf Jahre ins Land. Eines Tages fiel ihm die Heimat ein, die Sehnsucht nach Dilnaz und der Mutter kitzelte ihm die Nase. Da sprang er auf sein Pferd und machte sich auf den Weg.

Als die Mutter eines Morgens das Fenster öffnete, sah sie einen Reiter herangaloppieren. Mein Sohn, dachte sie erfreut, doch weder ähnelte das Pferd dem ranken, eleganten Ross mit seidenweicher Satteldecke von damals *noch der Reiter ihrem Sohn. Als er näher kam, erkannte sie aber doch ihren Sohn, die Züge kantiger und härter, der Körper breiter, Schatten unter den Augen. Mein Sohn ist reif geworden und heimgekommen, meinte sie und freute sich unbändig. Sie fragte nach seinem alten Pferd. »Das war lahm und langsam geworden«, entgegnete der Sohn. »Ich habe es auf dem Heimweg in einem Dorf hinter den Bergen verkauft und mir ein jüngeres besorgt.«*

»Aber du hast dein Pferd doch sehr geliebt, wie konntest du dich von ihm trennen?«

»Ach was!«, gab der Sohn zurück. »Es war doch nur ein Pferd. Hauptsache, es tut, wozu ich es brauche.«

Die Mutter wunderte sich, schwieg aber. Der Sohn blieb auch nicht lange, gleich eilte er zu Dilnaz hinüber. Dilnaz hatte schon auf ihn gewartet, dies ist ja ein Märchen. Der reife Mann, der wenig sprach, aber wusste, was er wollte, gefiel ihr noch einmal so gut. Doch sosehr er ihr auch gefiel, den leidenschaftlichen Jüngling von damals, der sich ihr mit Leib und Seele verschrieben hatte, suchte sie vergeblich.

Mitten in der Nacht erwachte der Mann auf Dilnaz' Lager mit Furcht im Herzen. Plötzlich sah er die Beine der Frau als Schlange mit zwei Köpfen, die sie ihm um den Leib schlang, ihr Haar als Dorngestrüpp, das seine Brust umklammert hielt. Erstarrt lag er da, sein Mund knochentrocken, doch bald gewann er seine Gelassenheit zurück. Still löste er sich aus der Umklammerung der schlafenden Schlange, befreite sich vom Dorngestrüpp und floh aus dem Haus. Was Dilnaz auch anstellte, er trat ihr nie wieder unter die Augen. Später erfuhr sie, der Mann, den sie liebte, war zu unstet und ruhelos, als dass er sich noch mit einer Frau auf einen schönen Traum einlassen konnte, war seinem früheren Wesen entfremdet, ein und dieselbe Frau vermochte er schon am nächsten Tag nicht mehr zu lieben.

Es hieß, im Herzen jeder Frau, die der Mann berührte, hinterließ er einen Riss und einen Schrecken, ihn aber trieb unerfüllbare Leere und unstillbarer Durst um. Frauen, die von seinem Ruf hörten, gelang es nie, sich ihm ganz zu nähern, und wer sich ihm näherte, öffnete sich ihm nie ganz. Und weiter hieß es, das Ross, das der Jüngling einst so geliebt, sei noch in derselben Nacht aus dem neuen Stall entflohen. Da es aber die alte Heimat des Jünglings längst vergessen hatte, fand es sich in der fremden Stadt auf der anderen Seite des Waldes wieder, in die sie gemeinsam gezogen waren. Bald spürte es auf dem Rücken den Knüppel einer der Frauen, die sein Besitzer eine Nacht lang geliebt hatte, bald rettete es sich mit knapper Not vor einer Hundemeute, die eine andere auf es hetzte. Dann verlief es sich in der öden Steppe und wurde zum Herumtreiber.

5

Allmählich klarte der Himmel auf, jäh brachen hinter dem höchsten Gebäude auf dem Hügel gelb-violette Sonnenstrahlen durch. Die vereinzelten Lichter in den Fenstern waren erloschen, die Frau und der Mann, die an einem Fenster ohne Vorhänge heftig gestikuliert hatten, waren verschwunden. Im selben Haus schob sich im Erdgeschoss ein Vorhang einen Spaltbreit auf, eine Hand streckte sich heraus und öffnete das Fenster. Unter Fatmas Balkon trippelte eine Frau mit Kopftuch und einem Kind auf dem Arm den Hang hinunter. Wenn sich der Rock, der ihr bis auf die Knöchel reichte, um ihre Beine wickelte, strauchelte sie, hielt inne, straffte sich, atmete tief durch, drückte das Kind an die Brust, schaute auf die bereits zurückgelegte Strecke zurück, zupfte mit einer Hand den Rock zurecht und lief dann aufmerksam weiter durch die Gräser des Abhangs den gewundenen Pfad hinunter. Die Stadt erwachte. Autos sausten vorüber, vor den Geschäften ratterten die Rollläden in die Höhe. Leise dudelte Musik: *Menschen ohne Fehler gibt es nicht, liebe mich mit all meinen Fehlern ...*

Im Radio liefen also noch immer die alten Schlager. Die Rollläden ratterten mit demselben rostigen Quietschen, Katzen scharrten auf staubigen Wegen oder spazierten über Dächer, ohne das Gleichgewicht zu verlieren, Straßenköter durchstreiften die Gegend auf der Suche nach Genießbarem. Der Zauber des Märchens, das sie soeben gelesen hatte, der Anblick des Hangs gegenüber, die Geräusche führten Fatma zu einer alten Frau. Worte, Satzfetzen auf den Lippen der Alten: Memeds Pferd, eine Wehklage, ach, Hızır! Der Rest aber blieb verschwommen, war nur ein trauriger Widerhall, bei dem sich Fatmas Seele verkrampfte. Ihr Magen drückte, gleichzeitig stellte sie sich ein Pilzomelett mit starkem Tee vor.

Im Haus war es still, die Gasse war sauber und ordentlich. Wie unschuldig und trübselig die Häuser im bläulichen Licht und der Kühle des Morgens dastanden! Die am Vorabend scheinbar alle auf sie blickenden Fenster waren jetzt in der Morgenfrühe dunkel. Gegenüber ein zweigeschossiges Haus aus Backstein, das zwischen zwei Hochhäusern verfiel, das Vordach eines Steinhauses schmückte ein Relief. Hier würde sie also jetzt leben? Vorerst. Wann begann man, sich einem Haus, einer Straße zugehörig zu fühlen? Wenn das Herz euphorisch für jemanden zu schlagen begann, der dort lebte? Wenn man wusste, dass dieser jemand mit derselben Euphorie auf einen wartete? Oder wenn man Stadt und Haus fern war und sie vermisste und von einem Gefühl des Verlusts geplagt wurde? Bis vor vier Monaten hatte sie sich nie heimisch gefühlt in jenem Städtchen an der holländischen Grenze. Das Haus, in dem sie gewohnt hatte, waren nur vier Wände für sie gewesen, in denen sie in der knappen Zeit, die von der Arbeit übrig blieb, morgens und abends aß, abends fernsah, manchmal mit Bartal ins Bett ging, in denen sie einschlief und aufwachte und morgens, bevor sie zur Arbeit ging, kontrollierte, ob Herd und Lampen ausgeschaltet, der Stecker vom Bügeleisen gezogen war, in die sie, wenn sie mit Bartal am Wochenende eine Fahrradtour ins Grüne unternommen hatte, heimkehrte und sich entspannte. Weder die Möbel noch die Bilder an der Wand, auch nicht die Küchenutensilien – außer dem Teekessel, den schlank taillierten Gläsern und den Teelöffeln, die sie in einem türkischen Geschäft in der nächsten Kreisstadt gekauft hatte – waren eigene Wahl gewesen. Die Wohnung aus Küche, Wohn- und Schlafzimmer im zweiten Stock eines dreistöckigen Hauses wurde seit Jahren von einem niederländischen Makler möbliert an Mitarbeiter ihrer Firma vermietet. Die Möbel ähnelten denen in Nevins Wohnung, die gleiche Fabrikation, Produkte derselben Marke. Erst drei Monate bevor sie mit dem Kündigungsschreiben, das man ihr am Arbeitsplatz in die Hand gedrückt hatte, Abschied nahm, waren die Wohnung und der stille grüne Ort, der einen vereinsamen ließ, wo sie sich in den ersten Jahren arg gelangweilt hatte, ihr zur Heimat geworden, nach der sie sich sehnte.

Aus einem Haus trat ein grauhaariger Mann im dunklen Anzug. Kurz sah sie sein schlaftrunkenes feistes Gesicht. Lustlos stapfte er los. Kurz darauf ging eine andere Tür auf, eine schlanke Frau trat heraus, und die Bewegungen des Mannes wurden vitaler. Sie war eine junge Frau mit dunkelbraunem langen Haar und Puppengesicht. Ihr Blick fiel zunächst auf den Mann, dann glitt er weiter zu Fatma hinauf. Kaum merklich grüßte die junge Frau den Mann, wandte den Kopf ab und eilte ihres Wegs. Ihre hohen Absätze klapperten auf der Gasse, fröhlich wippte ihr knielanger Plisseerock. Auch der Mann beschleunigte seine Schritte. Fatma wurde munter.

Doch als er den von drei mächtigen Platanen beschatteten Platz erreichte, zögerte er. Hier zweigte der Pfad ab, den die Frau mit dem Kind kurz zuvor hinuntergegangen war. Der Pfad führte auf einen von zwei- und dreistöckigen maroden Häusern gesäumten Weg. Vor einem hockte auf den Stufen zur Haustür reglos ein alter Mann.

Seltsam, die Wohnung, die sie frisch bezogen hatte, schien zwei Gesichter zu haben. Die Vorderfront zur Straße hinaus zeigte ihr die geheimnisvollen, verborgen scheinenden Seiten der Stadt, die Rückseite dagegen erinnerte sie an ein wohlbekanntes Leben, an ihre Kindheit, den Großvater und die streitsüchtige Großmutter, deren Züge ihr nun immer deutlicher vor Augen traten. Gequält wandte sie den Kopf um und schaute erneut dem Mann und der jungen Frau hinterher.

Leere

Die Großmutter war eine unverträgliche Frau, die ihre Schwiegertöchter nicht liebten, die Söhne suchten sie zu beschützen, der Großvater schwieg ihr gegenüber meist und wich ihren Blicken aus. Ständig murmelte sie Unverständliches und Worte, die Großvater und Onkel verboten hatten. Diese Stimme war Fatma im Ohr, die knochigen Finger auf ihrem Kopf, mit alter Gewohnheit strichen sie ihr grob übers Haar. Es tat weh, sie zog den Kopf weg, sagte: »Lass das, Oma!« Die Hand hielt inne, die Großmutter zog sich wieder zurück in ihre ferne Provinz mit ihrem Gekreuch und Gefleuch, ihren Stimmen und Geräuschen, dem Duft ihrer Blumen und Gräser. Reue überschwemmte das Herz des kleinen Mädchens, sollte sie sich der Großmama wieder in die Arme werfen oder doch lieber nicht? Zauberte die Oma doch in den unverhofftesten Momenten Münzen hervor und hielt in einem Winkel ihres Bettes stets etwas zum Naschen bereit. Sie war der Grund dafür, dass man heimlich eiskalte Brause trank, aber sie war es auch, die Husten und Kopfweh danach mit Kräutergebräu linderte.

Und dennoch … Sie war eine unverträgliche, dem Großvater gegenüber zänkische Frau. Großpapa hingegen war still und umgänglich. Meist saß er auf einem Holzschemel vor der Tür, als hätte er Zuflucht genommen in ein Leben gleich dem der Gegenstände um ihn herum. Der alte Mann fühlte sich bedrängt. Von den Schwiegertöchtern, die umtriebig zwischen den einander gegenüberliegenden Häusern der beiden Söhne rührig waren, vom Gestank der Müllberge hinter dem Wohnviertel, vom Gerede der Söhne und Schwiegertöchter, die um seine Beklemmung wussten und ihn drängten, in die Stadt zu gehen, vom Stadtzentrum nur zehn Minuten entfernt, könnte er sich denn aufraffen … Der Großvater zählte die Perlen der Gebetskette, ließ sie durch die Finger schnellen, hielt sie mitunter auch still in der Hand fest, und schien damit die Zeit messen. Doch welche Zeit er maß, das wusste niemand. Vielleicht wusste es noch am ehesten die Großmutter. Ob sie sich deshalb nicht vertrugen? Trafen sie aufeinander, flüsterten sie, bald wurden die Stimmen laut und es entbrannte erbitterter Streit. Wenn die Oma vor Wut in ihrer Sprache überschäumte, brachte der Opa sie zum Schweigen, indem er auf die vor der Tür spielenden Enkel wies.

Von weit her waren Verwandte zu Besuch. Es roch nach Erde und Feldern. Es roch nach Bergen und Sauerampfer, nach Ayran und Çökelek-Käse. Sie trugen die uralten Geschichten in sich, die alle miteinander verbanden. Und sie redeten. Bald in der Sprache, die die Kinder verstanden, bald in ihrer eigenen Sprache. Den Kopf auf Großmamas Schoß, eine Hand in Vaters Hand, kurz vor dem Einschlafen, doch Fatma lauschte gebannt. Opa war nicht länger beklemmt, Oma lachte lieb. Die Geschichten der Erwachsenen strömten Fatma wie ein Glückselixier in die Brust und sie lachte laut mit den anderen Kindern. Obwohl die Kinder die meisten alten Geschichten, die die Großen erzählten, kaum verstanden, lachten sie, allein weil sie erzählten. Irgendwann rief Papa: »Nun hört doch damit auf! Vater, erzähl du lieber, wie du dich in unsere Mutter verliebt hast!« Die gezwirbelten Spitzen von Opas kräftigem Schnauzer zitterten, liebevoll schaute er die alte Oma an.

»Eure Mutter hier, die sieht für mich noch heute so aus, wie sie mit vierzehn war«, fing Großpapa an. Dann ging es weiter mit *Es war einmal, es war keinmal.* In ururalten Zeiten lebte einmal ein junger Mann, der kam soeben vom Wehrdienst heim, und da war die wunderwunderbare Schönheit, schön wie der Mond, eure Mutter hier. Der junge Opa war zwar vom Militär zurück, doch ein paar Tage später sollte er zum Arbeiten nach Adana gehen. Denn die Leute waren damals bitterarm, und wie die meisten Kinder im Dorf eilte auch der Opa seit seinem zehnten Lebensjahr beim ersten Anzeichen von Frühling auf den Hof eines Grundherrn, um sich dort bis zum Wintereinbruch als Knecht zu verdingen. Sagte Großpapa: »Der Agha liebte mich wie seinen eigenen Sohn«, begehrte Hasan Ali auf: »Ich bitte dich, Vater, hör auf, den verfluchten Ausbeuter vor uns zu loben!« Doch Großpapa hörte nicht auf, die Enkel lauschten, alle wollten, dass er weitererzählte. Und Großpapa erzählte gern. So alt er war, war er noch immer der seinem Grundherrn verbundene Knecht, zugleich aber war er ein junger Mann auf Liebespfaden.

Zwei Tage bevor er zur Arbeit beim Agha fuhr, wanderte der Zwanzigjährige zu den Feldern unterhalb des Dorfes. Wo der Weg bergab führte, begegnete er einem Mädchen gleich einer Nymphe. Die geflochtenen Zöpfe fielen ihr zu beiden Seiten über den Busen, die langen schlanken Beine steckten in dicken gemusterten Strümpfen, ihr mit Rosen gemustertes Kleid saß eng in der Taille, wie vom Donner gerührt blieb er vor dieser Schönheit stehen. Etwas zischte in seiner Brust. Wie Lava rann ihm das Zischen zum Bauch hinunter, breitete sich in Arme und Beine bis zu den Finger- und Zehenspitzen aus und setzte Großpapa in Brand. Wohin wollte er, was hatte er zu tun, er hatte alles vergessen. Dem Mädchen hinterher, das so unvermutet aufgetaucht und schon wieder verschwunden war, eilte auch er ins Dorf zurück. Wer sie war, wessen Tochter sie war, er wusste es nicht. Voller Panik fürchtete der junge Mann, wenn er in zwei Tagen das Dorf verließ, würde dieses wunderschöne Mädchen die Liebste eines anderen werden, oder war sie gar bereits eines anderen Schatz? Wie von Sinnen klapperte er auf der Suche nach ihr den ganzen Tag lang das Dorf ab.

Mit angehaltenem Atem lauschte alles dem Opa. In den Augen seines jüngsten Sohnes Hasan Ali verwandelte sich Großpapas Geschichte in einen Aufstand, für die größeren Mädchen war sie die Bestätigung ihrer Liebesträume und für die Kinder ein Märchen. Oma war ein wunderschönes Feenmädchen, die Sonne in den Schatten an der Wand, Großpapa war die Welt, die sich unermüdlich um die Sonne drehte. Doch oho, die Sonne war hitzig und verbrannte, wer ihr zu nahe kam. Noch ehe Großpapa erzählen konnte, wie diese Liebe sich entwickelte, fuhr Oma dazwischen: »Hört nicht auf ihn«, sagte sie und zerschlug den Zauber und die

Schemen. Sie erzählte von ihrer Mutter, die krank darniederlag, als der Großvater damals um sie warb. Von Memed, ihrem jung verstorbenen älteren Bruder, von Memeds treuem Pferd, dann von ihrem eigenen Sohn, der den Namen ihres Bruders bekommen hatte. Oma sprach am liebsten vom Tod, Großpapa von der Liebe, er liebte Leidenschaft und Begeisterung, Oma Kummer und Gram. Die Oberhand behielten stets Omas Tote. Kinder hörten am liebsten Geschichten von Menschen, die nicht mehr am Leben waren. Vor allem Abenteuer, die man mit wehmütigem Lächeln von Großonkeln und Urahnen in geheimnisvollen Vorzeiten erzählte. Insbesondere Nachrichten von ihrem Tod, die sie zur Legende machten, so schauerlich sie auch sein mochten. Memed etwa hatte also ein Pferd. Was geschah dann? Stimmte Oma Wehklagen an, verstummten alle und liefen davon. »Hasan Ali!«, rief die Mutter, »geh um diese Zeit nicht mehr raus, Hasan Ali!« »Bin gleich wieder da«, entgegnete der Vater. Da erklang schon die Klage der Großmutter: »Hasan Ali, Hasan Ali, wie haben sie dich umgebracht?!« Der soeben aus der Tür gegangene Vater kehrte aufgebahrt zurück, unter dem weißen Leichentuch ragten seine bloßen Füße hervor. Großpapa erzählte keine Märchen mehr, wenn Oma wehklagte, konnte er nur schweigen. In der Leere zwischen dem warmen Schoß der Großmutter und ihren furchterregenden Wehklagen pendelte das kleine Mädchen hin und her.

6

Im Garderobenspiegel gegenüber eine Kommode, darauf eine Nachtlampe, ihr bloßer Arm, der unter der Decke hervorlugte, ein Teil ihres Kopfes, die Haare hinters Ohr gestrichen. Würde sie sich nicht bewegen, bliebe alles wie ein kompaktes Bild im Spiegel. Doch der zu ihr gehörende Teil störte sie in dem Bild, sie verschob den Kopf. Das Bild verrutschte, nun waren eine offene Tür, ein Kelim und Holzdielen zu sehen. Sie drehte den Kopf zu den beiden Koffern, die sie gestern auf den Schrank geräumt hatte, einer rot, der andere dunkelblau. Beide hockten brav dort oben, als wäre das seit jeher ihr Stammplatz. Jetzt, am ersten Morgen, da sie in dieser Wohnung die Augen aufschlug, verhielten sich die Gegenstände harmonisch nicht nur zueinander, sondern auch zu den Geräuschen, die sie hörte, und dem Geruch von Sauberkeit, den sie einatmete. Draußen näherte sich ein Auto und rauschte vorüber, vor dem Fenster gingen leise redende Leute vorüber, hinter der Wand neben dem Bett lief ein Fernsehapparat.

An diesem Morgen fand Fatma in jedem Winkel der kleinen Wohnung diese Harmonie wieder. Im Wohnzimmer standen die Gegenstände sauber und ordentlich in dem von dem dicken beigen Vorhang vor dem Fenster weichgefilterten Licht und hießen sie an ihrem ersten Tag in dieser Wohnung geradezu zärtlich willkommen. Die beiden Decken lagen schräg über der Rückenlehne des Sofas, die Säume fielen locker, die paillettenbesetzten Fransen passten sich den Perlen des Vorhangs an. Vom Staub befreit lächelten Bücherregal,

Fernseher, Bad und Küche sie an. Wenn Zufriedenheit die Harmonie der Dinge bedeutete, die sie in diesem Augenblick offenbarten, dann war sie zufrieden. Sie wusste, es war der Wunsch nach diesem Gefühl, der sie veranlasst hatte, gestern Abend, als sie einzog, sogleich ihre Sachen in den Schrank zu räumen und bis Mitternacht die Wohnung zu putzen. Um die Monotonie des Alltags zu ertragen, musste man gütig zu sich selbst sein und die Dinge mögen, die einen umgaben. Zumindest das hatte Fatma in all den Jahren gelernt.

Sie ging ins Bad, setzte sich auf die Toilette, wusch sich das Gesicht. Als sie vor dem Spiegel die Haare kämmte, improvisierte sie eine Melodie, dann summte sie ein Lied, das sie schon immer mochte, konnte sich aber nicht an den Text erinnern. In der Küche setzte sie Teewasser auf, da kamen die Worte wie von selbst: *Wenn sie verstohlen herüberblickt …* Weiter wusste sie nicht, summte aber die Melodie. Als das Wasser kochte, fiel ihr auch der Refrain ein: *Bleib doch, persisches Mädchen …*

Sie zog Jeans an und das dunkelblaue T-Shirt. Aus der Tasche holte sie das Portemonnaie und zählte ihr Geld, sie würde heute noch etwas wechseln müssen.

Der Dunkelblonde an der Kasse in dem schummerigen, engen Krämerladen sagte: »Geht klar, bring ich sofort.« Er beendete das Telefonat und stand mit griesgrämiger Miene auf. »Mann, die ganze Mühe nur wegen eines Brots!«, murrte er. Als er Fatma bemerkte, änderte sich sein Gesichtsausdruck, er richtete die gestreifte Stoffweste über dem dunklen Hemd, rieb sich die Hände, sagte mit verschämtem Lächeln: »Willkommen, bitte sehr«, und schob gleich noch ein »Alles Gute!« nach. Fatma konnte sich zunächst keinen

Reim darauf machen, als der Groschen fiel, suchte sie seinen Blick. Wie schnell hatte sich herumgesprochen, dass sie neu hergezogen war! Was mochten die Leute über sie reden? Eine ledige Frau! Nie geheiratet! Alleinstehend! Arbeitslos! Aus dem Ausland! In der Miene des Krämers entdeckte sie aber nichts Beunruhigendes.

Fatma wollte Milch, Eier, Schafskäse, Butter, Speiseöl, Nudeln, Reis, Orangensaft, Nescafé, Brot, eine Zeitung, sie ahnte, dass die gestern gekaufte kleine Teepackung in ein, zwei Tagen schon aufgebraucht sein würde, fügte ein Kilo Tee hinzu, Klopapier, Taschentücher, eine Tafel Schokolade, Waffeln … Der Krämer, der selbst einen einzelnen Laib Brot bis an die Tür brachte, um sich in diesem Viertel halten zu können, wo auf Schritt und Tritt ein Krämerladen und in der Straße vier Gassen weiter oben ein Supermarkt mit dem anderen konkurrierte, verkaufte womöglich seit Jahren zum ersten Mal so viel auf einen Schlag. Bei jedem Produkt, das Fatma der Einkaufsliste anfügte, strahlte er und rieb sich die Hände, während er die Tüten füllte.

Als Fatma den Laden mit den schweren Tüten verließ, rief eine Frau, die mit heruntergelassenem Korb am Fenster oben im Haus gegenüber wartete: »Wo bleibst du denn, Muhsin, wir sitzen beim Frühstück und der Tee ist schon kalt!« Hinter sich spürte sie Krämer Muhsins Hektik an seinen beschleunigten Schritten und seiner Stimme: »Sofort, Nermin Hanım!« Im Souterrain des Hauses, in dem sie jetzt wohnte, flatterte eine Gardine am Fenster. Als sie sich der Tür näherte, wurde ein Scharren lauter und im Nu drehte sich der Schlüssel im Schloss.

Auf der Schwelle seiner Wohnung lauerte Orhan, wieder zischte seine Mutter von drinnen: »Orhan, dein Tee wird kalt!« Die blasse Haut des Mannes, das spärliche, fettige dünne Haar, die ins Gelbliche gehenden stechenden Augen … Wie sagte Bahar noch gleich: Geiler Lüstling mit der Hand zwischen den Beinen, bereit, sein Sperma zu verspritzen! Wäre sie jemals in der Lage, sich so auszudrücken? Was für einen Jargon die Istanbuler Frauen hatten, wie unheimlich aber auch manche Leute waren! »Danke«, sagte sie abweisend, »Sie hätten sich nicht bemühen müssen. Ich kann schon selbst aufmachen.« »Aber ich bitte Sie«, entgegnete der Mann. »Als ich sah, dass Sie die Hände voll haben … Kann ich Ihnen helfen?«

»Nein, danke!« Ohne ihn anzuschauen, marschierte Fatma zur Treppe.

»Schön, wie Sie wollen«, sagte Orhan beleidigt. »Nur, darf ich Sie darauf hinweisen, die Haustür hier geht manchmal nicht richtig zu. Sehen Sie, jetzt ist sie wieder offen geblieben. Können Sie bitte beim Rein- und Rausgehen darauf achten? Nicht dass ein Dieb hereinkommt, Gott bewahre!« Fatma verkrampfte sich vor Ärger. Sie drehte den Kopf, stieg aber weiter die Treppe hinauf. Stöhnend und fluchend schlurfte Orhan zur Haustür.

Bis sie am Frühstückstisch saß, hielt Fatmas Verkrampfung an. Sie trank Tee und schaltete den Fernsehapparat ein. Doch die heiße Sonne hatte den Raum in ein Meer aus Licht verwandelt und saugte das Fernsehbild auf. In den Werkstätten unten an der Straße heulten Motoren auf, eine Bohrmaschine kreischte. Sie zog den gerade erst geöffneten Vorhang wieder zu und schloss die Balkontür. In der Zeitung überflog sie einen Artikel: *Wieder eine Frau getötet.* Und im Fernsehen sprach eine Frau, deren Mann umgebracht worden war. Die Polizei hatte zunächst sie verdächtigt, dann aber laufen lassen, weil ihre Schuld nicht bewiesen war. Nun mühte sich die Frau, öffentlich ihre Unschuld zu beweisen. Der getötete Mann war zwanzig Jahre älter als sie gewesen und hatte drei Kinder aus erster Ehe, er gehörte zu den Bessergestellten im Dorf. Eine Frau im Publikum, mit Kopftuch und knallrotem runden Gesicht, eine Verwandte des Toten, sagte: »Du hattest einen Liebhaber, ihr habt ihn umgebracht!« Eine jüngere Frau rief: »Wieso hast du die Geräusche nicht gehört? Du hast die Tür doch offen gelassen! Und wieso waren deine Hände so sauber? Fasst man denn seinen Mann nicht an, wenn er blutend am Boden liegt, und wird nicht ein Stück Kleidung oder ein Finger befleckt, wenn man ihn berührt?« Doch die Frau war unerschrocken, sie ließ sich von den Verwandten des Mannes nicht einschüchtern. Sie schrie und wehrte sich, um ihre Unschuld zu verkünden. Fatma war gerade auf einem anderen Sender bei einem uralten türkischen Film gelandet, bei dem gelbe Streifen über den Bildschirm liefen, als es klingelte.

Naira Hanım. Sie sei auf einen Willkommenskaffee gekommen. »Gib dich nicht zu sehr mit dem da unten ab!«, mahnte sie. »Ein dreckiger Kerl, immer den Frauen und Mädchen hinterher. Er geht zu schlechten Frauen. Will anderen helfen, als wäre er ein guter Mann! Vierundvierzig ist er, aber auf die karge Witwenrente der Mutter angewiesen. Seit drei Monaten ist er die Miete schuldig ...«

Als Fatma die Mundwinkel verzog nach dem Motto: Was geht mich der Orhan an, wechselte Naira Hanım das Thema und erzählte, sie habe bis zum neunten Lebensjahr mit neun Geschwistern in einem großen Haus in Erzurum gelebt. Ihr Vater sei Schmied gewesen, die Mutter habe Pfanne um Pfanne Fleisch gebraten, Eimer um Eimer Essiggemüse angesetzt, Glas um Glas Mark eingekocht. Ihre beiden Söhne betreiben gemeinschaftlich eine Textilmanufaktur und wohnten in Luxusquartieren mit Schwimmbad außerhalb der Stadt. Die beiden Töchter seien in Amerika, sie hätten gute Partien gemacht. Sie sei auch selbst drüben gewesen, zwei Monate in Chicago. Die Söhne sagten immer wieder, zieh zu uns, was willst du da in dem alten Haus so ganz allein. Ihr Leben habe aber erst richtig hier in diesem Haus angefangen. Stimmt, die alten Nachbarn seien nicht mehr da, macht nichts, ihr Platz sei trotzdem hier.

Nachdem sie Naira Hanım in ihre Wohnung nach oben verabschiedet hatte, kleidete Fatma sich an, schminkte sich und ging, zufrieden mit ihrem Anblick im Spiegel, aus dem Haus, wieder hörte sie den Mann unten, scherte sich aber nicht darum. Sie lief Gassen hinunter, stieg Anhöhen hinauf, erklomm Stufen, geriet außer Atem, blieb stehen, verschnaufte. Sie betrat ein Café, aß ein Sandwich, trank Ayran. Mitunter bemerkte sie hungrige Blicke von Männern mittlerer Jahre, das ärgerte sie und sie wandte sich ab. Traf sie Blicke junger Männer, senkte sie die Augen. Kerem fiel ihr ein, da beschloss sie zu guter Letzt, hinunter zum Anleger zu gehen, wo die Fähren nach Kadıköy abfuhren und sie den Dampfer zu den Inseln bestiegen hatte.

Sie hoffte auf ein Wunder und suchte danach, mit dem Wunder im Kopf hielt sie sich nicht nur bei den Anlegern der Insel-Dampfer auf, eines Tages stieg sie ein und fuhr zu den Inseln hinüber. In dem Lokal, wo sie mit dem amerikanischen Ehepaar gespeist hatte, setzte sie sich in die Sonne mit Blick auf die Dampfer, die zwischen Stadt und Insel pendelten. Unter den ausgehungerten, mageren Kötern hielt sie Ausschau nach den Hunden, mit denen Kerem gespielt hatte, wie nach alten Freunden. Doch weder konnte sie die Hunde voneinander unterscheiden, noch traf sie hier das Wunder an, das sie am liebsten eigenhändig herbeigeführt hätte.

Monoton jagte ein Tag den anderen. Jeden Morgen deckte Fatma den Frühstückstisch, zog die Vorhänge vor und schloss die Balkontür, im Fernsehen jammerte die als Mörderin ihres Mannes beschuldigte Frau und zürnte dem Moderator: »Wieso stürzt ihr euch alle auf mich? Ist es ein Verbrechen, jung und hübsch zu sein?« Immer wenn sie die Haustür öffnete, ging bei Orhan die Wohnungstür auf, er fragte, ob sie etwas brauche, oder ermahnte sie erneut, unbedingt die Haustür zu schließen. Und ständig klingelte Naira Hanım. Einmal wollte sie zum Biomarkt und fragte, ob sie nicht mitkommen wollte, eines Abends hatte sie sich um sie gesorgt, weil sie so gar nichts von sich hören ließe, dann wieder lud sie sie zum Essen ein. Wissend, dass gleich die Türklingel gehen würde, schaltete Fatma manchmal den Fernseher aus und wartete still ab, bis die Frau kam. Geräuschlos hörte sie, wie die Klingel gedrückt wurde, erst ungeduldig, dann zweifelnd, wie die Frau anschließend murrte, wie die Tür im Tiefparterre aufging und wieder zuschlug, wie sich das Schlappen der Latschen entfernte. Dann steckte sie wie gewohnt das Notebook in den Rucksack und schlich sich verstohlen wie ein Dieb hinaus. Meist lief sie zum Taksim-Platz. Im Gedränge konnte sie sich nur mit Mühe vor jungen Leuten retten, die ihr Broschüren in die Hand drückten, jedes Mal warben sie für ein neues Produkt, vor Meinungsforschern, die sie auf Schritt und Tritt anhielten, vor alten Frauen, die Papiertaschentücher verkauften. Und tagtäglich kam ihr auf Schritt und Tritt irgendeine Demonstration in die Quere. Proteste, auf denen Freiheit für Palästina gefordert wurde; Engagierte, die nach Versicherungsrecht für die Arbeiter beim Jeans-Sandstrahlen riefen, die von tödlichen Krankheiten bedroht waren; Menschen, die Presseerklärungen abhielten, weil sie wegen Gentrifizierung vor dem Verlust ihrer Wohnhäuser standen; junge Leute, die sich demonstrativ mit Bier zuprosteten, um gegen das Alkoholverbot der islamischen Regierung zu protestieren; Vertreter der antikapitalistischen Muslime, die öffentlich die rituellen Waschungen vornahmen und die kapitalistische Regierung zu Religion und Glauben riefen; Widerstand von Umweltaktivisten gegen Wasserkraftwerke … Die ganze Stadt wie auch alle ihre Teile einzeln schienen in eine Hysterie aus Sprechen und Rufen verfallen zu sein. Die Stadt schien kurz vor dem Explodieren zu stehen. Und unzählige Männer wie ihr Nachbar Orhan und einsame Jugendliche explodierten mit Blicken, weil sie offenbar ihr Sperma nicht loswurden.

Dabei war das erhoffte Wunder vielleicht inmitten all der Explosionen in einer Broschüre, die ihr gereicht wurde, auf einem Plakat an einer Wand oder stand auf einem der Zettel, die auf dem Platz herumflogen, auf die sie mit Füßen trat. Die Menschenmengen und der Lärm der Stadt machten sie blind und taub und hinderten sie daran, wirklich etwas zu sehen oder hinzuschauen.

Eines Abends hatte sie wie üblich in einem Café an ihrem Notebook nach Stellenanzeigen geschaut, hatte ihren Lebenslauf revidiert und gesehen, dass auf der Website der Firma nichts los und Bartal nicht per Skype erreichbar war, sie wollte gerade gehen, als sie unvermutet das Gefühl ansprang, in die Wohnung im fernen grünen Städtchen heimzukehren. Als kämen am selben Abend Arbeitskollegen zu Besuch, zum Beispiel Marek und Zeyna, mit denen sie über die jüngsten Gerüchte im Betrieb schwatzen würde.

War sie aber nicht bald von Besuch genervt gewesen? Hatte sie sich dann nicht gewünscht, die Gäste würden rasch gehen, damit sie duschen, ins Bett schlüpfen, im Fernsehen oder auf DVD einen Film anschauen und sich dabei entspannen oder mit einem Roman im Arm einschlafen könnte?

Sie taumelte durch die Menge in den Straßen, in denen zu später Stunde Hochbetrieb herrschte, ließ den Platz und die Geschäfte hinter sich und stieg über die Mülltüten, die in ihrer Straße erst gegen Mitternacht abgeholt wurden. Als sie leise ihre Wohnung betrat, erschrak sie.

Ein hingepfefferter, umgedrehter einzelner Hausschuh im Eingang, hinter der offenen Schlafzimmertür das ungemachte Bett, darauf geworfene Klamotten, der andere Hausschuh vor dem Spiegel … Unter dem Tisch im Wohnzimmer ein Olivenkern und Brotkrümel, in einer Ecke Staubknäuel. Sie warf sich aufs Sofa, zog die Beine an und rollte sich wie ein Fötus zusammen. Nicht nur ihr Herz, ihr ganzer Körper schmerzte. Diese überfüllte Stadt, diese Gasse, der Mann unten, der ihr ständig in den Weg trat, die Versuche der alten Frau von oben, Freundschaft zu schließen … Ihr war, als spielte jemand ein böses Spiel mit ihr, ein Spiel, das ihr nicht sonderlich glaubwürdig vorkam. Was hatte sie in diesem Zimmer verloren, das vor Staub starrte, wenn es nicht alle zwei Tage geputzt wurde, in diesem Haus mit den maroden Balkonen, kein einziges Mal repariert oder renoviert, seit es hier stand, warum lag sie auf diesem Sofa, worauf und auf wen wartete sie? Sie bildete sich ein, im Fernseher einen Schriftsteller sagen zu hören: »Mich interessieren die Märchen dieser alten Lande. Mein Weg in die Literatur begann mit den Märchen, die meine Großmutter erzählte.«

Richteten sich die Wut, die Rachegelüste, die in ihr aufstiegen, dagegen, dass sie nicht wusste, wo diese alten Lande liegen sollten und was für Märchen es dort geben sollte? Oder dagegen, dass scheinbar alle, einschließlich der alten Frau und Nevin, der Erzählerin des Märchens von dem Pferd, sich ohne Weiteres eine absolute Wahrnehmung von der Welt, eine Meinung, einen Glauben zulegen konnten? Sie wusste es nicht, sie wusste gar nichts mehr. Sie hockte jetzt selbstmitleidig auf dem Sofa und ihre Gedanken irrten bald zu den Wehklagen der Großmutter, bald zur Mutter, bald zu Barış, dem ersten Mann, mit dem sie im Bett gewesen war. Sie lief über Sandwege, die bei trockenem Wetter staubig waren und bei Regen matschig, sie lauschte in die Schlafsäle eines Mädchenwohnheims hinein, wo gekichert wurde und das Geplapper anschwoll, sobald das Licht gelöscht war. Als sie aufstand und den Olivenkern aufsammelte, saß sie schon in einem Gelenkbus und war unterwegs zu einem alten Gecekondu-Viertel, das längst abgerissen und durch eine Hochhaussiedlung ersetzt worden war.

Das Leben noch einmal von vorn

An der Hauptstraße, die das Viertel halb umschloss, stieg sie aus dem Bus. Auch in Warschau war sie mit Gelenkbussen dieses Typs gefahren. Die Busse mit ihren braunen Ledersitzen, deren Polster stellenweise zerschlissen war, dann quoll weißer Schaumstoff hervor, die, wie sie später erfuhr, aus ungarischer Produktion stammten, kutschierten sie in Warschau, wohin sie vorübergehend entsandt worden war, aber vergeblich auf den Rückruf in die Zentrale gewartet hatte, von einem der Außenbezirke, in der die Firmenniederlassung saß, in die City und zurück. Meist waren die Busse leer und nicht nur die Busse, auch die Landschaft, durch die sie fuhr, lag verlassen da. Es war Winter, die Kälte, die einem den Speichel zwischen den Lippen gefrieren ließ, war imstande, noch die glühendsten Tierschützer davon abzuhalten, sich über Frauen in Pelzmänteln zu empören. Pappeln, auf deren Ästen sich der Schnee nicht hielt, standen im Einklang mit der monotonen Natur, nur der aus den Schornsteinen der vereinzelten Häuschen aufsteigende schwarze Rauch kam ihr wie schwarze Tupfer vor, die das Bild störten. War sie sonntagmorgens unterwegs, staunte sie, wie zahlreich die Menschen zu den Kirchen auf dem Land strömten. Sie glaubte dann, einen Gesamteindruck der Polen gewonnen zu haben, die zum großen Teil katholisch waren, und fühlte sich einen Augenblick lang der Stadt, die ihr sonst bekannt vorkam, fremd. Doch das Gefühl verflog, sobald sie in der City vor einem Wolkenkratzer ausstieg, der auf alles herabschaute, als wäre er das zentrale Gedächtnis der Stadt, bald stand ihr Kızılay, bald Ulus vor Augen, die modernen Viertel in Ankara. Sie war sich nicht sicher, ob die beiden Städte tatsächlich etwas gemeinsam hatten. Vielleicht entsprang die Ähnlichkeit des imponierenden Hochhauses, vor dem der Bus hielt, mit einem Regierungsgebäude in Ankara, das sie nie betreten hatte, nur einer von den Assoziationen im Bus ausgelösten Sehnsucht. Doch auch die Außenbezirke der Stadt schienen ihr ein wenig dem alten Ankara vor Wolkenkratzerzeiten zu ähneln. Der Schnee dort, bei klarem Wetter das gleißende Sonnenlicht über dem Schnee, das strenge trockene Klima, die Pappeln, auch die Menschen mit ihrem Temperament. Mit wem sie auch sprach damals in Warschau, alle, besonders die jungen Leute, träumten von Amerika, Nord- oder Westeuropa. Wen sie auch kennenlernte, jeder empfahl ihr, nicht die Neustadt zu besichtigen, die seit den fünfziger Jahren neu aufgebaut worden war, nachdem Russen und Deutsche sie vereint im Zweiten Weltkrieg zerstört hatten, sondern die Altstadt, die für Adel und Würde der Polen stand. Den einzigen noch stehenden Palast, das Symbol von Polens einstigem Reichtum. Sie meinte stets, die Sorge ihrer Gesprächspartner zu verstehen. Ihr Unbehagen bei dem Gedanken, ein Ausländer bekäme die hinter den hässlichen Hochhäusern schwarz errichteten finsteren Baracken zu Gesicht. Das waren die Gecekondus der Polen, und wohin sie schaute, fühlte Fatma sich an ihre Jungmädchenjahre in Ankara und auch ein wenig an das alte Viertel in der zentralanatolischen Stadt ihrer Kindheit erinnert.

Jetzt aber trug die Fantasie sie nicht nach Warschau, wohin sie mit achtundzwanzig gekommen war, wo in den Lokalen stets der Geruch von Kohl und Essiggemüse hing. Jetzt war sie gerade siebzehn. Zunächst in einem Gecekondu-Viertel in Ankara, wo es im Sommer nach Tomaten, Paprika und Melone roch und im Winter nach Lauch und fettigen, mit Tomaten- und Paprikamark gewürzten Speisen. Es ging das Gerücht, das Viertel solle abgerissen werden.

Von der Anhöhe aus überblickte sie die Silhouette des Viertels, die über die Ebene verstreuten ein- oder zweigeschossigen Häuser, die spitzen Pappeln, die das Gelb der Dächer angenommen hatten. Abgesehen davon, dass die Wege auf und ab führten und die Häuser den Hang hinaufkletterten, als klammerten sie sich an ihn, sah es hier genauso aus wie in dem Viertel, in dem sie aufgewachsen war. Als sie an einem warmen Herbsttag, der noch keine Sehnsucht nach Sommersonne aufkommen ließ, hergekommen war, glich alles und jeder Geruch dem Viertel in der vierhundert Kilometer entfernten Heimatstadt. Gerüche nach Braten und Eierspeisen, die aus den Häusern waberten; um Mülltonnen verstreuter Abfall, den Katzen plünderten; summende Scharen von Fliegen auf Melonenschalen; satte, fette Pferdebremsen, müde vom Sommer, an Fenstern und Vorhängen; Horden streunender Hunde, die frühmorgens mit dem Gebetsruf um die Wette heulten … Apfel-, Kirsch- und Birnbäume, deren Früchte noch vor der Reife Kinder pflückten. Schmale Gärten, in denen irgendwo Tomaten und Paprika gezogen wurden, in einer Ecke fand sich immer entweder ein Stuhl mit gebrochenem Bein, ein gebogenes rostiges Ofenrohr oder sonst ein Schrottteil, das nicht mehr gebraucht wurde, das wegzuwerfen man aber nicht übers Herz gebracht hatte. Unter den hohen Vordächern Frauen, die Paprika, Auberginen oder Tomaten für den Winter trockneten, Bohnen für das Abendessen verlasen, die feinen Fasern aufhäufelten, darauf bedacht, die guten Enden angefaulter Bohnen nicht wegzuwerfen, mit einem Ohr und einem Auge stets bei ihren auf der Gasse spielenden Kindern. Lästernde Jungen mit zerschrammten Knien voller Dreck und blauen Flecken, kleine Mädchen, die Fünf-Stein spielten oder Hüpfekästchen und sich vor Eifer auf die Lippen bissen, das elektrisierte Haar klebte ihnen im verschwitzten Gesicht. Das war eine Welt, die sie kannte. Hauptstadt, aber ohne Unterschied zu der zentralanatolischen Stadt, aus der sie stammte. Dieselben Dialekte, ähnliche Flüche, vergleichbare anstößige Witze, dieselben Lieder aus dem Radio oder von Kassette …

Am nächsten Tag würde sie fortgehen. Die Bestätigung für die Aufnahme ins Mädchenwohnheim hält sie in der Hand. Wie zum Abschied schaut sie über das Viertel, nicht allein ihm gilt der Abschied, auch dem Haus des Onkels in der fernen Stadt und ihrer Kindheit. Vielleicht kommt sie fortan nur noch zu Besuch her. Sie wird auch nicht länger das Gefühl haben, sobald sie ein Wort zu viel sagt, etwas zu verlieren, das sie anderen verdankt, als wäre sie nicht aufgrund ihres Verstands und Fleißes an einer der besten englischsprachigen Universitäten des Landes zugelassen worden. Von nun an wird sie nicht mehr als Letzte in die auf dem Boden bereitete Schlafstatt schlüpfen, morgens vor den anderen aufstehen, still bei der Hausarbeit helfen, still aus dem Haus gehen und ebenso still wieder heimkehren.

Onkel Musa und Tante Şükran sind unentschieden, ob sie sich darüber freuen oder grämen sollen, dass sie einen Platz im Wohnheim bekommen hat, aber im Grunde freuen sie sich. Schließlich ist sie ein Mädchen in der Pubertät, da könnte ihr eines Tages etwas zustoßen. Vor allem werden sie einen Mitesser los. Dennoch bereuen sie unverzüglich, sich gefreut zu haben. Seit einem Monat hockt sie ihnen auf der Pelle in dem winzigen Häuschen, in dem sie mit ihren drei Kindern kaum Platz finden, doch Fatma erinnert sich nicht, auch nur ein einziges Mal eine mürrische Miene gesehen zu haben. Wenn Onkel Musa morgens um fünf aufsteht und in die Glaserei in Ulus geht, ist er so leise, dass Fatma keinen Ton davon mitbekommt.

In Tante Şükrans Blick liest Fatma echte Wärme. Von Herzen sagt sie: Wenn du doch bleiben würdest! Dann würden die Kinder dir nacheifern und auch studieren wollen. Und pass auf dich auf, du bist ein junges Mädchen … Hör zu, komm an den Wochenenden her, das ist auch dein Zuhause! Ich lass die beiden Kleinen bei der Nachbarin und begleite dich morgen, denke ich. Oder dein Onkel soll sich freinehmen, nicht dass man dort glaubt, du hättest niemanden!

»Aus welcher Stadt kommst du?«, fragt das Mädchen am Tisch. Sie heißt Selda und klingt gleichgültig. Fatma wittert die erste Ablehnung. Sie gibt Auskunft. Die Indifferenz legt sich nicht, doch als Selda hört, für welche Uni und welches Fach sie zugelassen ist, reißt sie sich zusammen, sagt, du musst gescheit sein, und Fatma begreift ein weiteres Mal, wenn sie eine Chance und eine Macht in dieser Welt hat, dann verdankt sie die einzig und allein ihrem Verstand, einer Gottesgabe, wie Mathe-Lehrer Muammer auf dem Gymnasium es formuliert hatte. Als das Mädchen auf dem Etagenbett sagt, du warst wohl bei einem guten Nachhilfeinstitut, will sie erklären, dass sie gar keine Nachhilfe hatte, hält aber den Mund. Nun ist es an Fatma, sich mit Gleichgültigkeit zu panzern, sie steht am Fenster, verdrängt ihre Angst und zuckt mit den Schultern. In diesem Augenblick beschließt sie, dass niemand sie aufgrund ihrer siebzehnjährigen Vergangenheit zu beurteilen habe.

Sie zieht den grauen Trainingsanzug an, den Tante Makbule aus Deutschland mitgebracht und den sie für die Zeit im Wohnheim aufgespart hat, erst vor zwei Tagen schnitt sie das Preisschild ab. Er riecht ein wenig nach Zitronen-Kolonya, genau wie die Tante, nach all den mitgebrachten Klamotten, die meist so geschmacklos waren, dass man sie unmöglich anziehen konnte, und ein bisschen nach den Geschäften in Deutschland, die Fatma gar nicht kennt. Diesen Trainingsanzug aber mag sie. Nach etlichen

Kleidungsstücken, die die Tante all die Jahre, seit sie acht war, pflichtbewusst für sie gekauft hatte, war endlich etwas dabei, das Fatma gern tragen würde. Ein Teil des Geldes, das sie ihr im Sommer dagelassen hatte, steckt im Futter des Koffers. Als die Tante erfuhr, dass Fatma studieren würde, hatte sie bei Verwandten und Bekannten Geld gesammelt und ihr etwas davon ohne Wissen von Onkel und Tante zugesteckt, am nächsten Tag aber in der Nachbarschaft herumposaunt: Tausendfünfhundert Mark sind doch kein Pappenstiel für eine Studentin! Aber es ist gut so, es sei ihr gegönnt! Die Deutschen füttern Hungerkinder in Afrika, sollen wir da nicht für die Ausbildung eines Waisenkindes von uns sorgen. Denkt Fatma daran, gibt es ihr erst einen Stich, dann packt sie Wut statt der Dankbarkeit, die Tante Makbule stets in ihren Augen zu lesen wünschte. In meinem neuen Leben werde ich kein Wort über Tante Makbule verlieren, über ihre D-Mark und ihre Geschenke, schwört sie sich.

Und so hält sie es. Als Selda, zu der sich im Zimmer eine gewisse Nähe ergeben hat, Monate später erfährt, dass sie keine Eltern hat, weil beide bei einem Verkehrsunfall ums Leben kamen, als sie klein war, sagt sie nur: Mein Beileid! Die gutmütige Selda mit ihren runden Augen, die Sommersprossen auf der Nase scheinen ihre Unschuld und Natürlichkeit noch zu verstärken, bohrt nicht weiter in ihrem elternlosen Leben herum. Als sie erfährt, dass der Vater zu Lebzeiten Angestellter war, fragt sie nicht nach, wo er tätig gewesen sei, und versucht auch nicht, mehr über die Mutter herauszubekommen, von der sie weiß, dass sie zusammen mit dem Vater bei dem Unfall umkam. Wer redet in dem Alter schon gern über seine Familie? Das Leben ist reinste Qual oder reinste

Freude, weiß oder schwarz, liegt als Unbekannte vor einem, im Tagesrhythmus wechseln Liebesträume, anstrengender Unterricht, Abende vor dem Fernsehapparat in der Cafeteria einander ab, wer blickt sich da schon nach der kurzen Vergangenheit um. Fatma ist neugierig und gescheit und wurde in einer kleinen, neutralen zentralanatolischen Stadt als Tochter eines neutralen Beamten geboren, das ist alles. Dank Soziologiedozent Kadir, der den Studenten gern Literatur zu lesen gibt, entdeckt sie einen Schriftsteller, dessen Bücher in letzter Zeit im Gespräch sind, Selda findet ihn schwierig, sie aber erzählt, sie habe sich darüber gewundert, dass in seinem Buch *Das stille Haus* die Stimme der jungen Revolutionärin gar nicht vorkommt, später sei sie dann traurig gewesen, als das Mädchen umgebracht wurde, dabei denkt sie auch ein wenig an ihren Vater, von dem sie gesagt hatte, er sei bei einem Verkehrsunfall ums Leben gekommen. So neutral ihr Vater, der stille Angestellte, und die Hausfrauen-Mutter, die beide nie die Nase in anderer Leute Angelegenheiten steckten, ihr Leben lebten, so neutral hätte auch ihr Tod sein sollen, dieser Gedanke vor allem beruhigt Fatma.

Auch später kannte Selda sie so, wie sie sie damals kennengelernt hatte. Für sie kam Fatma aus einem derart neutralen und mittelmäßigen Leben, dass man bei ihr zu Hause nie Selda Bağcan gehört, nie Âşık Mahsunis Lautenspiel die Erwachsenen schwermütig gestimmt hatte, allerhöchstens hatten die Stimmen von Neşe und Gülden Karaböcek die langen Sitzungen der Mädchen zum Epilieren, Zöpfeflechten oder Häkeln im Haus begleitet. Die Lieder von Grup Yorum über Gefängnis und Revolution waren jungen Leuten, die sich aufs Saz-Spielen verstanden, nie in die Finger oder über die Lippen gekommen. Als hätte sie das Lied *Kum Gibi* [Wie Sand] auf Ahmet Kayas frisch erschienenem Album, das in ihrem Hirn rotierte, nicht wochenlang wieder und wieder gespielt, hätte nicht von dem Meer jener Stadt geträumt, von deren Möwen es in dem Lied hieß, sie weinten über den Müllhalden, wäre nicht von der Vorstellung eines Paares verzaubert gewesen, das sich liebt, während Bomben in der Stadt explodieren, wie es in dem Lied hieß, als hätte sie nicht jedes Mal von Neuem eine Gänsehaut bekommen.

Ihr Gedächtnis war bereit für frische Erfahrungen, die es speichern könnte. Fatma war erst siebzehn und begann das Leben noch einmal von vorn.

7

Alle Erinnerungen an das Erlebte verbannte sie schleunigst in die dunklen Winkel des Gedächtnisses. Sobald sie sich wohlfühlte, konnten aus dem Nichts aufgetauchte Traurigkeit, Verzweiflung, Mutlosigkeit, wie auch immer sie es nannte, im Nu verfliegen, wie nie da gewesen, zugleich wandelte sich alles, woran sie erinnerten. Im Gedächtnis oder Inneren tauchte die Vergangenheit unablässig auf und wieder ab. Großmama, Vater, Mutter, Onkel, Tante, Tahir, Gülay, Barış, Bartal, Metropolen, Kleinstädte, Knistern, die metallische Frauenstimme, die sie zehn Jahre lang jeden Morgen, wenn sie den Computer hochfuhr, mit »Good morning. You've got a new message« begrüßte, das Rad, auf dem zu fahren sie erst mit Ende zwanzig gelernt hatte, eisstarre blaue Augen, kräftige Schnauzer, sonnenverbrannte Gesichter, Schüsse, eine Stimme, die rief: Die Faschisten haben Hasan Ali erschossen!, lange schwarze Haare, ein davonrasendes blaues Auto … All das existierte als Gesamtheit des Lebens und existierte zugleich nicht. All das war draußen und wurde mit jedem Mal, da es in der Erinnerung hochkam, zu etwas Innerem. Wenn sie jemandem davon spräche, wenn beim Erzählen noch weitere Erinnerungen aufstiegen, würde vielleicht jeder Gegenstand, jedes Gesicht, jeder Körper sich von den anderen lösen und seinen eigenen Platz einnehmen. Die Schemen etwa, die in einem nur spärlich von einer einzelnen Glühlampe erleuchteten Gecekondu-Haus auf den Wind lauschten, der Dach und Fenster knarren ließ; oder die Frauen, die ihre Hoffnung auf ein Bund Petersilie setzten, auf im handtuchschmalen Garten gezogene Bohnen, die nur einen oder zwei Töpfe füllen würden, auf in Ölkanister gepflanzte Tomaten. Alles würde in der eigenen Sprache in dem Haus, zu dem es gehörte, in den Zimmern umgehen. Selbst wenn Orte und Menschen konkret und in der altbekannten Gestalt längst nicht mehr existierten oder sich verändert hatten. Sie lebten in der Gestalt, in der Fatma sie kannte, als innere Wesen weiter. Bald verflüchtigten, bald verdichteten sie sich und wurden verinnerlicht.

Schön und gut, doch wer kannte diese Frau wie gut? Womöglich kannten sie das Bett, in dem sie schlief, die Wände, die kleinen Dinge, die sie berührte, der Bodenspiegel dem Bett gegenüber am besten. Die Dinge, die ihre Stimme, ihren Geruch, die Flüssigkeiten ihres Körpers absorbierten und in ihren Poren festhielten. Vielleicht wäre, wer sie betrachtete, wer auf die nachhallenden Stimmen lauschte, imstande, etwas von Fatmas Wirklichkeit einzufangen. Doch wer würde sich auf die Suche nach diesem Inneren machen, wenn sie nicht davon erzählte, es nicht preisgab? Bei all dem Geschrei im Fernsehen, in den Zeitungen, in den sozialen Medien im Internet, wo eine ungeheure Masse darin wetteiferte, die eigene Geschichte darzustellen, wer interessierte sich da noch für ihr Inneres? Wo neben all jenen, die es bestürmten, das Innenleben sogar im Auge der Besitzerin an Bedeutung verloren hatte.

All dessen war Fatma sich bewusst, das mag der Grund dafür gewesen sein, dass sie lachte, als sie Bahar von der alten Frau im Haus erzählte und von dem Mann mit dem irren Blick unten. Innerlich lachte sie.

8

Ein Blatt Papier ließ sich von einem Hauch, den sonst niemand spürte, durch die Luft tragen, es segelte zwischen den Leuten umher, zwei Frauen ließen den samstäglichen Einkaufstrubel hinter sich und steuerten auf den Platz zu, über den das Blatt wirbelte.

Als wachte sie just in diesem Augenblick auf und wehrte sich gegen etwas, das gegen ihren Willen geschah, sagte Bahar unvermittelt: »Nanu? Wir waren im Kino, wir haben gegessen, und jetzt willst du einfach in den Dampfer steigen und nach Hause fahren?«

»Nicht doch. Ich dachte, wir setzen uns in das Café am Anleger. Wie könnte ich dich an diesem Abend alleinlassen!«

»Da schmeckt der Tee nicht«, merkte Bahar an, hielt aber widerspruchslos Schritt mit Fatma, die zur Ampel strebte. Bahar lief wie eine Schlafwandlerin, wohin sie ihre Füße trugen. Kaum aus dem Kino heraus, hatte sie ihr Telefon eingeschaltet und, als keine neue Nachricht da war, es enttäuscht wieder ausgestellt. Fatma beobachtete sie verstohlen und hoffte, dass sie nicht wieder von Murat anfangen würde. Nicht nur morgens am Telefon hatte Bahar erzählt, wie der Mann ihr seit zwei Jahren das Leben zum Gefängnis machte, auch als sie vor dem Kinobesuch gierig anderthalb Portionen Iskender-Kebap und eine Portion Kazandibi vertilgt hatte, war sie wieder darauf gekommen, gleich würde es weitergehen, wie schon den ganzen Monat, als Fatma bei ihr gewohnt hatte.

»Ödet dich Nevins Wohnung nicht an? Ein Lüstling, der sich um seine alte Mutter kümmert, eine einsame alte Frau ...«

»Hm, wenn ich ständig da leben würde, hättest du wohl recht. Es ist doch nur für eine Weile. Was hattest du noch gesagt, woher kennst du Nevin?«

»Von der Uni in Ankara. Besonders gut kenne ich sie eigentlich gar nicht. Sie ging mit einem Oktay aus unserer Klasse. Damals studierte sie Theaterwissenschaften. Wir waren nicht befreundet, aber sie war so hübsch, dass sie alle Blicke auf sich zog, wenn sie in unserem Fachbereich auftauchte, um Oktay zu treffen. Später trennten sie sich, und sie tauchte nicht wieder auf.«

»Ich habe im Bücherregal in der Wohnung ein spannendes Märchen mit ihrem Namen darunter gefunden.«

»Über ihr Schreiben weiß ich kaum etwas. Aber einmal sah ich ein Theaterstück von ihr. Ein märchenhaftes, feministisches Stück. Mit einem absolut radikalen Titel: Leistenweh. Ich fand's ein bisschen langweilig, um ehrlich zu sein. Ansonsten weiß ich gar nichts über sie. Vor lauter Arbeit und all dem Kram, dem einen die Kerle antun, komme ich zu gar nichts anderem.« Bahar seufzte und hakte sich an der roten Ampel bei Fatma ein. »Ich bin mit Nevin auf Facebook befreundet. Warst du da nicht auch mal? Warum bist du denn wieder ausgestiegen? Manchmal ist das sehr nützlich. So hab ich auch Nevins Wohnung für dich gefunden.«

»Ich fand's irgendwie blödsinnig. Es kam mir so vor, als würden die Leute auf den Seiten da ihr ganzes Leben preisgeben. Ihre Kindheit, Fotos aus der Grundschule, alte Freunde, neue Freunde … Das ist nichts für mich. Ich war nur kurz dabei.«

Bei diesen Worten scannte Fatma mit Blicken flugs den Platz vor dem Anleger. Am Rand einer Bank hockte eine junge Frau und las mit schmalen Augen, der ältere Mann neben ihr linste verstohlen nach ihrem Buch, eine Frau versuchte, einen herumflitzenden vier- oder fünfjährigen Jungen festzuhalten, ein Blatt Papier segelte durch die Luft. Die Bewegungen der Frau, der das Kind entwischt war, ließen den Zettel die Richtung wechseln, jetzt wehte er zu der Leserin auf der Bank hinüber, senkte sich sacht, wurde vom Luftzug eines bulligen Mannes erwischt, der hinter der Bank auftauchte und geschwind auf den Platz zuhielt, wehte zur Straße hinüber und prallte nun auf den Hauch der Fußgänger, die mit Bahar und Fatma zusammen über die Ampel strömten.

Wie um zu verschnaufen, blieb Bahar plötzlich stehen. Sie zog ihren Arm zurück, schlug den Kragen ihrer Strickjacke um, als müsste sie eine schwere Last abstreifen, und blickte sich um. Dann strebte sie zu einer Bank, auf der ein älterer Herr allein saß. Der Mann rückte zur Seite, sie schlüpfte aus der Strickjacke und breitete sie gequält über ihr Bäuchlein, als sie sich setzte. Fatma hatte den Eindruck, Bahar habe in den zehn Tagen, die sie sich nicht gesehen hatten, wieder ein paar Kilo zugelegt. Der Bauch spannte das T-Shirt, ihre Oberschenkel ließen an zwei zarte Hähnchenschenkel denken.

»Wasser?«, fragte Fatma und deutete auf den Imbiss hinter sich. Ohne Bahars Zustimmung abzuwarten, lief sie hinüber, warf rasch einen Blick in den Winkel neben dem Hauptgebäude des Anlegers, wo die Dampfer zu den Inseln abfuhren, und schaute auf die Uhr. Der 16.50-Uhr-Dampfer hatte vor einer halben Stunde abgelegt, bis zum nächsten waren es noch drei Stunden hin.

»Bahar, fahren wir morgen auf die Insel?«
»Oha, hast du den Kerl noch nicht vergessen?«
»Wen? Kerem? Ich weiß nicht«, sagte Fatma. »Bei diesem

Prachtwetter wäre ein Partner doch keine schlechte Idee, oder? Und nicht nur ich, auch du brauchst jemanden …«

»Du meinst, ich soll Murat streichen? Du hast recht. Er hat sich in den zwei Jahren überhaupt nicht wie ein Freund verhalten. Zwei verschwendete Jahre. Am Anfang dachte ich, okay, er ist frisch geschieden, er hat eine kleine Tochter, er braucht Zeit, um sich zu berappeln und sich an sein neues Leben zu gewöhnen. Aber das ist nicht das Problem.« Bahar seufzte. Sie beäugte ihre Finger, die einen Zettel falteten, woher auch immer er gekommen sein mochte, er sah aus wie der Fetzen, der eben noch durch die Luft gesegelt war.

»Mensch, Fatma, ich kenne keinen einzigen Mann, der etwas taugt. Seit der Scheidung von Fırat habe ich keinen einzigen vernünftigen Mann kennengelernt. Das ist jetzt acht Jahre her. Kannst du dir das vorstellen? Ich bin fast vierzig. Entweder treffe ich Typen, die keine Beziehung wollen, oder Impotente oder Kerle um die sechzig, die eine Pflegerin suchen. Hör mal, wenn du diesen Kerem eines Tages treffen solltest, kann ja sein, dann pass auf. Vor allem wenn er so jung und gutaussehend ist, wie du sagst, überleg's dir doppelt und dreifach. Es herrscht ein solches Tohuwabohu, nimm's mit und mach die Fliege, lautet bei allen die Devise. In der Liebe genau wie in allen anderen Angelegenheiten.«

»Wo sollte ich ihn denn treffen? Ich sollte mir endlich einen Job suchen.«

»Arbeit findest du, meine Liebe. Du bist eine Frau, die viele Jahre bei einem internationalen Unternehmen im Ausland tätig war und hast obendrein ein Uni-Diplom.«

»Das stimmt, aber wenn ich die Stellenanzeigen durchgehe, verliere ich den Mut. Alle Welt sucht junge Männer unter dreißig, die den Wehrdienst abgeleistet haben. Außerdem fühle ich mich, als hätte ich nie gearbeitet, als hätte ich alles vergessen, was ich einmal gewusst habe. Mir kommt alles so fremd vor.«

Doch Bahar schien ihr gar nicht zuzuhören. Ihre Mimik wechselte, als würde sie dauernd von einem Gedanken zum nächsten springen, unbewusst presste sie die Kanten des gefalteten Blatts zusammen. Endlich hob sie den Kopf, als hätte sie nach einer Reihe holperiger Gedanken nun gefunden, wonach sie gesucht hatte. Bahar wurde schön, wenn sie sich freute und glücklich war, dann strahlten ihre prallen Wangen, ihre gesprenkelte Nase, die ins Grüne changierenden hellbraunen Augen. Sie rutschte weiter nach hinten und sah Fatma aufmerksam an.

»Ich will dich etwas fragen, hast du in Ankara …?« Kaum angefangen, brach sie wieder ab. Schon bereute sie und verzichtete darauf zu fragen, was auch immer das sein mochte. Leer wanderte ihr Blick zum Anleger hinüber. Es waren kaum noch Leute auf dem Platz, die Fahrgäste drängelten aus dem Wartesaal auf den Dampfer. Der Winkel, in dem die Insel-Dampfer anlegten, war außer Sicht. Ein Schwarm Möwen stieß auf den Kai nieder. Ihr Gekreisch übertönte die schrille Dampfersirene, ein Kind schrie: Gib her!, unter all den Geräuschen hörte Fatma den unaufhörlich fließenden Verkehr dröhnen. Vom Uferstreifen waberte der Duft von Gegrilltem herüber.

»Erinnerst du dich an die Frauen im Studieninstitut in Ankara?«, fragte Bahar nun doch. War das die ursprüngliche Frage? Nein, eine Frage war das nicht, eher Gejammer.

»Sie waren so alt wie wir jetzt, vielleicht ein bisschen jünger. Wie weit von meinem Leben entfernt mir die Frauen damals erschienen! Anders gesagt, in ihnen sah ich so gar nicht meine eigene Zukunft. Manchmal zogen wir über sie her, erinnerst du dich? Die eine war frisch geschieden, andere hatten nie geheiratet, manche kamen in der Hoffnung, in den Seminaren Gleichaltrige zu treffen. Insgeheim verachtete ich sie und machte mich lustig. Was macht es noch für einen Unterschied, ob du in diesem Alter ins Institut gehst oder nicht, dachte ich. Wie jung war ich damals! Wie eitel! Und du erst! Warst du schon neunzehn? Ein kleines Mädchen. Unterrichtetest Frauen im Alter deiner Mutter – was gabst du noch? Statistik, oder? Mensch, was warst du damals einsilbig! Na, du bist ja immer noch so. Ich war damals in einen Spinner verknallt, erinnerst du dich?«

Ja, sie erinnerte sich. Auch damals litt Bahar. Doch zu der jungen Bahar hatte es gepasst. Fatma meinte immer, in ihrer Traurigkeit eine Tiefe zu erkennen. Wenn sie zusammen irgendwo hingingen, nahmen die Männerblicke zu, und nicht nur ihre, Fatma begriff nie, warum dieses hübsche Mädchen nicht glücklich sein konnte, und hielt ihr Unglücklichsein für ein vorübergehendes Spiel. Es ist wie ein Gesetz, hatte Bahar vor ein paar Wochen gesagt: Dralle Vollblutteenies werden mit den Pfunden, die sie ab dreißig zulegen, zu faltigen, plumpen Erwachsenen, während Leute, die in der Jugend so dünn und unscheinbar waren, dass niemand sie eines Blickes würdigte, zu Blüte und Reife kommen, wenn sie zunehmen. War sie taktlos oder weltklug? Fatma blieb unentschieden.

Bahar hielt es nicht länger aus und schaltete erneut das Telefon ein. »Murat hat angerufen!«, rief sie. »Und zwar mehrfach. Der Idiot! Falle ich ihm jetzt erst ein? Und er hat eine Sprachnachricht geschickt.«

Sie hörte die Nachricht ab und verkündete dann: »Ach Gott, jetzt habe ich dem Mann unrecht getan, siehst du! Gestern musste er überstürzt aus dem Haus, weil seine Tochter krank wurde, da hat er vergessen, das Telefon mitzunehmen. Die ganze Nacht war er im Krankenhaus.« Sie verzog das Gesicht. »Das heißt, er hat die Nacht mit seiner Ex-Frau verbracht. Morgen kann er zu mir kommen, sagt er. Du kannst mich mal!« Aber ihre gute Laune war wiederhergestellt.

»Fatma«, fing sie kurz darauf an, »da war doch dieser Junge, mit dem du zu tun hattest, damals in Ankara. Hieß der nicht Barış?«

»Ja. Hast du ihn mal kennengelernt?«

»Ich kenne einen Barış, der unsere Firma berät. Ich habe gehört, dass er aus Ankara ist. Wie war noch gleich sein Familienname? Ist mir entfallen. Ich habe ihn auch schon länger nicht gesehen.«

»Vielleicht Ketenci?«, fragte Fatma. Bahar schürzte die Lippen, sie wusste es nicht. »Ich habe keinen Kontakt mehr zu Barış, seit ich aus Ankara weg bin«, fuhr Fatma fort. »Keine Ahnung, was er macht, wo er jetzt ist. Wie kommst du auf ihn?«

Bahar lachte. »Du sprachst doch eben davon, wie es wäre, jemanden kennenzulernen. Da bin ich die ledigen Männer durchgegangen, die ich kenne. Er war der Passendste und ich fragte mich, ob er vielleicht schwul ist. Meine Kollegin Sevil hat mal so etwas angedeutet. Allerdings ist Sevil ein bisschen eigen. Männer, die sie nicht mehr anschauen, nachdem sie eine Nacht mit ihr verbracht haben, sind ihrer Meinung nach entweder schwul oder impotent. Egal, eigentlich bin ich wegen etwas anderem auf ihn gekommen. Dieser Barış bei uns berät internationale Firmen. Solche Leute haben ein fantastisches Netzwerk. Vielleicht kann er dir helfen, einen Job zu finden.«

Bahar langte nach ihrer Tasche. Es war noch eine SMS gekommen. Von Murat, er sei unterwegs, auf dem Weg zu Bahar. Hektisch sprang sie auf, der Zettel in ihrem Schoß glitt zu Boden. »Na egal, wir reden später weiter«, sagte sie und eilte zu den Taxis am Straßenrand.

Konnte der Mann, den Bahar erwähnt hatte, Barış sein? Barış hier in dieser Stadt, auf Bahars Liste lediger Männer … Dazu noch … Absurd … Unsinn … Aber doch … Hätte jemand so etwas gesagt, damals, als sie Umgang mit Barış hatte, wäre sie nicht so verwirrt gewesen, sie hätte gelacht und es abgetan. Bis sie nach Potsdam ging, bis sie Kenan kennenlernte und später in Berlin Männer Hand in Hand, Arm in Arm durch die Straßen gehen sah, war Homosexualität für sie gleichbedeutend mit den Transvestiten, die nachts in Ankara unterwegs waren, oder mit Mädchen-Mercan in ihrem Viertel in der Kindheit, der Junge mit der hohen Stimme, der beim Reden immer mit Händen und Armen schlenkerte, als säßen sie nicht fest an den Gelenken. Mercan war ambivalent. Bei Mädchenspielen benahm er sich wie ein Junge, aber Jungenspiele spielte er wie ein Mädchen. Hin und wieder griff ihm ein Mann zwischen die Beine und höhnte: Ist er noch dran, Junge? Mercan wand sich dann stets vor Scham, und beugte den Oberkörper über die Knie. Oder die jungen Burschen im Viertel verspotteten ihn, das bunte Hemd bis zum Bauchnabel aufgeknöpft, Silberketten auf der behaarten Brust, so fragten sie ihn, ob er in den Hamam mitkäme. Später lief Mercan dann von Zuhause weg. Niemand wusste, wohin.

Sie beugte sich vor und hob das Blatt Papier auf, das Bahar vom Schoß gerutscht war, da fiel ihr die Art ein, wie Kenan sie

»Fatoş'um« gerufen hatte – meine Fatoş –, wie fern war jetzt der feminine Klang seiner Stimme. Einmal hatte Kenan sie in Berlin zu einer Party bei sich zu Hause eingeladen. Er wohnte mit zwei Freunden in einem Altbau, zu dem man durch ein paar Höfe gelangte, die hohen Decken verstärkten noch das Gefühl von Geräumigkeit. Die Luft war von penetrantem Haschischduft geschwängert, als sie durch den Hof ging, sie betrat die Wohnung, aus der fröhliche Stimmen drangen, und hielt unter den Leuten, die zur Musik tanzten oder sich im Stehen unterhielten, Ausschau nach Kenan. Ihr Blick fiel auf den dunkelhaarigen Mann, der Hüfte an Hüfte eng an einen schlaksigen Blonden geschmiegt tanzte. Der Blonde hatte dem anderen die Hand auf den Rücken gelegt und streichelte ihm Rücken und Hüfte. Plötzlich entdeckte Fatma Kenans Kopf und einen Augenblick später seinen Blick hinter der Schulter des Blonden. Schön, dass du da bist, Fatoş'um, rief Kenan mit seinem Azeri-Akzent. Komm, ich mach dich mit meinem Freund Tim bekannt. Fatma war schockiert. Sie meinte sogar, Kenan hätte sie monatelang belogen, ja, er hätte sie verraten, weil er nicht herumgekichert hatte wie Mädchen-Mercan damals. Immer, wenn ihr die Sache in den Sinn kam, überfiel sie ein gleichsam faschistoides Gefühl: Der hübsche Kenan hatte mit seiner Homosexualität nicht nur sie, sondern alle ihre Geschlechtsgenossinnen beleidigt.

Sie vergaß Kenan, als ihr Blick auf das Grün eines Handzettels an der Ampel fiel. Unwillkürlich öffnete sie das Blatt in ihrer Hand. Aus ihren frechen Augen blickte sie die niedliche Schildkröte an. Es war die gleiche wie auf Kerems T-Shirt. Sie traute ihren Augen nicht. Das, wonach sie tagelang die Straßen abgesucht hatte, mit kurzen Verschnaufpausen bei den Anlegern der Insel-Dampfer, war womöglich seit Tagen durch die Stadt und über die Plätze gesegelt und lag jetzt in ihrer Hand. Behutsam glättete sie die umgeknickten Ränder. Aufmerksam las sie, was darauf stand, berührte mit den Fingern jeden Buchstaben einzeln: Aufruf zur Kundgebung, Sonntag, 25. Mai, 11 Uhr. Es gefiel ihr, dass der Slogan *In der Natur passiert sekündlich eine Katastrophe* kursiv gesetzt war, sie überlegte, ob der Spruch wohl von dem zierlichen Mädchen stammte.

Menschen schlossen sich zusammen, um sich für ihre Überzeugungen einzusetzen, gründeten Vereine, schrieben Parolen, hielten Kundgebungen ab, riefen laut ihre Slogans, wie fern und fremd erschien ihr das alles. Sie hatte immer gearbeitet und dafür ein Zeichen des Lobes, der Anerkennung erwartet. Sie glaubte, stets alles gern getan zu haben: Sie liebte die Schule, liebte Mathe, liebte Betriebswirtschaft, liebte das Masterstudium an der Universität Potsdam, mochte die internationale Ausrichtung der Firma, in der sie unmittelbar nach dem Abschluss eine Stelle bekommen hatte, liebte die neuen Titel nach jeder Beförderung. Mit ihrer Leidenschaft für Verantwortung hatte sie sich mit Leib und Seele der Arbeit verschrieben. Hatte sie all das wirklich geliebt? Ihre Arbeit?

Ihr Unternehmen sah nicht so aus, als würde es je ins Wanken geraten; erlaubte man sich keine wirklich großen Fehler, ließ es seine Angestellten nicht im Stich. Dann hatte sie die jüngsten Zahlen gesehen, rückläufige Verkäufe, Sitzungen des oberen Managements hinter verschlossenen Türen … Doch die meisten meinten, das ginge vorüber, nicht immer würden Gewinnziele erreicht, nur eine zyklische Flaute. Mit neuem Produktdesign und anderen Marketingstrategien wäre man binnen Monatsfrist wieder auf den Beinen. So war es doch immer, Gewinne sanken und stiegen, Produkte wurden größer oder kleiner, dicker oder dünner, Funktionen wurden geändert, neue Zielgruppen erschlossen, bei alten Zielgruppen neue Bedürfnisse erkannt, so ging es stets. Dem Mobiltelefonmarkt gingen weder die Neuheiten aus, noch waren seine Kunden saturiert. Es kam darauf an zu wissen, wo der Bedarf lag und den Leuten ihre Bedarfe bewusst zu machen. Doch dieses Mal war die Lage ernst. Erst gab es Gerüchte, dann stürzten an der Börse die Aktien ab, noch vor Monatsfrist wurde rationalisiert. Produkt- und Projektmanagement wurden bei einer Person konzentriert, die Marketingchefs wurden zugleich Salesmanager, Controller und Analysten waren von einem Tag auf den anderen nur noch Buchhalter, die sich um ihren Job sorgen mussten. Wie schnell all die schicken hippen Titel, Kategorien und Jobstatuten, die sie aus der Betriebswirtschaft kannte, ihre Bedeutung einbüßen konnten, und dass sie auf der Jagd nach all diesen Begriffen in einen seltsamen Schlaf verfallen war, wurde ihr klar, als man ihr die Kündigung zur Unterschrift in die Hand drückte und sie die lächerliche Abfindungssumme darauf las. Als hätte sie jahrelang darauf gewartet, dass jemand »Halt!« rief, hatte sie innegehalten, als es dann tatsächlich jemand sagte. Innehalten, war es das, was sie jetzt tat? Ganz im Gegenteil, sie hielt nirgends inne, sie war auf einer ungewissen Suche, deren Wesen ihr noch nicht ganz klar war. Doch jeder schien ihr irgendwo zu stehen, die Mutter, die eben noch auf dem Platz ihr Kind einzufangen suchte, die junge Leserin, der verstohlen in ihr Buch spickende Mann, Bahar, die unausgesetzt um ihren Liebsten kämpfte, die Umweltaktivisten, die die Kundgebung organisierten … nur sie wusste nicht, wo sie stand.

Als sie den Dampfer tuten hörte, der sich dem Anleger näherte, sprang sie unwillkürlich auf. Da rief jemand: »Fatma?! Fatma! Ich glaub's nicht. Du bist wirklich Fatma!«

Eine rothaarige Frau im Jeansrock mit kräftigen, aber wohlgestalten Beinen lief ihr entgegen. In welchem Lebensabschnitt mochte sie ihr begegnet sein? Auf der Uni in Ankara, oder in Potsdam, in Berlin?

»Erkennst du mich nicht? Ich bin Gülay. Aus unserem Viertel.«

Fatma starrte die Frau an, die mit funkelnden Augen neugierig darauf wartete, wiedererkannt zu werden. Sie kannte eine Gülay von früher. Die kleine Gülay mit Pausbacken und dunkelblondem Haar. Das Mädchen Gülay, das beim Gehen schlurfte, mit ihren langen Röcken den Staub vom Boden fegte und bei jeder Gelegenheit errötete. Und zuletzt die 17-jährige Gülay, herausgeputzt wie eine Puppe, aber ebenso passiv wie eine Puppe aus Kunststoff, die mit dem Sohn eines Gastwirts verheiratet wurde, während Fatma einen Studienplatz für Betriebswirtschaft an einer englischsprachigen Universität erhalten hatte und von Ankara träumte, eine Utopie für alle im Viertel.

»Ist ja klar, dass du mich nicht erkennst. Als wir uns zuletzt sahen, lebte ich in einer völlig anderen Welt«, sagte Gülay.

Unschlüssig, ob sie die Frau umarmen oder einen Schritt zurücktreten sollte, blieb Fatma vor der Bank sehen.

»Was hast du denn hier zu suchen? Warst du nicht im Ausland? Bist du auf Urlaub hier?«

»Sozusagen«, entgegnete Fatma.

Wäre Gülay ihr als füllige Frau mit mattem Blick begegnet, wäre sie nicht derart verblüfft gewesen, das hätte ins Bild gepasst, man hätte sich kurz gegrüßt und wäre seines Weges gegangen. Diese

Frau aber wirkte nicht, als wäre sie einst als Schwiegertochter eines Gastwirts in jenem Provinzstädtchen in ein wohlhabendes Viertel gekommen, nur zehn Minuten vom eigenen Gecekondu-Quartier entfernt, sondern wie eine in der Metropole geborene und aufgewachsene, selbstbewusste Großstädterin.

Gülay scherte sich nicht um Fatmas unterkühlte Zurückhaltung, sie nahm ihren Arm und zog sie auf die Bank. Sie musterte Fatma, ihr Blick fiel auf den Flyer in ihrer Hand, da griff sie nach der anderen. Wie mütterlich und aufdringlich sie war. War sie immer so gewesen? Schon als Kind? Die Nägel der weißen Finger waren rot lackiert, die Hände geschmeidig.

»Wie oft ich in letzter Zeit an dich gedacht habe! Ich habe dich auf Facebook gesucht, aber vergeblich. Dann habe ich Tahir gefragt.« Gülay zögerte und senkte den Blick. »Ich bin mit Tahir auf Facebook befreundet. Manchmal sagen wir uns Hallo. Kürzlich haben wir über dich geredet. Aber er wusste auch nichts. Die Treulose, sagte er nur, ist fortgegangen und hat uns alle vergessen …«

»Überhaupt nicht«, murmelte Fatma. »Wie sollte ich euch vergessen, aber vor lauter Stress kommt man ja kaum zum Nachdenken.«

»Weiß ich doch, meine Liebe, zuletzt hörte ich, dass du bei einem internationalen Unternehmen arbeitest. Das hat mich gar nicht gewundert, weißt du. Was warst du für ein kluges Mädchen! Ich weiß noch, wie du der ganzen Klasse Prügel ausgeteilt hast, als wäre es gestern gewesen.«

Gülay hatte wohl Fatmas Blick bemerkt, der immer wieder zum Dampfer hinüberhuschte, auf den jetzt die Fahrgäste strömten. »Verpass deinen Dampfer nicht. Ich hab auch zu tun. Treffen wir uns und reden ein anderes Mal länger, ja? Hast du kein Telefon?«

»Doch, doch, aber die Nummer ist neu, ich hab sie nicht im Kopf.«

Gülay steckte die Hand in die Tasche und kramte darin herum, doch sie fand nicht, was sie suchte. »So ein Pech, ich habe meine Visitenkarten nicht dabei, aber ...« Sie wühlte weiter in der Tasche und fand schließlich das Gesuchte, da fiel ihr Blick erneut auf den Flyer. Mit dem aufgestöberten Stift schrieb sie ihre Telefonnummer der Schildkröte auf die Pausbacken. »Ruf mich unbedingt an«, sagte sie, »ich bin immer hier in der Gegend.« Sie hauchte Fatma Küsschen auf die Wangen und eilte zur Ampel.

Fatma musterte die Augen der verschmitzten Schildkröte und Gülays Nummer und dachte: Was für ein seltsamer Abend! Auf einen Schlag zwei Verabredungen, falls der Mann, von dem Bahar sprach, tatsächlich Barış war, sogar drei. Mit dem Daumen streichelte sie über die Pausbacken der Schildkröte.

9

Sie fand die Gruppe auf dem belebten Platz, wo auf Schritt und Tritt Straßenmusikanten auftraten und junge Leute sowie europäische Touristen zu Fuß von vier Seiten her kommend aufeinandertrafen und die Richtung wechselten. Als Erstes fiel ihr eine Frau auf, sie trug eine grüne Perücke auf dem Kopf, die wie ein Baum aussah. Vor einem Spiegel, den ihr ein junges Mädchen mit einem ähnlichen Kopfschmuck hinhielt, schminkte sie sich das Gesicht grün. Ein großer Kahlköpfiger hielt sich eine schwarze Maske vor die Stirn und streifte gerade einen schwarzen Umhang über. Dann breitete er die Arme aus, und Fatma glaubte, Graf Dracula mit seiner schwarzen Pelerine aus den Vampirfilmen vor sich zu haben. Mit seinen Hasenzähnen und dem runden Gesicht wirkte der Mann in diesem Kostüm aber gar nicht furchterregend, eher wie ein fideler Junge beim Fasching. Nun schossen sie wie Pilze in der Sonne nach dem Regen im Wald aus dem Boden: Fledermausmasken, Eulen, Wölfe, Rehe, ein bulliger Mann hatte trotz der Hitze etwas wie ein Bärenfell übergeworfen, ein vier-, vielleicht fünfjähriger Junge auf dem Arm einer Frau mit schwarzem Kopftuch versuchte, mit seiner Augenmaske und dem schwarzen Umhang Leute zu erschrecken, wollte aber wohl mehr dem Helden der Zorro-Filme ähneln als einer Fledermaus; Jungen und Mädchen wie afrikanische Ureinwohner gekleidet mit Handtrommeln und Schellen …

Sie betrachtete die bunte Schar, die mit den Stimmen der Tiere, die sie darstellten, einen Chor bilden würden, von afrikanischen

Trommeln begleitet, da fiel ihr ein junges Mädchen auf. Zwischen ihren Locken lugte ein Hirschgeweih hervor. War das nicht das Mädchen, das auf der Insel noch einen heißen Tee bei Kerem hatte trinken wollen? Mit der Entdeckung des Mädchens fiel ihr gewissermaßen ein Schleier von den Augen. Da war auch Kerems blonder Freund, mit zwei Leuten rollte er ein Transparent auseinander, und die verschmitzt dreinblickende Schildkröte schwebte in die Höhe. Und Kerem! Er stand vor einem Schaufenster, eine Hand in der Hosentasche, und sprach mit einem Graubärtigen. Er trug kein Kostüm, er war so entspannt, als wäre er an diesem Sonntagmorgen auf einem Spaziergang. Anders als bei ihrer ersten Begegnung, war er frisch rasiert und hatte die Locken zum Pferdeschwanz gebunden. Erst jetzt entdeckte sie den kleinen Silberring in seinem Ohr, die schwarze Lederkette um seinen Hals, die bunten Bänder am Handgelenk. Das weiße T-Shirt ließ sein Haar regelrecht glänzen, weizenfarben war sein Teint, schlank und muskulös der Körper.

Fatma schrak auf, als etwas Hartes gegen ihre Hand stieß. Ein junges Mädchen drückte ihr eine Augenmaske in die Hand und lud sie wie auch alle anderen neugierigen Passanten zum Mitmarschieren ein. Als sie den Kopf hob, um erneut zu Kerem hinüberzuspähen, versperrte ihr ein soeben ausgebreitetes riesiges Transparent die Sicht. Ein roter Luftballon stieg auf.

Nun wurden Pfeifen geblasen, Trommeln geschlagen, Parolen gerufen, Transparente durch die Luft geschwenkt.

Finger weg von der Natur!

Umweltschutzgesetz! Sofort!

Ich bin eine Fledermaus! Deinetwegen muss ich sterben.

Ich bin ein Baum! Nimm mir nicht den Atem!

Mit der Pappmaske, die ihr das Mädchen in die Hand gedrückt hatte, lief sie am Rand des Zuges mit. Dabei beäugte sie verstohlen die Menge, erblickte sie ein weißes T-Shirt, schlug ihr Herz schneller, doch jedes Mal ließ sie enttäuscht, den Gesuchten nicht gefunden zu haben, die Blicke weiter schweifen, stellte sich auf Zehenspitzen, um besser sehen zu können. Endlich entdeckte sie schräg vor sich den Mann im weißen T-Shirt. Kerem hatte eine Maske vor den Augen und blies immer wieder in eine Trillerpfeife, die an seinem Hals baumelte. Er wirkte wie ein Einzelgänger. Als gehörte auch er nicht zur Gruppe, lief er mit Abstand zu den anderen, allein für sich.

Fatma ging langsamer und war nun fast auf gleicher Höhe mit ihm. Als Kerem sich umdrehte und sie anschaute, erlebte sie ein Déjà-vu. Sie hatte einen solchen Moment schon einmal erlebt, in einer vergleichbaren Umgebung. Wann das war und weitere Einzelheiten würden ihr gleich einfallen. Ebenso würde ihr bald klar werden, warum sie sich nach diesem Mann, den sie doch gar nicht kannte, gesehnt und ihn gesucht hatte. Jetzt aber war sie ihm so nah, dass sie nicht weiter darüber nachdenken konnte. Sie lief neben Kerem, ihre Arme berührten sich beinahe. Kerem nahm seine Maske ab und beugte sich zu ihrem Ohr, er roch nach Zigarette und Lotion. In Fatma flatterte und piepte wild ein Vöglein.

»Woher kenne ich dich?«

»Keine Ahnung«, sagte Fatma.

»Bist du Reiseleiterin?«

»Nein, wie kommst du denn darauf?«

»Hast du nicht vor ein paar Wochen ein älteres amerikanisches Touristenpaar auf der Insel herumgeführt? An dem Tag, als die Dampfer nicht fuhren.«

Neben diesem hübschen, selbstgefälligen Mann gehen, erfahren, dass er die Begegnung vor einem Monat nicht vergessen hatte … Das piepsende Vöglein in ihrer Brust flog auf, setzte sich auf ihre leicht geröteten Wangen, wühlte in ihrem Haar, erst gestern Abend hatte sie zwei weiße Haare ausgezupft, es blieb nicht lange, schwang sich auf, zitterte in ihren Augen und landete auf dem Lächeln ihrer Lippen.

Als die Parolen sich mit dem Lärm der mitten auf der Straße dichtgedrängt laufenden Demonstranten vermischten, wurde Verständigung unmöglich. Doch Fatma hatte einen Eindruck von ihm gewonnen. Kerem war Reiseleiter bei einem Veranstalter von Natur- und Umweltreisen. Offiziell war er für Touren in den Osten des Landes zuständig, kam aber eigentlich überall herum. Er hatte schon das ganze Land bereist und Hunderte größerer und kleinerer Stauseen gesehen, die landauf, landab überall dort angelegt wurden, wo Wasser floss, kannte Wälder, die Luxussiedlungen weichen mussten, große Hotelbauten an den Küsten, wuchernde Betonisierung, die Jagd nach Bodenschätzen, er wusste, wie die Umwelt zerstört wurde. Fledermäuse, Vögel, Bären, Pflanzenarten verschwanden. Deshalb engagierte er sich zugleich als Campaigner bei einem Umweltschutzverein.

Was machte Fatma beruflich, wenn sie keine Reiseleiterin war? Sie mochte nicht sagen, dass sie arbeitslos war. Sie erzählte von ihrer ehemaligen Firma, dass sie im Ausland lebte, dass sie pausieren musste, während ihre Firma den Standort in ein anderes Land verlegte, und ergänzte, bei dem amerikanischen Ehepaar handelte es sich um die Eltern eines Kollegen, sie habe sie getroffen, als sie hier auf Urlaubsreise waren. Dann befremdete sie aber selbst, was sie erzählt hatte. Was, wenn er denken würde, sie sei nur vorübergehend hier, und das Interesse an ihr verlöre? Doch Kerem schien das nicht zu kümmern. Dennoch fühlte Fatma sich zu einem Nachsatz genötigt: »Eigentlich bin ich für die hiesige Niederlassung tätig.«

Längst hatten sie den Platz am anderen Ende der Straße erreicht. Die Gruppe bewegte sich auf die Fläche hinter der Straßenbahnhaltestelle zu, um dort eine Presseerklärung zu verlesen. Es gab für Fatma keinen Grund mehr, als Passantin oder Unterstützerin von außen dabei zu sein.

»Hast du eine Telefonnummer?«, fragte Kerem. Als er Fatma zögern sah – sie zögerte, weil sie ihre Telefonnummer nicht auswendig wusste, so selten benutzte sie sie –, setzte er seinen Rucksack ab und zog eine Visitenkarte aus einer Außentasche. »Wir können ja mal zusammen über die Insel laufen. Bei dem Sturm hast du bestimmt nicht viel gesehen. Ich führe dich herum«, sagte er mit Herzensbrecherlächeln. »Das ist mein Job!«, fügte er noch hinzu. Als Kerem in der bunten Menge verschwand, unter dem großen roten Luftballon zwischen neugierigen Passanten, Kameras und Journalisten, die zur Presseerklärung gekommen waren, stand ihr plötzlich ein anderer Platz vor Augen. Eine Kundgebung in einer anderen Stadt, bei der es keine Freude und keine Spur von Ironie gegeben hatte. Die Fahne vom Pir-Sultan-Abdal-Verein, die weiße Fahne der Türk-İş-Gewerkschaft, rote Fahnen, die sie nicht zuordnen konnte, betagte alevitische Dedes, die kräftigen weißen Schnurrbärte gezwirbelt, junge Mädchen, die sich rote Bänder um ihre weißen Kopftücher geschlungen hatten, Jungen, die linke Hand mit einer Saz in die Luft gereckt, im Haus des Onkels das Konterfei von Kalif Ali, gleich neben der Fotografie ihres Vaters … Aufgebrachte Parolen schwirrten durch die Luft, liefen in einer Welle vom einen Ende der Demonstration zum anderen …

Die Suche

Damals in der Julihitze, die Mittagssonne färbte die blassen Gesichter rot wie Granatäpfel und färbte sonnenverbrannte Mienen tief braun, hatte sie die Augen verengt und die brodelnde Kundgebung beobachtet. Einerseits drängte es sie, sich unter die Menge zu mischen, andererseits wäre sie am liebsten davongelaufen. Polizisten standen rings um den Platz, Walkie-Talkies in den Händen, Schlagstöcke an den Hüften. Träfe sie ein Blick, würde sie sagen: Ich bin nur Zuschauerin, ich kam rein zufällig vorbei, bin gleich wieder weg. Doch es gab auf dem Tandoğan-Platz in der unbelebtesten Ecke der Stadt, wo kaum Passanten vorbeikamen, keine außenstehenden Zuschauer. Einzig die Köpfe von Angestellten an den Fenstern des fünfzehnstöckigen Gebäudes einer Bank spähten von Weitem herüber.

Der Zug verließ den Platz und bewegte sich auf die Sıhhiye-Brücke zu. Sie war allein unter Tausenden Menschen, die Parolen riefen und Märsche anstimmten. Kein Slogan kam ihr über die Lippen, bei keinem Lied sang sie mit. Die glühende Sonne stach ihr ins Gesicht, in ihr wallten Scham und Wut auf, sie lief mit. Neben einer Gruppe, die ein Transparent dabeihatte: DIE ANDERE KUNST. Ein langhaariger junger Mann und ein Mädchen mit Kurzhaarschnitt trugen das Plakat. Auf den ersten Blick waren sie als Gruppe kenntlich. Sie machte einen Mann mit angegrautem Bart aus, sein sich oben schon lichtendes Haar hatte er zum Zopf gebunden; zwei Frauen gleichen Alters, eine mit einem Tattoo auf der bloßen Schulter; ein junges Mädchen zwischen zwei jungen Männern, trotz der Hitze trug sie schwarze Schnürstiefel unter dem Minirock und die Haare raspelkurz, neben ihr ein schwarzhaariges

Mädchen. Warum Dedes, die alevitischen Geistlichen, und die zornig blickenden Leute mit sonnenverbrannten Gesichtern unter den roten Fahnen oder dem Pir-Sultan-Abdal-Transparent mitliefen und warum sie zornig waren, konnte sie nachvollziehen. Doch was diese Künstlergruppe hier zu suchen hatte, die sich in Kleidung und lockerem Großstädtergehabe deutlich abhob, verstand sie nicht. Vielleicht deshalb nicht, weil die achtzehnjährige Fatma damals glaubte, alle Wut der Welt ähnele ihrer eigenen. Als die Schwarzhaarige sie anlächelte, begriff sie, wie gut es tat, aufgenommen zu werden, wenn man außen vor stand, und das eigene Wutgefühl von außen betrachten zu können.

Kurz darauf fiel ihr der junge Mann auf, der vor ihr ging und sich hin und wieder zu ihr umdrehte. Sie kannte ihn, wusste aber noch nicht, dass er Barış hieß. Er studierte in einem höheren Semester Ingenieurswesen. Er war ihr als einer der Einzelgänger ohne Clique aufgefallen, die allein in der Mensa saßen oder mit Büchern auf dem Rasen und die Menge nur von Weitem beobachteten. Einer, der ihr gefallen könnte, wenn er sie nur anschaute.

Wieder drehte Barış sich zu Fatma um, nun lächelte er. Fatmas Herzschlag beschleunigte sich, dann ihre Schritte, ihr Verstand. In dieser Stadt, wo sie stets zögerte, sich Menschen zu nähern, geschah, wonach sie sich gesehnt hatte. Tief in ihr steckte Freude. Eine dunkel verschleierte Freude, die sie in den Stimmen, den Blicken, auf den Lippen anderer beobachtet hatte. Diese Freude drängte heraus, wollte ans Tageslicht. Der Flaum an Kinn und Oberlippe von Barış, dessen Namen sie noch nicht kannte, seine ins Aschfarbene gehenden Locken, die flott über die Schulter geworfene Ledertasche, seine langen schlanken Beine erinnerten sie an Freiheit, und dass er sie aus den Augenwinkeln beobachtete, an das, was man Glücklichsein nannte.

Sie beschleunigte ihren Schritt weiter, Barış dagegen ging langsamer. Bald waren sie auf gleicher Höhe. Zwischen ihnen war höchstens noch Platz für eine Person. Die Sonne brannte nicht mehr so arg, der Schweiß war besiegt, eine unverhoffte Brise schickte ihr einen angenehmen Schauer über den Rücken.

Plötzlich wurden hinten Parolen gerufen, und sie fand sich in einem unbegreiflichen Tumult, den sie nicht hatte kommen sehen. Im Handumdrehen hatte die Menge sie mitgezogen. Sie steckte zwischen erhitzten, kräftigen Leibern fest, versuchte sich herauszukämpfen. Buhrufe, Pfiffe … Sie wurde mitgeschleift. Eine Durchsage kam: Ruhe bewahren, Freunde! Es ist nichts passiert!

Erst als Fatma in der sich entspannenden Menge wieder zu Atem kam, erfuhr sie, was geschehen war. Es hieß, vor ihnen hätten Polizisten einen Studenten bedrängt, doch Fatma war so sehr mit sich selbst und dem jungen Mann beschäftigt gewesen, dass sie nichts davon mitbekommen hatte. Nun wurde durchgesagt, vorne ginge alles seinen normalen Gang. Die Leute beruhigten sich und nahmen den Marschrhythmus wieder auf. Fatma schaute sich um, lief vor, ließ sich zurückfallen, blieb stehen, wartete, lief wieder schneller. Doch Barış blieb verschwunden.

Sie fand Barış nicht, fuhr aber auch nicht gleich heim zur Familie des Onkels fünf Busstunden entfernt, schob vor, es stünden noch Prüfungen an, obwohl die Semesterabschlussprüfungen längst stattgefunden hatten.

Die Stadt kam ihr endlos vor, als sie allein war. Sie stromerte in der Umgebung des Wohnheims umher, das auf einem von Winden umwehten Platz stand, lief lange durch die Straßen, ging ins Zentrum, klapperte Buchhandlungen ab, musterte Schaufenster und kehrte vor Einbruch der Dunkelheit in ihre Bleibe zurück. Nie hatte sie über ein eigenes Zimmer verfügt, sie hatte sich stets einsam gefühlt, obwohl sie nie allein gewesen war, nun entdeckte sie, wie sich wahre Einsamkeit anfühlte. Im Wohnheim, die Mitbewohnerinnen waren ausgeflogen, schmiedete sie ausgiebig Zukunftspläne, blätterte in einem gebraucht besorgten englischen Roman und träumte von dem jungen Mann bei der Demo, der sie plötzlich so beschäftigte. In welchem Viertel, in was für einem Haus mochte Barış leben, dessen Namen sie noch nicht kannte? Vielleicht war sein Vater Angestellter und er wohnte in einem Mittelschichtsviertel.

Eines Tages zog sie das ärmellose Kleid mit dem lila Blumenmuster an, das sie vom Studentenkredit und den Zuwendungen Tante Makbules gekauft, aber bisher nicht zu tragen gewagt hatte, setzte den Rucksack auf, schlüpfte in die Ballerinas und streifte durch die Stadt. Sie lief durch bisher unbekannte Stadtteile, durch die Hochburgen der Mittelschicht. Sie staunte, wie nett es in einer von zweistöckigen Häusern mit Garten gesäumten Straße aussah, Blumen und Bäume in den Gärten verströmten Julidüfte. Die Häuser hinter hohen Mauern in den Vierteln der Reichen dagegen kamen ihr verschlossen und eitel vor. Neubauten mit vier, fünf Stockwerken am Stadtrand, nicht allein die Blöcke, auch die Rasenflächen davor, die frisch angepflanzten Kiefernsetzlinge, sie wunderte sich, dass alles ziemlich gleich aussah und wie breit die Straßen waren. Hätte man sie gefragt, was sie da tat, hätte sie geantwortet, ich entdecke die Stadt. Sie suchte durchaus nach dem jungen Mann, der ihr nicht mehr aus dem Kopf ging, aber im Grunde entdeckte sie neue Seiten an sich selbst.

Sie sah sich im Blick und im Verhalten anderer Menschen, wurde sich zum ersten Mal bewusst, dass sie hübsch war, schön sein konnte. Beispielsweise nahm sie Blicke junger Männer wahr, und als sie hörte, wie sich in einer Gruppe einer umdrehte und sagte, ein hübsches Mädchen, war sie verblüfft und freute sich unbändig. Als würde sie nie wieder so hübsch sein, wünschte sie sich, noch am selben Tag Barış zu begegnen. Doch der Moment verflog, die Blicke älterer Männer schüchterten sie ein, sie senkte den Kopf.

Eine Woche lang stromerte Fatma durch die Stadt, legte sie abends den Kopf aufs Kissen, träumte sie von Barış, von dem sie noch nicht wusste, dass er Barış hieß. Sie traf ihn immer stets auf einer Kundgebung, der sie sich zum ersten Mal im Leben ängstlich anschloss. Doch meist war sie auf den Fantasie-Demos gar nicht schüchtern, im Gegenteil, sie wurde zur Rebellin, die Gerechtigkeit für die Welt forderte. Dann stieß die junge Revolutionärin mit Polizisten zusammen, die ihre Schlagstöcke schwangen, Barış ging todesmutig dazwischen, packte sie am Arm und rettete sie. Manchmal starb Barış für sie, hauchte in ihren Armen den letzten Atem aus. Bei dieser Vorstellung weinte sie, ertrug sie nicht lange und erlaubte fortan nur, dass er verletzt wurde. Den blutenden Kopf des Geliebten auf ihrem Schoß, gestanden sie einander mit verliebten Blicken ewige Liebe, nun weinte Fatma angesichts ihrer Verbundenheit. Dann stand sie auf, stellte sich vor den großen Wandspiegel, hielt den kleinen Handspiegel an ihr Profil und begutachtete sich. War sie wirklich hübsch? Von vorn war sie ansehnlich, die schwarzen Brauen, ihre Augen, die ins Kastanienbraune gingen, wenn sie sie mit dem Augenstift dunkel umrandete. Ihre Beine waren lang und wohlgeformt, die Taille schmal, die Hüften hoch. Ach, wäre sie nur selbst davon überzeugt gewesen, hübsch zu sein! Das Profil gefiel ihr gar nicht. Hätte sie nur eine kleine, eine winzige Nase, so ein Stupsnäschen wie Selda! Und dann ihr Gesicht, wäre es nur etwas runder, und der Weizenteint, der in der Sonne gleich dunkel wurde, wäre er nur ein wenig heller, leicht rosa. Und auf der Nase saß ein Höcker, beim Blick von rechts war er noch deutlicher, der ließ ihre Züge asymmetrisch wirken, gab ihnen etwas Uneinheitliches. Ja, warum hatten die Männer sie überhaupt angeschaut, sie gemustert, als gehörte sie zu den hübschen jungen Mädchen? Jetzt stellte sie sich vor, sie wäre ein Mädchen mit winziger Nase an Barışs Seite. Ihre Hand wurde zu seiner, die Bettdecke zu seinen Lippen. Barış beugte sich über sie, küßte sie leidenschaftlich auf den Mund, seine Hände griffen nach ihrem Körper, drückten ihre Brüste, ihre Beine. Sie vergaß ihr Zimmer, ihr Bett, die leeren Flure des Wohnheims, ihre Sorgen. Der Rand der Bettdecke war Lippen, das Kissen ein anderer Körper, sie umarmte ihn fest. Ein heißer Traum riss sie mit sich. Dann löste sich die Spannung und ein Weinkrampf schüttelte sie. Ihr fiel der Tag ein, an dem sie die Lust entdeckt hatte. Sie war fünfzehn gewesen. Es war Nacht, ihre Mutter, die sie allen neuen Bekanntschaften gegenüber für tot erklärte, hatte eine Woche mit ihrem neuen Sohn beim Onkel verbracht und war gerade in die Stadt zurückgekehrt, in der sie nun lebte. Fatma war allein zu Haus. Sie lag auf dem Sofa wie immer. Auf der Suche nach einem Mittel, das den Schmerz in ihrer Brust lindern würde, führte sie die Hand zwischen die Beine und presste, da durchströmte sie zum ersten Mal eine wehe Lust, bei dem sonderbaren Zucken, das einen Moment lang alles vergessen macht, schwanden ihr die Sinne, danach hatte sie sich entspannt und geweint.

10

Ihre Hand lag wenige Zentimeter vom Handy auf dem Nachttisch entfernt. Auch ihr Verstand war dort, obwohl er sich jetzt eigentlich im Schlaf hätte erholen sollen. Bei Barış, und ein wenig auch bei Kerem, der gestern nach dem Anruf von Barış etwas von seinem Zauber eingebüßt hatte. Noch vor einer Woche hätte sie nicht im Traum daran gedacht, dass, sollte sie in dieser Stadt einen Job finden, Barış ihn vermitteln könnte, damit nicht genug, dass sie ihn wiedersehen würde; nun war sie perplex, denn sie würde ihn am nächsten Tag treffen. Während sie hier in diesem Bett schlief, stritt sich ihr Verstand einerseits mit ihm und einer Reihe anderer Menschen herum, sagte ihr aber andererseits, dass dieser Streit, den sie vor Jahren persönlich geschürt hatte, längst beendet war und sie ihren jahrelangen Groll vergessen hatte. Die Beule, die sich lange oberhalb der Brust verhärtet hatte, war aufgelöst, Fatma lebte in einem anderen Universum. Im einem Meer der Lust.

Ob von der schwülen Hitze, vom Jucken der Mückenstiche an Schulter, Kopf und Arm, oder von der Lust, die ihren Körper durchflutete, sie wachte erschrocken auf. Es war weder Morgen noch Nacht, die Stadt hatte ihr Dröhnen lediglich für ein paar Stunden unterbrochen, die feuchte, klebrige Schwüle draußen schien mit den Geräuschen auch die Zeit zum Stillstand gebracht zu haben. Selbst die Mücke, die mit ihrem Sirren die ganze Nacht lang erst leise, dann immer bedrohlicher im Gange gewesen war, schien von der drückenden Hitze erschlagen, sie war fort.

Fatma stieß die Decke weg und setzte sich auf. Ausgiebig kratzte sie sich an Arm und Schulter und griff dann zum Mobiltelefon. Es war erst halb vier in der Frühe. Den Blick auf dem Display, rutschte sie zurück, lehnte sich gegen die Rückfront des Bettes, erschrak über das Knarren des billigen Bettgestells bei ihren Bewegungen.

Vier Nummern waren in ihrem Telefon gespeichert. Die Einträge ihres neuen Lebens in dieser Stadt: Bahar, Barış, Kerem, Naira Hanım. Dazu noch die Nummer von Bartal, der ihr jetzt noch viel fremder vorkam. Gestern Abend hatte sie vier Minuten und dreiundzwanzig Sekunden mit Barış gesprochen. Zwanzig Minuten nach dem Telefonat mit Barış schrieb sie eine SMS an Kerem: »Sorry, hab am Wochenende einen dringenden Termin. Treffen wir uns ein andermal?!« Kerems kurze Antwort: »Klar, wir hören voneinander.« Kerem nimmt mir wohl krumm, dass ich unser Treffen abgesagt habe, dachte sie. Hätte sie ihn lieber anrufen sollen, statt eine SMS zu schicken? Aber sie sollte nicht übertreiben. Ach so, nicht übertreiben? Hatte sie nicht genau das seit Tagen getan? Noch bis gestern hatte sie geglaubt, sich in Kerem, den sie so gut wie gar nicht kannte, unsterblich verlieben zu können, ja verliebt zu sein; wie war aber der Gedanke an Kerem, nach dem sie tagelang gesucht hatte, in die Ferne gerückt, kaum dass Barış auftauchte! Wäre im Telefonat mit Bahar Barışs Name nicht gefallen – kein Zufall, ich selbst habe ihn erwähnt, gestand sie sich ein –, würde sie übermorgen nicht ihn, sondern wie verabredet Kerem treffen. Nun schwankte sie, ob sie Bahar böse oder dankbar sein sollte. Ihr fiel ein, wie sie beiläufig gesagt hatte: »Ach ja richtig, ich habe mich erkundigt. Der Barış, von dem ich sprach, scheint wohl dein Barış zu sein. Ich sag dir Bescheid, sobald ich Kontakt zu ihm habe. Wer weiß, vielleicht flammt die alte Liebe wieder auf!« Wie verlogen Bahars Stimme klang! Murat hatte sie erneut versetzt.

Sie legte das Telefon aus der Hand und streckte sich wieder aus. Sie dachte an ihren Traum. Sie war in einem lautlosen Raum, die Haare einer Frau fielen ihr ins Gesicht. Der halb nackte Körper einer rothaarigen Frau ... Bereits im Traum hatte Fatma sich gewundert, auch jetzt, nach dem Aufwachen, war sie verdutzt, nachdem sie tagelang nur an Kerem gedacht und, als nun Barış plötzlich aufgetaucht war, die ganze Nacht zwischen zwei Männern geschwankt hatte, im Traum mit einer Frau im Bett zu sein. Dabei hatte sie nie einen weiblichen Körper berührt, ja, so etwas war ihr nie auch nur eingefallen.

Sie hob den Kopf, betrachtete ihren Körper im kaum vom Licht der Straßenlaterne erhellten Schummer, an das ihre Augen sich gewöhnt hatten, beäugte ihre hohen Hüften, ihre schmal zulaufenden bloßen Beine wie eine Fremde. Wie lange schon hatte sie ihren Körper nicht mehr so gespürt.

Es war am ersten Wochenende, nachdem sie mit Bartal zusammen war. Sie war siebenundzwanzig und zum ersten Mal sagte ein Mann, wie schön sie in ihrer Blöße sei, auch wenn er es nicht aussprach, ließ er sie spüren, dass er sie liebte. Sie dagegen kannte ihre Nacktheit nur als Scham, als etwas, das es zu verbergen galt. Nie war sie imstande gewesen, ohne etwas überzuziehen, einen Morgenmantel, ein Hemd, was auch immer zur Hand war, im Evakostüm vor Bartal zu stehen. Nur wenn die Lust sie in andere Universen entführte, verlor sich die Scham.

An einem der milden grünen Sommerabende des Nordens, in denen es erst zu später Stunde dunkelte, saßen sie in einem

Gartenlokal. Ringsum der Duft von Linden. Auf ihren Tellern gedünstete Leber à la française in Rotweinsauce. Sie beschrieb Bartal Leber-Sandwich, wusste aber nicht, wie das auf dem Spieß zwischen die Leberstücke gereihte Schwanzfett auf Englisch hieß und ließ es weg. Wie so vieles blieben auch diese Gespräche in den kommenden Tagen kaum angefangen stets unvollendet. Damals schwappte sie vor lauter Erzähllust manchmal über oder hätte am liebsten laut gesungen vor Überschwang, doch weder reichten die Wörter ihrer gemeinsamen Sprache, noch war sie sich sicher, dass Bartal die Dinge, die ihr auf dem Herzen lagen, verstanden hätte. All dies tangierte Fatma nicht sehr. Sie lernte, nach außen hin mit Bartal glücklich zu sein, nicht indem sie ihm ihre Sorgen erzählte, erfuhr Berühren und Berührtwerden, entdeckte die Grenzenlosigkeit der Lust und dass Schmerz die Lust steigern konnte. In einem traumhaften Kosmos, wo Sprache nicht ausreichte, schien der Körper über alles zu reden, die Leidenschaft schien die Unzulänglichkeit der Sprache auszugleichen.

An jenem Abend landete eine gelbe Lindenblüte bei ihr auf dem Tellerrand, und sie lachten. Eine Brise wehte, hob den Rock einer Frau, die vor dem Lokal vorüberging, die Frau stieß einen spitzen Schrei aus, sie lachten; sie beobachteten, wie die Frau den Rock zu bändigen suchte, wie sie gegen den Wind kämpfte, und lachten. Im Grunde lachten sie über alles, über die Leute, über den kleinsten Scherz, über etwas Komisches und gar nicht Komisches. Sie lachten über ihre Freude. Sie lachten, weil sie Glück hatten, weil das Wochenende da war, weil sie glücklich waren, auch wenn sie dafür noch keinen Namen hatten. Ihr Bein berührte Bartals, das erregte sie. Gehen wir bald heim, dachte sie, und Bartal verstand es. Die

Straßenlaternen brannten schon, doch der Himmel war noch hell an diesem Sommerabend, zwei Frauen mit wippenden Röcken radelten an ihnen vorüber, sie dachte, sie sollte Radfahren lernen, vielleicht einen Kurs besuchen. Bartal legte ihr den Arm um die Taille und fragte: »Fahren wir zusammen in Urlaub?« Warum nicht, gab sie zur Antwort, dachte aber, ich muss schwimmen lernen. Als sie Bartals Finger auf ihrem Bauch spürte, überlief ihren Körper ein Freudenschauer, alles schien ihr möglich in diesem Augenblick. Sie vergaß ihre Wasserscheu und die Angst, nicht das Gleichgewicht halten zu können. Ich habe gar keinen Urlaub mehr, sagte sie zu Bartal. Egal, entgegnete er. Wir steigen am Wochenende ins Flugzeug und fliegen für zwei Tage irgendwo ans Meer. Zum Beispiel zu euch. Ich war vor Jahren in Antalya, aber wenn du einen schöneren, ruhigeren Ort an der türkischen Riviera kennst ... Schauen wir mal, sagte Fatma. Schauen wir, sagte auch Bartal, und fuhr fort, als spürte er ihre Anspannung: Aber hier ist es auch schön! Wir können unsere Wochenenden auch im Bett und hier am Kanal verbringen. Er küsste sie auf die Lippen, wisperte: Meine dunkle Schönheit. Da dachte Fatma, sie wäre imstande, in diesem kleinen Städtchen ihr Leben zu verbringen, zwischen den Häusern mit ihren menschenleeren Gärten bei der Kanalbrücke, über die sie just schlenderten, und den sich über den Ort hinaus erstreckenden Feldern, Obst- und Gemüsegärten, die jetzt im Dunkeln lagen.

Doch später wurde alles anders. Aus den beiden Gläsern Rotwein, die Bartal zum Essen trank, wurden mehr. Die Bestellung der nächsten Flasche kündigte bald eine schale Zeit an. Die Trinkakte dehnten sich aus, und ihre Beziehung verwandelte sich, bald schlugen sie nur noch die Zeit tot. Tief in Bartal steckte eine Wüste, von der Fatma kurz geglaubt hatte, sie in eine Oase verwandelt zu haben, eine Leere, die er mit ihr nicht füllen konnte, vielleicht auch nicht ohne sie. Sollte sie diese Steppe in ihm dem Mangel an gemeinsamer Sprache zuschreiben oder der Oberflächlichkeit, auf der sie sich mit dem gemeinsamen sprachlichen Nenner treffen konnten? Du berührst mich nie, klagte Bartal eines Tages. Im Grunde willst du gar nicht berühren und auch nicht berührt werden. Du kennst von meinem Körper nur meinen Mund und meinen Penis. Du willst, dass alles schnell vorüber ist. Dabei besteht Sex doch nicht nur darin ... Sie hatte damals Bartals Reaktion nicht verstanden, nur gemeint, er tue ihr Unrecht. Womöglich hatte Bartal mit diesen Worten nicht nur die Berührung unmöglich gemacht, die er sich so wünschte, sondern auch Fatmas Wunsch, auf ihre Weise zu berühren. Wann war das gewesen? Wohl unmittelbar nach dem grässlichen Urlaub in Marseille.

Sieben Tage lang hatten sie sich in dem beengten Hotelzimmer aneinander aufgerieben wie Vögel in einem Käfig. Draußen wehte ein kalter Wind, der einem bis ins Mark ging. Es war zwar Juli, doch die mit den kühlen Zeiten am Mittelmeer vertrauten Marseiller mieden die Straßen, während sie, wie auch manch andere von der südlichen Sonne angelockte Touristen, in leichter sommerlicher Kleidung mit zusammengebissenen Zähnen unterwegs waren, als hofften sie, der Wind wäre nur ein kurzer Scherz. Der Wind pfiff durch die leeren Gassen, wirbelte Papierfetzen und Zeitungsblätter vor sich her, prallte gegen Hauswände und rüttelte an Rollläden und offenen Fensterflügeln. Der Wind war derart beharrlich und die Kälte so scharf, dass sie, kaum aus der Tür, augenblicklich das Bedürfnis verspürten, einen warmen Schlupfwinkel aufzusuchen, und gezwungen waren, schnell ins Hotelzimmer zurückzukehren.

Ohne Französischkenntnisse hatte Fernsehen keinen Sinn, und der Roman, den sie als Strandlektüre mitgenommen hatte, war längst durch. Die mühselig in einigen Läden aufgestöberten englischen Zeitungen waren langweilig.

Das Einzige, was ein Pärchen, das sich als Liebespaar verstand und mit diesem Verständnis in Urlaub gefahren war, sieben Tage lang eingesperrt in einem Hotelzimmer tun konnte, war Liebe machen. Doch in ihrer Beziehung, in der sie sich fast zwei Jahre lang nur an den Wochenenden gesehen hatten, zeigte dieser Urlaub, dass ihre Beziehung nur auf Distanz möglich war und dass diese Distanz ihre Berechtigung hatte. Die Leidenschaft war längst abgekühlt, noch wussten sie nicht, wie sie zu ersetzen wäre. Die eine wusste den andern nicht zu berühren, der andere zeigte keine körperliche Reaktion, weil er die andere nicht liebte, so schoben sie sich im Stillen gegenseitig die Schuld zu. Sie waren zu zwei verwaisten, in einem Bett gefangenen Seelen geworden, die es weder ertrugen, allein zu sein, noch fähig waren, einander zu berühren. Darum gingen sie trotz der Kälte raus, um sich nicht einzugestehen, dass es zu Ende war, ging der andere sofort darauf ein, wenn einer sagte, lass uns doch rausgehen. Statt über eine Beziehung zu reden, die sie aufgezehrt hatten, zogen sie den Wind vor, der ihnen ins Mark drang.

Auch nach der Heimreise redeten sie nicht miteinander. Erinnerten sie sich an den Urlaub, gaben sie allein dem Wind die Schuld. Wie früher lebte jeder in der eigenen Wohnung, Bartal arbeitete im Nebengebäude der Firma, in der Ingenieursabteilung, war oft auch auf Geschäftsreise, und einmal in der Woche trafen sie sich. Doch Bartal fing an, sich bis Mitternacht am Alkohol festzuhalten und als Abstecher von Geschäftsreisen oder doch an einem Wochenende im Monat seinen Vater und seinen kleinen Sohn in Zürich zu besuchen, gar nicht mehr anzurufen, abends das Telefon auszuschalten und in eine Welt zu flüchten, die Fatma nicht kannte. Sie selbst verkroch sich in ihr Inneres. Was sollte das sein, das Innere? Falls es so etwas gab, war es ihre Vergangenheit? Die Kindheit, die frühe Jugend? Mit Anfang dreißig der Wunsch, dorthin zurückzukehren? Dabei sehnte sie sich nicht nach dem, was sie erlebt hatte, sondern vielmehr nach dem Versäumten, und das, was sie Inneres nannte, verwandelte sich in die Möglichkeiten, die sie nicht ausgelebt hatte.

Den ganzen Tag brachte sie mit neuen Designs, Bestellungen, Korrespondenz mit Auslandsniederlassungen und Standardmails zu, die sich inhaltlich unterschieden, aber sprachlich stets dieselben waren, auf Englisch, manchmal auf Deutsch, und wenn sie müde heimkam, ging sie ins Bad und aß, bevor sie sich erneut an den Computer setzte. Melodien, die sie vergessen hatte oder glaubte, vergessen zu haben, als hätte es sie nie in ihrem Leben gegeben, strömten aus dem Computer über den Kopfhörer in ihr Hirn und erschütterten Fatma mit tragischem leidenschaftlichen Begehren. Neben den Liedern, die sie im Internet neu entdeckte, Schwarz-Weiß-Filme mit Ayhan Işık oder Belgin Doruklu und rosarote Yeşilçam-Streifen mit Türkan Şoray, Kadir İnanır, Tarık Akan, Filiz Akınlı … Und dann die Serien, die das ganze Land in Atem hielten, die sie erst spät für sich entdeckt hatte, mindestens zwei Stunden kosteten sie sie Abend für Abend. Die Soaps, die so taten, als griffen sie alle erdenklichen Tabus auf, sich mit wenigen Ausnahmen aber doch nur wieder in rosarote Welten erstreckten, verfolgte sie zwei Stunden nach der TV-Ausstrahlung im Internet. Davon ließ sie nicht einmal an den Wochenenden, wenn Bartal bei ihr war. Zunächst hatte sie sie heimlich geschaut, in letzter Zeit aber gleichsam als Flucht vor seiner Anwesenheit benutzt, bei den Soaps kam ihr das Gefühl für die Realität abhanden, zugleich entdeckte sie neue Seiten an dem Land, das sie vor Jahren verlassen hatte. Auch wenn ihr die meisten Lebensgeschichten auf dem Bildschirm noch so verlogen und fremd vorkamen. Der Ort, an dem sich junge hübsche Frauen in High Heels, die sie nie ablegten, und schicker Minimode, als wären sie ständig unterwegs zu einer Einladung, in den Wohnräumen, Schlafzimmern, Küchen von Luxusvillen bewegten, war nicht das Heimatland, das sie kannte und das sie vermisste. Ohnehin verlangte es sie nicht nach derlei Welten. Sie mochte eher die Vorstellung davon, was die Realität alles zu bieten hatte, solche Fantasien waren ihr vertraut. Bei zwei Serien über die jüngere Geschichte glaubte sie aufgeregt, etwas zu finden, das ihr nah war. Politische, rebellische Jugend, Leiden, Verfolgung, auf der Straße umgebrachte Väter … Einen Augenblick lang glaubte sie, in den Szenen etwas von ihrer Kindheit zu entdecken, von ihrem Vater, vom Gesicht ihres Vaters auf dem Foto, das ihr im Gedächtnis geblieben war. Doch sie fand es nicht. Die Frauen waren schick, revolutionär, redegewandt und laut. Ihre stille Mutter, die staubigen Wege, die rotzverschmierten Kinder, die Armut, die sie kannte, fanden auf dem Bildschirm nicht statt. Die hübschen jungen Mädchen, die in traumhaften Wohnzimmern puppiger Häuser in rosaroten, bonbonfarbenen Kleidern tanzten und Tangos aufs

Parkett legten, waren gepflegt, die jungen Männer attraktiv mit ihrem glänzenden Haar. Gegen welche Armut, welche Ungleichheit, welche Verzweiflung sie kämpften und warum, zeigten die Bildern nicht, Fatma kam nicht dahinter und war nicht überzeugt. Ihr war, als hätte sie eine andere Geschichte erlebt, als verwiesen die Protagonisten dieser Serien, die vorgaben, die Verbrechen der jüngeren Geschichte, die in Zeitungsschlagzeilen dokumentierte Wirklichkeit von damals zu thematisieren, auf eine ganz andere Realität.

An einem dieser Samstage hatte Bartal sich wieder einmal bei ihr in seine Zeitung vergraben und Fatma war in den Monitor des Laptops auf ihrem Schoß versunken. Unversehens sagte Bartal, du gehst ja gar nicht mit. Auf dem winzigen Bildschirm findest du deine verlorene Heimat bestimmt nicht! Drei Flugstunden, flieg hin und entdecke sie neu!

In seiner Stimme lag kein Vorwurf. Ebenso wenig in seinen Blicken. Auch er hatte eine Geschichte, die ihn ihre Sehnsüchte verstehen ließen. Er war Ungar. Als Bartal vier war, war seine Mutter an Krebs gestorben, als er zehn war, flüchtete der Vater, ein Regimegegner, mit ihm aus Ungarn nach Zürich. Mit einundzwanzig hatte er das Mädchen, mit dem er als Student zusammen war, geheiratet, als sie schwanger wurde; sechs Jahre später folgte die Scheidung. So viel wusste Fatma über Bartal. Auch wenn sie seine Sehnsucht, seine Mutterlosigkeit nachvollziehen konnte, schien sie für diese Nähe keine Sprache zu haben. Bartals Sohn hatte sie nie gesehen, er interessierte sie auch nicht. Ebenso wenig sein Vater, der einige Jahre vor Öffnung des Eisernen Vorhangs als politischer Flüchtling nach Zürich gekommen war, dann als Sozialpädagoge in einer Einrichtung für Flüchtlinge tätig gewesen und nach der

Rente in seine Heimat Budapest, aus der er einst geflohen war, zurückgekehrt war. Sie wusste nicht einmal, warum er in Opposition zum Regime stand. Wo schon die persönliche Geschichte ein Rätsel war, blieb ihr die Geschichte der Osteuropäer ein doppeltes Rätsel. Diese Geschichte löste sich von reinen historischen Daten und Ereignissen an Wendepunkten und wurde nur dann etwas greifbarer, wenn Fatma von Bekannten, wie bei Bartal, die familiären Hintergründe erfuhr. An jenem Tag vergaßen sie den Groll ihrer Körper aufeinander und fingen zu reden an wie zwei Freunde, die ein gemeinsames Schicksal teilen.

Mit Bartals schmalem spitzen Gesicht traten ihr zahlreiche andere Gesichter vor Augen. Dann sah sie einen Storch mitten in einem dunstigen See auf einem Pfahl in die Welt hinausschauen. Stolz und einsam stand er da, der See schillerte still im Dunst. Strahlende Kleefelder, vom Regen gewaschen, gefleckte Kühe, die an grünen Hängen weiden … Eine Polizeisirene durchschnitt die nächtliche Stille, Fatma hob die schwer gewordenen Augenlider.

Tief in ihr regte sich eine Aufregung, die sie vergessen geglaubt hatte. Barış mit neununddreißig. Immer noch jung. War er es tatsächlich, wirkte er wohl noch so jung? In diesem Land alterten die Menschen schnell, zudem ließ man sie spüren, dass sie alt wurden. Sie konnte sich Barış mit fast vierzig nicht vorstellen. In ihrem Kopf war kein grau oder kahl gewordener Mann mit Fettwülsten im Nacken, sondern der junge Bursche mit seinem dunklen Teint. Sechsundzwanzig war er gewesen, als sie ihn zuletzt gesehen hatte. Ein strammer Männerkörper mit schmalen Hüften. Jetzt kam ihr ein solcher Körper schön und unerreichbar vor, damals wäre ihr das gar nicht eingefallen. Liebe war ein Ozean, in dessen Zentrum die Schönheit des Gesichts, sein Ausdruck, die Blicke standen, der Körper aber scheinbar vergessen oder gar nicht bedacht wurde. Wie sie sich ihrer eigenen Gestalt als junges Mädchen nicht bewusst gewesen war, hatte sie auch keine Vorstellung vom Körper des Mannes, den sie begehrte.

Sie stand auf und stellte sich vor den Spiegel. Ihr Träger-Shorty reichte kaum über die Hüften. Sie drehte sich zur Seite, strich über die schmale Taille, den hohen Po. Diesen Körper umarmen, eine Männerhand, die erst streichelte, dann fester zupackte … Kerems hübscher Mund, seine warmen dunklen Augen. Plötzlich überfiel sie Panik. In drei Jahren bin ich vierzig, dachte sie. Womöglich würde sie rasch zunehmen und zu den beiden Linien, die sie vor einigen Monaten zwischen ihren Brauen entdeckt hatte, tief waren sie morgens nach dem Aufstehen, würden sich weitere hinzugesellen. Doch sie hörte nicht auf die pessimistische Stimme. Sie hüpfte wieder ins Bett und umarmte lustvoll die Decke.

11

Sie durchquerte die Duftschwaden von Kaffee und auf einem Blech röstenden Kichererbsen vor einem Knabberwarenhändler und von beißendem Shisha-Dampf aus einer Bar an der Ecke und gelangte zum Basar mit Fisch, Obst und Gemüse, da gingen eine nach der anderen die Straßenlaternen an, unversehens fielen Schatten auf die Pflastersteine. Ringsum lauerten Katzen, Händler besprengten Blaubarsche, Goldbrassen, Forellen und Sardellen mit Wasser. Die toten Fische lebten gleichsam auf in der Freude, endlich Wasser zu spüren, und ließen die Schwänze zucken. Unter den Leuchtgirlanden schienen durch das Besprengen auch Obst und Gemüse in ihrem Gelb, Orange und Grün aufzublühen.

Sie schaute auf die Uhr an ihrem Arm. Kurz vor sieben. Es war keine Zeit mehr totzuschlagen. Raschen Schrittes steuerte sie auf den Platz vor dem Eingang des Basars zu. Vor der Konditorei auf der anderen Seite des Platzes blieb sie stehen. Dieser Druck im Unterbauch, rührte er von der Aufregung her, oder … Nein, noch mindestens eine Woche, sagte sie sich. Sie zerrte den V-Ausschnitt der Bluse höher, rückte den immer wieder verrutschenden Rock zurecht, so dass der Reißverschluss hinten mittig saß, faltete die nach außen umgeklappte Naht nach innen. Als sie den Kopf hob, fing sie die Blicke eines jungen Mannes auf, der an ihr vorüberging, gleich darauf die eines anderen, der mit Sommersprossen auf der Stirn und roten Haaren wie ein Schotte aussah. Hatte sie den beiden gefallen? Sie holte tief Luft und wollte gerade weitergehen, als die bekannte Stimme an ihr Ohr drang: »Fatma?!« Ein kompakter Mann eilte auf sie zu.

Fatma erwartete dunkle Augen mit dichten Wimpern, ein T-Shirt in Beige, Khaki oder Ziegelrot und eine schlanke Männergestalt Mitte zwanzig. Doch die Gestalt wurde breiter und korpulenter, je näher sie kam. Das einst kräftige Haar war schütter geworden, die Wangen feister, die Stirn härter, unter den bekannten Blicken hatten sich raue dunkle Ringe angesiedelt. Als Barış vor ihr stand, nach ihren Schultern griff, sich zu ihr beugte und sie auf die Wangen küsste, zerriss das Bild, das sie all die Jahre in sich getragen hatte, an seine Stelle trat ein neues, dem alten ähnlich, aber doch stark deformiert.

Sie musterten einander und redeten kaum, als sie durch den Basar gingen, der ihr nun nur noch wie ein gewöhnlicher Fisch-, Obst- und Gemüsemarkt erschien. Sie betraten den Garten einer Gaststätte, Barış sagte: »Hier ist das Essen gut.«

»Ich muss gestehen, als ich eben deinen Namen rief, war ich mir nicht ganz sicher, ob die Frau, die da stand, wirklich du warst. Europa hat dir gutgetan. Und die Jahre waren gnädig zu dir«, sagte Barış. »Doch was rede ich da, du bist ja noch jung.«

Wie rasch jetzt das alte Bild in ihrer Vorstellung verblasste! Der junge Mann, den sie all die Jahre wie ein Geheimnis in sich getragen hatte, war auf Nimmerwiedersehen verschwunden. Fatma wusste nicht, wie sie den Schmerz in den Augenhöhlen loswerden sollte, sie versuchte es damit, sich an ihr Glas und die Flasche Wasser zu klammern. Sie füllte das Glas, hob es an die Lippen und befeuchtete sacht ihre staubtrockene Kehle. Die Bewegungen des

Kellners, die Meze, die er serviert hatte, die Rakı-Flasche, das Klirren im Eisbehälter, wie Barış sein Glas mit Wasser auffüllte, mit dem Kellner sprach ... Allmählich verzog sich der Schmerz in ihr, trat in den Hintergrund und legte sich auf die Lauer.

Lag Vorwurf in seiner Stimme? Nein. Barış musterte ihre Züge, versuchte herauszufinden, worin die Veränderung bestand und schien schließlich den neuen Look ihrer vom Höcker befreiten Nase wahrzunehmen, die Aufwallung in seinen Augen war mehr Ausdruck des Staunens als Vorwurf.

»Ich war total überrascht, als Bahar anrief und sagte, dass du in der Stadt bist. Schlimm, dass deine Firma dichtgemacht hat. Aber soweit ich verstanden habe, nehmen sie die Produktion woanders wieder auf. Wo sitzen sie im Augenblick?«

»In Russland«, gab Fatma Auskunft. »Auch die Filiale hier besteht weiter. Aber über die Hälfte der Beschäftigten haben sie entlassen.«

»Wirklich? Besteht nicht vielleicht doch die Chance, dass du da unterkommst? Qualifiziertes Personal mit Erfahrung ist doch immer gefragt.«

»Ich weiß nicht. Sie wollen nur ein paar Leute aus dem obersten Management und technische Angestellte wie Ingenieure nach Russland schicken. Den meisten Mitarbeitern in den Abteilungen Marketing und Projekt- und Produktentwicklung wurde gekündigt. Manchen wurde mündlich Weiterbeschäftigung zugesagt. Die bekommen in einigen Monaten Bescheid, wenn die Zentrale in Russland erweitert ist. Aber sicher ist gar nichts. Außerdem passt es ihnen in den Kram, russische Angestellte zu beschäftigen.«

»Eine schlimme Krise! Auch wir hier sind davon betroffen, aber im Augenblick belebt hier noch die Baubranche das Geschäft.«

Barış entwickelte mit einem Freund Projekte und war als Berater und Agent für ausländische Unternehmen tätig. Derzeit kümmerten sie sich darum, einen deutschen Baustoffproduzenten mit einer türkischen Firma zu verknüpfen. Die deutsche Seite strebte eine Kooperation an, um einerseits Elektriker, Fliesen- und Rohrleger, also qualifizierte Fachleute, auszubilden und andererseits solide Produkte herzustellen.

»Und, habt ihr die Kooperation zustande gebracht?«

»Abwarten«, sagte Barış. »Noch weiß ich nicht, ob sie übereingekommen sind. Ach, egal. Das ist langweilig.« Damit war für ihn das Thema durch. Nein, dachte Fatma, über das fantastische Netzwerk, von dem Bahar gesprochen hatte, verfügt er nicht. Das hatte sie auch nicht wirklich erwartet, sie hatte keinen Augenblick das Gefühl, sich mit ihm zu einem Arbeitsgespräch getroffen zu haben.

»Du hast dich also hier niedergelassen?«, fragte Fatma.

»Es gibt Städte, die zeichnen dir schicksalhaft die Welt vor, in die du hineingeboren wurdest. Dass ein anderes Leben möglich ist, erfährst du aus dem Fernsehen, im Kino oder aus Romanen. Doch weder findest du da einen Ort für dich, noch traust du dich, aus dem Leben, das du seit Kindertagen kennst, auszubrechen. Du setzt fort, was dir mitgegeben wurde. Seit dem Studium in Ankara war ich auf der Suche. Damals interessierte ich mich für Karikaturen und hatte mich deshalb einer Künstlergruppe angeschlossen. Aber eigentlich war sie mir fremd. Es war beispielsweise ein berühmter Dichter dabei. Dem Typen gefiel es nicht, wenn man über etwas anderes redete als über ihn, über seine neuesten bescheuerten politischen Texte und die Liebesgedichte, die er vortrug, wobei er die jungen Mädchen anschmachtete. Ich fand es öde bei denen.

Trotzdem war ich viel mit der Gruppe zusammen, war sogar bei einigen politischen Aktionen und Demos dabei.«

»Zum Beispiel bei den Demos zum 2. Juli*«, warf Fatma ein.

»Zum Beispiel. Aber nicht nur da, ich ging damals auch zum ersten und letzten Mal am 1. Mai auf die Straße. Aber letztendlich war das alles unbefriedigend. Die Familie, die Stadt ... Es war eine Qual.«

Barış räusperte sich, griff nach Fatmas Rakı-Glas, warf ihr einen Blick zu, der fragte: Du trinkst doch einen?, schenkte das Glas halb voll Rakı und tat vier Stücke Eis dazu. Das angenehme Klirren der Eiswürfel im Glas. Gewöhnte sich ihr Blick oder hatte sie den jungen Mann von damals schon vergessen? Er war nicht mehr jung, aber durchaus attraktiv. Er war korpulent, nicht dick. Wenn er das Kinn senkte, bildete sich manchmal eine Falte mehr, dies war bei ihr nicht anders. Seine geschickten Hände, wie sie sich harmonisch zu allem verhielten, was sie berührten, wie er den Kellner rief und um mehr Eis bat, wie er ihr ohne Zaudern empfahl: »Das Pilaki hier ist wirklich gut!«, wie er Spinat, Tarator und Mus zum Pilaki dazubestellte und den Kellner fragte, welchen Fisch er heute empfehle ... Ihr saß ein erfahrener, selbstbewusster erwachsener Mann gegenüber, der das Leben zu genießen verstand, und dieser Mann schien mit seiner souveränen Bestimmtheit bei Tisch zu sagen: Lass mich unsere kleine Welt lenken, lehn dich zurück, genieß sorglos dein Essen, den Abend und das ganze Leben. Barış berichtete weiter.

»Um nicht gleich nach dem Diplom zum Militär zu müssen, schrieb ich mich nach einem Jahr ohne Job für den Master ein.«

Fatma nickte zustimmend. »Vielleicht werde ich Wissenschaftler,

---

* *Jahrestag des Brandanschlags 1993 auf das alevitische Kultur-Festival in Sivas, bei dem 37 Menschen umkamen. (A.d.Ü.)*

dachte ich, aber daraus wurde nichts.« »Ja, ich weiß«, sagte Fatma nun laut. »Mein Vater, er ist ja selbst Beamter, drängelte, ich sollte mich für den Staatsdienst bewerben. Das war der größte Horror für mich. Beamter werden, heiraten, alt werden als erschöpfter, unglücklicher Mann wie mein Vater, der vor lauter Unzufriedenheit Frau und Kinder auszankte. Als ich dann den Wehrdienst absolviert hatte, war ich achtundzwanzig. Zu Hause hieß es wieder: Geh ins Ministerium! Und du bist unfähig, dem Vater zu widersprechen, dich aufzulehnen. Ich bewarb mich bei einem Bauunternehmen in Istanbul. Als die Einladung zum Vorstellungsgespräch kam, packte ich meine Siebensachen und bin hergezogen. Gleich darauf arbeitete ich aber rund ein Jahr auf einem Bau in Baku, dann ging die Firma pleite. Aber ich kehrte nicht nach Ankara zurück, sondern nach Istanbul. Ich hatte kein Geld. Ein Jahr wohnte ich bei irgendwelchen Leuten in miesen Studentenbuden. Man macht seine Erfahrungen, mit der Zeit entwickeln sich Beziehungen, die Dinge ändern sich.«

Hatte er auch früher so gern geredet? Damals sprach er nicht über sich, sondern über die Bücher, die er las, über theoretische Texte, über die Philosophie des Bauens, über Wildwuchs im Städtebau. Vielleicht weil er wusste, dass er geliebt wurde, dass man ihm mit Herzblut lauschte. Auch jetzt hörte Fatma ihm aufmerksam zu. Doch er redete, als erstattete er jemandem Bericht, der nichts mit seinem Leben zu tun hatte, den er gerade erst kennengelernt hatte.

Damals hatten sie an einem ähnlichen Abend zusammengesessen, in Ankara, in einer Kneipe in Sakarya. Da hatte Barış Fatma zum ersten Mal sein Herz ausgeschüttet. Emel, mit der er seit drei Jahren zusammen war, wollte nicht mit ihm ins Bett; also liebt sie mich nicht, grämte er sich. Fatma war überrascht, dass eine Frau ihn zurückwies.

Sie hatte ihn trösten wollen, rief ihm den Tag in Erinnerung, an dem sie sich begegnet waren, erzählte, wie sie danach nicht heimfuhr, sondern in der Stadt herumlief, ihn suchte und auf der Suche nach ihm die Stadt, das Leben und das Alleinsein entdeckte. Wie lang ihr die Tage in jenem Sommer zu Hause vorkamen, wie sie ihn dann fand, als sie zum Semesterbeginn zurückgekommen war, wie sie erfuhr, dass er Bauingenieurswesen im letzten Semester studierte, und sich ihm behutsam näherte, dann aber, als sie erfuhr, dass er mit Emel ging, zuerst schmollte und ihm fernblieb, schließlich aber doch alles dafür tat, dass die im Bus, in der Mensa entstandene Freundschaft bestehen bliebe … Würde der Mann, der ihr jetzt gegenübersaß, sich an all das erinnern, wenn sie davon spräche? Daran, wie ihre Freundschaft zerbrach, als sie sich nach ihrer Beichte noch einmal trafen, und sie ihre Redseligkeit verlor? Fatma hatte seine Schweigsamkeit auf die Schüchternheit des Verliebten geschoben. Doch so war es nicht. Fatma war im letzten Semester und bereitete sich auf die Abschlussprüfung vor. Obwohl eigentlich sie es war, die keine Zeit hatte, verhinderte Barış, dass sie sich trafen. Immer hatte er eine Ausrede, abends gehe er mit der Familie irgendwohin, er habe Unterricht, er müsse dem Bruder helfen, unvermutet sei ein Männertreffen mit den Ehemaligen vom Gymnasium angesetzt. Fatma klemmte fest zwischen den Ängsten, die man ihr im Haus des Onkels, wo sie aufgewachsen war, anerzogen hatte, und dem Verlangen ihres Körpers; stets war sie bemüht, sich vor irgendetwas zu schützen, nun war sie rat- und wehrlos gegenüber einem Mann, dem sie sich zum ersten Mal mit allen Fasern geöffnet hatte. Er liebt mich nicht, ich gefalle ihm nicht, mein dunkler Teint, der Höcker auf der Nase, er will eine Frau wie Emel, die nicht mit ihm schlafen will, ein winziges Näschen und weiße Haut, dachte sie und suchte die Schuld bei sich. Kaum hatte sie ihr Diplom, warf sie sich geradezu auf alles, was sich ihr bot, bewarb sich auf Stellenausschreibungen in Behörden und Unternehmen wie auch für die Prüfung zum Stipendium für das Masterstudium. Als sie dann mit dem EU-Stipendium in der Tasche nach Potsdam ging und später in der Firma tätig wurde, noch bis sie Bartal kennenlernte, dachte sie stets gekränkt an Barış, auch wenn das Gefühl allmählich abflaute. Sie wusste nicht, ob sie geblieben wäre, wenn Barış sie darum gebeten hätte, dachte nun aber wieder daran, dass sie es erwartet hatte. Eigentlich hatte sie sich gewünscht, er würde sagen: Geh nur, es sind doch bloß zwei Jahre, ich warte auf dich.

»Ich habe gehört, dass du geheiratet hast«, sagte Fatma.

»Stimmt, ich habe geheiratet. Heute ist mir ein Rätsel, wie ich das tun konnte. Aber es hat nur sechs Monate gehalten.«

»Warum das?«

»Warst du mal verheiratet? Diese Ehegeschichte ist doch sowieso ein Arrangement von euch Frauen. Auch wenn du heiratest, glaub ich kaum, dass du dich beschweren würdest. Ich dagegen hab es schon am Tag der Verlobung bereut, weißt du? Aber ich traute mich nicht, es Aslı, so hieß sie, zu sagen. Ich war total im Stress. Oh Mann, als wäre das keine Ehe, sondern eine Institution für Aufgaben und Anweisungen ohne Ende: Jener Bruder, diese Tante kommt in die Stadt, hol sie mit dem Wagen am ZOB ab, ertrag tagelang ihr Geplapper, bring sie dann wieder zurück, kauf abends auf dem Heimweg ein, tu dies, tu das …«

»Aber es gibt doch noch andere Dinge, die eine Ehe ausmachen.«

»Und zwar?«

»Was weiß ich, Liebe, Sex, Gewohnheiten, behagliche Routine.

Sind sechs Monate deiner Meinung nach nicht viel zu wenig, um all das aufzuzehren?«

Barış hob das Rakı-Glas an die Lippen, zögerte, sah Fatma in die Augen. Sein Blick glitt über ihren Hals zum Ausschnitt ihrer Bluse. Fatma fühlte, wie sie errötete. Einen Augenblick lang war ihr, als sähe sie in diesen Blicken nicht den egoistischen jungen Mann, der einst eine Katastrophe bei ihr ausgelöst hatte, sondern einen Fremden, den sie begehren könnte.

»Darling, in welchem Jahrhundert lebst du denn? Ich dachte, du wärst jetzt eine europäische Frau. Man heiratet doch nicht wegen Sex! Wenn du sagst, wegen Kindern, okay. Ja, so einem kleinen Fratz hätte ich gern den Kopf getätschelt. Sex findest du immer. Wenn du gut verdienst und eine Frau regelmäßig deine Wohnung putzt und zweimal wöchentlich kocht, und zwar genauso gut wie deine Mutter, was braucht es da eine meckernde Ehefrau am Hals?«

»Du machst ja wohl Scherze!«, brachte Fatma heraus. »Ich dachte, diese Zeiten wären vorbei. Zumindest in Europa, das du für so freizügig hältst, läuft es schon lange nicht mehr so. Die Menschen wollen verlässliche Beziehungen, Beständigkeit beim Sex und Gemeinschaft.«

»Kann sein. Ich bin ehrlich. Mir selbst gegenüber und auch den Frauen gegenüber.«

Fatma wollte etwas einwenden, merkte aber, dass es ihr eigentlich egal war. Der Schmerz im Unterbauch war jetzt deutlicher. Kommen etwa meine Tage durch, überlegte sie. Zum ersten Mal freute sie das unangenehme physische Unwohlsein. Falls sie im Begriff gewesen sein sollte, aus reiner Einsamkeit und Neugier an diesem Abend mit diesem Mann mitzugehen, nur weil ihr seit mindestens einem Jahr unberührter Körper sich danach sehnte, war das jetzt vereitelt. Der Mann wurde ihr immer fremder. Er zählte längere und kürzere Beziehungen auf, er hatte mitgezählt, genau siebenundvierzig Frauen waren es gewesen, und sagte auch, er habe sich nie einer wirklich verbunden fühlen können oder wollen. Fatma war nicht ganz klar, ob er einer Freundin sein Herz ausschütten wollte oder sich rühmte, so viele Frauen gehabt zu haben. Er sprach von den Frauen wie von fremden Wesen. Von ihren nie enden wollenden Wünschen, ihren Erwartungen teurer Geschenke … Scherzte er? Oder gab es tatsächlich solche Frauen und Männer, und war doch Barış hier der Aufrichtige?

Zu später Stunde, als die meisten Tische längst leer waren, es stiller wurde und die Kellner ungeduldig um sie herumwuselten, um ihnen zu bedeuten, dass sie die letzten Gäste waren, zahlte Barış und sagte: »Wir gehen zu mir, oder?« Fatma fiel aus allen Wolken. Sie war schockiert, dass die Worte mit der größten Selbstverständlichkeit fielen. Es betrübte sie. Und sie war betrunken genug, um ihren Kummer auszukotzen. So wollte sie nicht in Nevins Wohnung zurück. Ginge sie mit Barış, würde sie vielleicht dem reifen Mann begegnen, der sich im Namen des Studenten entschuldigte, der sie einst womöglich aus reiner Unerfahrenheit gar nicht erkennen konnte. »Gehen wir«, wollte sie gerade sagen, da stieg ihr ein leichter Blutgeruch in die Nase. »Entschuldige mich heute Abend. Ich lade dich ein andermal zum Essen ein, einverstanden?« Sie sah ihm in die Augen.

Still lief Barış neben ihr her, an der Haltestelle vor der längst geschlossenen Konditorei an der Hauptstraße stieg Fatma ins Taxi, da hatte er sich schon umgedreht und verschwand in der Dunkelheit.

12

Vor dem Fenster brach schon der Morgen an, noch war das Zimmer nicht ganz zu erkennen. Sie konnte aber die Bewegungen des raschelnden Baumes und des Fensterflügels ausmachen, der in regelmäßigen Abständen knarrte. Mit offenen Augen, nicht länger um Schlaf bettelnd, begriff sie, von wie weit unten die Geräusche kamen, die sie die ganze Nacht über vernommen hatte.

Sie kniff die Augen zusammen, wartete eine Weile, schlug sie wieder auf. Jetzt erkannte sie im Schummern einen langen Tisch, darauf einen aufgeklappten Laptop, links und rechts davon Bücherstapel, und zwei Stuhllehnen. Sie roch all diese Gegenstände wohl schon, doch noch waren sie nur dunkle Schemen und hin und wieder metallen aufglänzende Linien. Ihr war, als wären die Dinge gar nicht da gewesen, als sie in das Zimmer kamen, auch der Raum selbst nicht, die Wand, der Wind, das Knarren, der Baum, das Rascheln des Baumes ... In diesem Bett hatte die Zeit stillgestanden, die Lust hatte jede Regung, jedes Geräusch und die wuchtigen Schemen im Dunkeln absorbiert.

Sie richtete sich auf, wandte sich zu Kerem um. Er schlief still. Er lag rücklings auf dem Bett, seine üppige schwarze Mähne über das Kissen gebreitet, im Dämmerlicht wirkte sein Gesicht wie kalter, stumpfer Marmor. Sacht hob und senkte sich seine Brust, den leicht geöffneten Lippen entströmten kaum hörbare Atemgeräusche.

Ich muss schlafen, dachte sie und schloss die Augen. Sofort fielen ihr die steil nach Karaköy hinunterführenden Wege ein. In den schmalen Gassen hatten sie restaurierte Häuser mit Erkern und dunkle, noch nicht sanierte Gebäude passiert. Glaser, Eisenwarenhändler, Schneidereien, ganz offensichtlich alteingesessene Läden Seite an Seite mit schicken Boutiquen, die frappante Kleider feilboten, mit Galerien und Ateliers, als müsse man einander nun einmal erdulden. Auf einem Stuhl vor einer Boutique eine gepflegte junge Frau, die Tee trank und natürliche Weiblichkeit ausstrahlte. Auf- und Abstiege gewohnte, gemessene Schritte eines beleibten Mannes in mittleren Jahren, der ihnen in der steilen Gasse entgegenkam, immer wieder legte er Pausen ein. Jetzt kam ihr alles wie auf einer Postkarte vor, doch gestern war sie voller Unruhe die Gasse hinabgestiegen. Unbehaglich, ohne rechtes Vertrauen lief sie neben Kerem her. Nach der Begegnung mit Barış schien alles seinen Zauber eingebüßt zu haben, auch Kerem war ihr fremd geworden. Obendrein waren ihre Schuhsohlen so dünn, dass sie jeden harten Gegenstand schmerzhaft spürte, auf das raue Pflaster trat sie mit äußerster Vorsicht wie auf Nadelspitzen. Unterdessen erfuhr sie, dass Kerem nicht mehr auf der Insel wohnte. Im Grunde hatte er dort nie richtig gewohnt. Kerem erzählte, an dem Tag, als sie sich begegnet waren, hatte er sich in das Haus eines Freundes zurückgezogen, um fern von der Stadt auszuspannen und Kampagnen gegen Umweltzerstörung vorzubereiten.

Kerem regte sich im Bett, verzog das Gesicht, begleitet vom Schnauben aus seiner Kehle schob er einen Fuß über die Decke. Fatmas Körper prickelte, mit geschlossenen Augen wartete sie. Das Bett federte, die Decke raschelte, dann brach die Bewegung ab. Nun hörte sie Kerem wieder selig schlummern. Als sie die Augen aufschlug, hatte sie sein Gesicht vor sich. Offenbar war er in eine neue Traumphase eingetreten, seine Augenlider zuckten. Er schien im Traum etwas aus einem Leben, das Fatma nicht kannte, geholt und darin behagliche Befriedigung gefunden zu haben. Wie fremd ihr dieser Mann vorkam, nach dem sie wochenlang Straßen und Dampfer abgesucht hatte. Je länger sie sein Gesicht betrachtete, das symmetrisch und hübsch war und vielleicht gerade deshalb so eitel wirkte, wurde es größer und größer und passte nicht mehr ins Bett.

Das in ihr aufkeimende ungute Gefühl schien davon zu künden, dass etwas falsch lief. Gleich nach jenem Moment, da die Zeit stehengeblieben war, war Kerem aufgestanden und ins Bad gelaufen, bestrebt, sich schleunigst der an ihm haftenden Flüssigkeiten und Gerüche zu entledigen. Wie er ihr, als er mit einem Handtuch um die Hüften zurückkam, weiße Taschentücher gereicht hatte, ins Bett schlüpfte und sich in eine Ecke verkrümelte …

Diese Stille.

Wie anders war doch gestern alles gewesen. Sie waren in das Gewusel am Kai hinabgestiegen. Über ihnen flatterten Möwen wie Fächer, die kreischten, als wollten sie das salzige Wasser des Marmarameers herauswürgen. Überall Möwen, über den Dampfern am Ufer, über der Brücke, den fliegenden Händlern am Fuß der Brücke, den Spaziergängern, der Reihe Gaststätten am Kai. Die närrischen Vögel dieser Stadt kamen ihr gestern zum ersten Mal so nah, dass sie sie hätte berühren können. Zwei große Möwen hockten auf der Mauer, die das Fischrestaurant, in dem sie saßen, vom Meer abgrenzte, und pickten nach den Resten, die Gäste ihnen zuwarfen. Die Füße mit den Schwimmhäuten unablässig in Bewegung, die grau gemusterten Schwingen wie im nächsten Moment ausgebreitet, weiß die mächtigen Bäuche, an Angelhaken erinnernde, nach innen gebogene Schnabelspitzen … »Sie fressen jeden Dreck«, hatte Kerem gesagt. »Manche sterben, weil sie glauben, alles was sie im Meer finden, wäre genießbar. Möwen sind die Ratten der Meere. Wenn es dich stört, wechseln wir an einen anderen Tisch.«

Sie wollte, dass er aufwachte und wieder so redete wie gestern Abend. Er sollte erzählen, aus welchem Istanbuler Stadtteil er stammte, von wo seine Familie einst zugewandert war, was seine beiden Geschwister und seine Eltern machten, was sein Vater von Beruf war. Auch von seiner ersten Liebe sollte er erzählen, vom ersten Mal mit einer Frau. Und wenn schon all das nicht, doch wenigstens wie gestern von seiner Studentenzeit in Bolu und der Klettergruppe dort. Wie sie Kilometer um Kilometer gewandert, am Kaçkar-Gipfel, am Bolu-Berg, im Gebirge am Schwarzen Meer geklettert waren. Wie sie später angefangen hatten, für ein Unternehmen, das Naturreisen anbot, Leute zu führen, um sich ein Taschengeld zu verdienen. Von Baggern, die über Flüsse kamen, von Bäumen, die plötzlich abgeholzt wurden, von Wäldern, die verschwanden. Von Dorfbewohnern, aus ihren Häusern vertrieben, weil Staudämme gebaut wurden, von bedrohten Vogel- und Pflanzenarten, von ausgetrockneten Bächen, Seen mit sinkendem Wasserspiegel … Und anschließend sollte er von Zukunftsplänen sprechen. Von der Anatolienreise, die er in zwei Wochen mit Experten aus dem Ausland unternehmen würde, von den großen Aktionen unter Beteiligung auch der lokalen Bevölkerung gegen die Umwelt zerstörende Bauprojekte. Und genau wie gestern Abend sollte er sagen: »Du solltest auf dieser Tour dabei sein!«

Doch der Mann, der den ganzen Abend angeregt geplaudert, von gemeinsamen Ausflügen in die Natur geredet und damit eine gemeinsame Zukunft versprochen hatte, war nach der Liebe still geworden und obendrein auf der Stelle eingeschlafen.

Der inzwischen dringende Harndrang, die Trockenheit im Mund, das Krampfen im Magen, alle vereint unterdrückten die Hormone, die weiter am Brodeln waren, und übernahmen die Kontrolle über ihren Körper. Das Magenkrampfen hatte nichts mit Hunger zu tun. Die vor Jahren mit Antibiotika behandelte Gastritis meldete sich seit Tagen zurück, die beiden Gläser Wein hatten sie geschürt. Wie seltsam sich manche Schmerzen ausdrückten. Eine Wunde im Magen meldete sich als Hunger, eine Erkrankung der Harnwege als Drang zum Wasserlassen, ein Ekzem am Kopf als harmloses Jucken. Eine Kette von Bedürfnissen, die krampften, juckten, drückten und gestillt sein wollten. Als wären sie Pseudoleiden.

Sie schlüpfte aus dem Bett, unbehaglich ob ihrer Nacktheit hielt sie im Schummern nach ihrer Kleidung Ausschau. Dann fiel es ihr wieder ein. Die Klamotten waren gestern Abend im Wohnzimmer geblieben. Gestern Abend? Nur ein paar Stunden zuvor. Das Licht war gedimmt gewesen, Musik spielte, der aus der Flasche befreite Korken ploppte.

Ein leichter Schauer lief ihr über den Rücken, auf Zehenspitzen eilte sie in den Flur, hier war es dunkler als im Zimmer, sie tastete sich voran und fand eine Tür. Der Geruch sagte ihr, dass sie hier richtig war. Die Männer-WG, Kerem hatte gesagt, er wohne mit einem Freund hier, war sorgfältig geputzt, doch der Toilettengeruch hatte nicht beseitigt werden können. Wo war noch gleich der Lichtschalter, drinnen oder draußen? Drinnen.

Kurz überlegte sie, wie sie die Füße neben das Plumpsklo setzen und das Gleichgewicht halten sollte. Doch alte Gewohnheiten vergisst weder das Gedächtnis noch der Körper. Schon stand auf dem einen Stein der eine der großen Latschen, in die sie am Eingang der Toilette geschlüpft war, und der zweite auf der anderen Seite. Ihre Beine spreizten sich, bequem ging sie über dem Abfluss in die Hocke. Als ihr Kopf sich dem Boden näherte, nahm sie den in den Steinen sitzenden penetranten Uringeruch wahr, ihre Nase juckte, sie musste würgen. Doch mit Konzentration auf den Körper versuchte sie, den Gestank zu verdrängen. Von den brodelnden Hormonen zurückgehalten, fand der Urin aber nicht sogleich seinen Weg. Als der Körper endlich seinen Eigensinn aufgab und sich lockerte, war der ätzende Gestank vergessen. So fremd und ekelig die Ausscheidungen anderer Körper waren – auch wenn jener andere die Person war, mit der man Sex hatte –, so war es doch sonderbar und zugleich wie ein Geschenk, um mit sich selbst im Reinen zu bleiben, ein enges Verhältnis zu den eigenen zu haben.

Als sie zum Händewaschen vor dem Waschbecken stand, begegnete ihr im Spiegel ihr ungemütliches Gesicht. Die Haare zerzaust, das Make-up aufgelöst, die beiden Linien auf der Stirn tief. Panisch rieb sie über die Fältchen, hob die Brauen und spannte die Stirn, spülte den Mund aus, feuchtete Toilettenpapier an, wischte die verlaufene Farbe von den Augenrändern und ordnete ihr Haar. Das Gesicht im Spiegel schien sich zu beleben, doch der unglückliche Blick verschwand nicht.

Anziehen und gehen, zu Hause richtig schlafen wäre am besten, dachte sie. Entschlossen steuerte sie ins Zimmer gegenüber. Trotz des beigen Vorhangs war es hier taghell. Ihre Blöße störte sie, schleunigst suchte sie ihre Kleider. Die blaue Bluse fand sie auf der Armlehne des Sofas, die Jeans auf dem Fußboden, Büstenhalter und Slip lagen auf dem Sessel. Hastig stieg sie in BH und Slip. In den beiden kleinen Teilen fühlte sie sich sogleich angezogen und gewärmt.

Gestern Abend hatte sie Kerem nichts von ihrem Job in der Firma und von ihrer Arbeitslosigkeit erzählt, sondern über Potsdam gesprochen. Als kleinen historischen Ort, nur dreißig Minuten Zugfahrt von Berlin entfernt, hatte sie Potsdam beschrieben, als spulte sie Informationen von Wikipedia ab. Im Zweiten Weltkrieg wurden viele Städte und auch ein großer Teil Berlins zerstört, Potsdam dagegen war einer der raren Orte, die verschont blieben und ihr historisches Geflecht bewahrt hatten. Da die historische Umgebung unzerstört war und die Sommerresidenz des letzten Kaisers noch stand, wirkte es auch heute noch wie eine königliche Stadt. Dabei war es eine internationale Studentenstadt. Doch die meisten Studenten wohnten in Berlin. Auch sie wohnte während ihres zweijährigen Studiums in Berlin. Fatma erzählte von den Kanälen Berlins, den Linden und Kastanien, die zu den ältesten Lebewesen der Welt gehören, von den Düften, die die Bäume im Sommer verströmen, von der Lust, an den Kanälen entlangzuradeln – dass sie damals noch gar nicht Fahrrad fahren konnte, sondern erst ein paar Jahre später, als sie zu arbeiten anfing, heimlich einen Kurs besucht und es gelernt hatte, verschwieg sie natürlich –, von den Studenten, die einander duzten, von den Studentenfeten am Wochenende in den weitläufigen Höfen ... Doch mit wie vielen kleinen Schwindeleien schmückte sie ihr Leben aus, machte sich zu einer auch in den eigenen Augen interessanten Persönlichkeit. Gab es etwas wie eine Lebensgeschichte, dann war es ihre geradlinige innere Stimme. Die meist demselben Rhythmus folgte und sich nur wenig änderte. Gestern Abend aber hatte sich mit dieser Stimme auch ihr Leben geändert und war zu einer rhythmischen Geschichte mit Höhen und Tiefen geworden. Doch Kerem hatte geschwiegen und sich gelangweilt. Fatma fiel ein, dass er gesagt hatte: »Klar, wenn man die Chance hat, geht man natürlich ins Ausland.« Er war wütend. Auf jene Leute, auf die Europäer, die EU, auf Fatma, auch wenn er erfuhr, dass sie nicht mit den Mitteln der Familie, sondern mit einem Stipendium nach Europa gegangen war, darauf, dass sie das Leben in Berlin genossen, auf den Partys in den Hinterhöfen dieselbe Luft mit Leuten aus spanischen, englischen, italienischen Städten geatmet, dieselbe Sprache gesprochen hatte ... Vielleicht hätte sie ihm ganz andere Dinge erzählen sollen. Zum Beispiel, dass sie dort lange Heimweh hatte, dass sie sich auf den erwähnten Partys fremd und ausgeschlossen fühlte. Hätte von noch früher reden sollen. Vom Haus des Onkels, von dem Gecekondu-Viertel, in dem sie aufgewachsen war, davon, dass selbst die Oliven auf dem Tisch mit drei Bissen aufgegessen waren, wie sie heimlich für die Schule gelernt hatte, dass es ihr allein durch schulischen Erfolg gelungen war, aus dem Leben, in das sie hineingeboren worden war, herauszukommen ...

Als der Gebetsruf einsetzte, schrak sie hoch. Er musste von einer Moschee ganz in der Nähe kommen. Wie spät mochte es sein? Ihr Blick fiel auf ihre Handtasche zu ihren Füßen. Sie beugte sich hinunter, fingerte das Handy heraus, schaltete es ein. Zwei SMS waren da. Werbung, dachte sie. Doch sie irrte sich, beide waren von Barış. Fünf Minuten vor der Textnachricht hatte er angerufen. »Tut mir leid, hatte viel zu tun, konnte mich nicht gleich melden«, schrieb er.

Fatma konnte sich nicht freuen, wusste nicht einmal, ob sie überhaupt etwas fühlte. Wäre sie wohl jetzt hier, wenn er nicht gestern Abend, sondern vor zwei Tagen angerufen hätte? Barışs Silhouette, wie er nach jenem Abend, an dem sie sich getroffen hatten, in der Dunkelheit verschwand, war ihr nicht aus dem Kopf gegangen, sie hielt ihn für einen einsamen, sehr einsamen Mann, er tat ihr leid. Kurz entschlossen hatte sie ihn angerufen. Gehen wir ins Kino, wollte sie vorschlagen, vielleicht würde sie in der neuen Wohnung kochen. Der Gedanke, für jemanden zu kochen, war ebenso aufregend wie der Einzug in die kleine Wohnung, sie hatte sich zugehörig gefühlt, zur Wohnung, zum Haus, zur Straße. Doch nach dem Abend, an dem sie Barış angerufen hatte, war die Wohnung wieder zur Hölle geworden. Sie wohnte inmitten unzähliger Menschen, laut wurde Musik gespielt. Am Telefon klang seine Stimme kühl und distanziert. Ich habe dieser Tage viel zu tun, sagte er. Ich bin gerade mit Freunden zusammen, ich rufe dich zurück, später. Aber er hatte nicht zurückgerufen. Eine Woche hatte Fatma gewartet, er rief nicht an. Als er nicht anrief, sondern auf Distanz blieb und sie sich ausgeschlossen fühlte, bezeichnete sie die Wut in sich wieder als Liebe.

Ihr fiel ein, wie Kerem gestern einen Fisch aufgefangen hatte, unwillkürlich schlich sich ein Lächeln auf ihre Lippen. Kerem wies auf die Sardellen auf dem Servierteller und sagte: »Lang zu!« Dabei sah er Fatma in die Augen. Als sein Blick auf ihre Lippen glitt, bebten Fatmas Augenlider, konfus pikte sie die Gabel in die gebratenen Fische. Eine der drei aufgespießten Sardellen machte sich los, hielt sich in der Luft noch mit dem eingedellten Kopf kurz an den anderen fest, drohte auf den Teller zurückzufallen, da hatte Kerem sie geschnappt und sich in den Mund geschoben.

Da war es geschehen. Warm hatte es Fatma durchströmt. Das Getriebe ringsum stand still, die Möwen verstummten, der Lärm versiegte, der Augenblick dehnte sich aus und überlagerte eine andere Zeit. Sie war außerstande, Kerem anzusehen. Doch auch wenn sie die Augen senkte oder aufs Meer richtete, das weiße T-Shirt auf seiner braunen Haut, das schwarze Band an seinem Handgelenk, der funkelnde kleine Ring an seinem Ohr, sein schwarzes Haar verschwanden nicht. Sein Bild drang ihr wie ein Geruch in alle Fasern. Wenn sie später daran zurückdachte, als sie Bahar und sehr viel später auch Nevin davon erzählte, würde sie entscheiden, dass eigentlich gar nichts passiert war. Man möchte einfach nur verzaubert werden. Irgendwo entsteht ein Bruch, in dir zischt etwas, das Zischen mutiert zu einem tiefen Atemhauch und dann fängst du an, nur noch mit diesem Hauch zu atmen.

Sie verstaute ihr Handy wieder in der Tasche und schaute sich um. Gläser und eine leere Weinflasche auf dem Tisch in der Raummitte, eine Schale mit Knabberkram, niedrige Regale an der Wand, auf einem davon eine Musikanlage. Auf dem Sofa, auf dem sie jetzt saß, hatten sie sich vor wenigen Stunden leidenschaftlich umarmt, Kerem hielt ihre Lippen so fest, dass es schmerzte. Seine ungeduldige Hand, die ihr die Kleider vom Leib riss, die Härte auf ihrem Bauch ...

Fatma zitterte am ganzen Leib. Sie stand auf, tappte ins Schlafzimmer zurück.

Kerem lag noch genauso da wie zuvor. Wie groß, wie erschreckend war das Verlangen, das sie nach diesem Mann jetzt verspürte, der ihr nur einige Minuten zuvor noch fremd vorgekommen war.

Sie legte sich an ihren Platz im Bett, schlüpfte unter die Decke, schmiegte sich an Kerems Rücken, schlang ihm den Arm um die Taille. Der Körper unter ihrer Hand regte sich, änderte den Atemrhythmus.

»Was ist?«, murmelte Kerem im Halbschlaf.

»Nichts, mir war kalt.«

Kerem zögerte, als wüsste er nicht, was er sagen sollte. Seine Hand tastete nach Fatmas Hüfte, drückte erst ihren Schenkel, dann fassten seine Finger nach ihrem Beckenknochen.

»War dir kalt oder war dir nach etwas anderem?«, fragte er und drehte sich zu Fatma um. Sie schmiegte sich in seine Arme, kaum dass er sich ihr zugewandt hatte, barg den Kopf an seiner Brust, schob die Hand unter sein T-Shirt und legte sie auf seinen flachen Bauch. Kerem nahm ihre Hand und schob sie weiter nach unten. Dabei murmelte er: »Was bist du für eine gierige Frau!« Der Spruch missfiel Fatma, trotzdem suchten ihre Lippen nach seinem Mund. Er zog aber seinen Kopf zurück, griff mit der Hand nach Fatmas Kopf und drückte ihn runter. Fatma wehrte sich, versuchte weiter, an seine Lippen zu kommen. Erneut bog Kerem den Kopf weg. In Fatma zerriss etwas, verwirrt löste sie die Hand von seiner Härte. »Oh no«, murrte Kerem, richtete sich auf, packte Fatmas Taille, drehte sie herum, riss ihr den Slip herunter. Fatma wollte protestieren, den kräftigen Händen entfliehen, doch die Lust gehorchte ihr nicht und übermannte ihren Stolz.

13

Mäuschenstill schlich sie aus der Wohnung, in der Kerem wieder eingeschlafen war, flog gleichsam die Treppen hinunter, als fürchtete sie, jemand würde Halt! rufen, sie würde auf den Ruf hin stehen bleiben und, wenn sie stehen blieb und nicht gehen konnte, würde jemand sagen: Geh! Als sie die Haustür aufriss, fuhr ihr die frische Morgenbrise ins Gesicht. Draußen vor der Tür blieb sie stehen und atmete lange die Luft ein, wie eine Flüssigkeit strömte sie ihr in die Lunge. Die Kühle, das matte Morgenlicht, die Stille der Straße, das Rascheln des Baumes, den sie vermutlich vom Fenster aus gesehen hatte … Nun war sie in einem anderen Kosmos, tief, ruhig und rational.

Sie stieg die Stufen vor der Haustür hinab, als sie ein Fauchen hörte. Auf dem Bürgersteig direkt vor ihr buckelte eine Katze, starrte sie aus feurigen Augen an und fuhr die Krallen aus wie ein Raubtier, das im Begriff war, sich auf seine Beute zu stürzen. Als ihre Blicke sich trafen, fletschte sie die Zähne und fauchte erneut. In der Nähe krächzte ein Rabe. Krah. Das zweite Krah war deutlich länger. Hatte der Rabe sie gerufen oder hatte sie gemerkt, dass sie das Wesen vor sich nicht weiter wichtig nehmen sollte? Endlich senkte die Katze den Rücken, drehte sich um und huschte unter ein geparktes Auto. Der Rabe krächzte noch einmal. Ja, riefen Raben denn immerzu Krah? Wandelte sich ihr Ruf in anderen Sprachen nicht? Auf Türkisch riefen sie gak, auf Englisch caw. Wie die Hunde hier hav hav bellten, dort bark bark und anderswo wau wau. Noch einmal gab der Rabe ein langes Kraaah von sich, flog dann begleitet vom Rascheln der bewegten Blätter auf und schwebte zu dem kleinen Park hinüber, auf den die Straße zulief.

Fatma beobachtete, wie er im Park ihren Augen entschwand. Weder Kerems Haus gönnte sie einen Blick, um es irgendwann wiederfinden zu können, noch dem Schild mit dem Straßennamen, das an der Ecke an eine Hausmauer genagelt war. Sie war sich so sicher, dem Falschen begegnet zu sein, dass sie diesen Mann nicht wiedersehen und diese Nacht als ungeschehen betrachten würde. Ihr fiel der kleine Ring ein, der an seinem Ohr funkelte und in ihr ein Gefühl von Freiheit weckte, den Glauben daran, die Welt verändern zu können, und sein Körper, perfekt wie der einer alten griechischen Knabenstatue. Ihre Nase juckte. Doch die frische Wut in ihr überwog. An jenem stürmischen Tag auf der Insel hatte Kerems Freund »Gib doch mal Ruhe, Mann!« gesagt, fiel ihr ein, da schien sich vieles ineinanderzufügen. Ich habe eine der klischeehaftesten, schlimmsten und zugleich gewöhnlichsten Mann-Frau-Beziehungen der Welt erlebt, dachte sie. Genau wie in Nevins Märchen war sie an einen Jäger geraten. Auch nur daran zu denken, war eine Blamage, aber sie musste es sich eingestehen, es war die Wahrheit.

Gott sei Dank, erleichtert verließ sie die Straße. Wie froh war sie, das Haus ohne jede Bemerkung verlassen zu haben. Als sie die Stufen zu ihrer Haustür hinaufstieg, dann ihre Wohnungstür aufschloss, war ihr, als käme sie nach Hause an den Ort, wo sie seit Jahren lebte, dessen Stille ihr zwar unerträglich war, in dessen vier Wänden sie sich aber doch geborgen fühlte. Lange stand sie unter der Dusche, seifte den von Lust und Aufregung erschöpften Körper ein, wusch sich unter dem heißen Strahl, wie um die ihr anhaftende Fiktion von Liebe abzuwaschen. Überzeugt von der reinigenden Kraft des Wassers, kam sie wieder zu sich. Als sie ins Badetuch gewickelt auf dem Bett in die Arme des kleinen Tods glitt, schob sich ein Bild vor ihre Augen, von einem Gemälde oder aus einem Spiegelbild. Das Bild einer geschlagenen, misshandelten, in einer Ecke kauernden Frau.

Es klingelte, jemand bollerte gegen die Tür, Naira Hanıms wütende Stimme gellte. Panisch sprang Fatma aus dem Bett, das Handtuch glitt zu Boden. Bestürzt blieb sie wie angenagelt stehen, griff dann nach dem Morgenrock über der Stuhllehne.

Naira Hanıms Gesicht wirkte fast blau, Schweißperlen standen ihr auf der Stirn. Die Brauen geballt, die Augen weinerlich.

»Mädel, was schläfst du denn bis in die Puppen? Was ist das denn für eine Nachbarschaft? Hörst du denn nicht? Ich bin schon ein paar Mal gestorben seit heute Morgen!«

In den Morgenrock gewickelt, die Haare noch feucht und wirr, schaute Fatma die Frau aus schlaftrunkenen Augen an und wusste nicht, was sie sagen sollte. Konnte es sein, dass sie am Morgen die Tür offen gelassen und damit dem gefürchteten Dieb Gelegenheit zum Einbruch geboten hatte? Zweifellos hatten Diebe der Frau ihr Gold geraubt, obendrein den noch aus ihrer Jugend stammenden Goldschmuck mitgehen lassen und zudem die Wohnung auf den Kopf gestellt. Oder es hatte unvermutet ein Mann mit einem Messer vor Orhan gestanden, und Naira Hanım hatte sich in letzter Not zu ihr gerettet.

»Was ist denn, Naira Abla?«, fragte sie verlegen.

»Was soll sein, diese Männer waren wieder da. Mit Mühe und Not hab ich sie aus dem Haus gewiesen. Sieh nur, ich zittere immer noch.«

Fatma atmete auf. So war es doch meistens. Wovor man sich fürchtete, traf nicht unmittelbar ein, und wenn doch, dann war es nicht so schlimm. Zumal es leichter war, die richtigen Worte zu finden und in aller Ruhe Lösungen zu produzieren, wenn es sich um die Ängste anderer handelte.

Jetzt war Fatma gelassen. Sie bat Naira Hanım herein. Die Frau stapfte ins Wohnzimmer, sie selbst ins Schlafzimmer. Sie schlüpfte in die Wäsche und streifte das Alltagsbaumwollkleid über. Auf dem Weg zum Bad rief sie: »Trinken wir Kaffee, Naira Abla? Aber ich habe nur Nescafé da.« »Gut, gut«, kam die Antwort. Fatma lief in die Küche, setzte Wasser auf den Herd, richtete rasch Gesicht und das immer noch feuchte Haar im Bad, bereitete dann einen Kaffee mit Milch und Zucker für sich und einen schwarzen für Naira Hanım. Im Wohnzimmer setzte sie die Tassen auf das Beistelltischchen und rückte es vor die Nachbarin. Den Kaffee in der Hand, setzte sie sich auf den Sessel neben die Frau und hielt plötzlich inne. Nicht bloß physisch, auch ihr Verstand setzte kurz aus. Sie hatte alles so geschwind, in solcher Hast getan, dass sie schon vergessen hatte, warum Naira Hanım überhaupt da war, und was der Grund für die Scham war, die in ihr aufstieg.

Nach dem ersten Schlückchen Kaffee sagte sie: »Machen Sie sich nicht so viele Sorgen, liebe Naira Abla, letztlich gehört das Haus doch Ihnen. Mit Gewalt können die es nicht abreißen.« Die Worte galten auch ihr selbst. Mach dir keine Sorgen. Was war denn schon geschehen? Du hast etwas getan, heute Nacht mit einem

Mann, was Menschen seit Anbeginn der Welt ständig tun. War es tatsächlich ein Liebesakt gewesen? Ihr war unwohl wie vor der Menstruation, der Körper unangenehm erregt. Sie rutschte nach hinten, klemmte sich das Kleid zwischen die Beine, zog die Beine an und schloss sie, schmiegte sich in den Sessel und wandte sich der Nachbarin zu.

Während Naira Hanım ihren Kaffee schlürfte, entspannte sie sich, die Wut verflog. Versonnen beäugte sie das Mobiliar, das Fenster und die Balkontür, die sich leicht in der Brise von draußen bewegte, und seufzte wehmütig. »Schöne Wohnung, funkelt und glänzt. Blitzblank hast du alles gewienert.«

Fatma folgte ihren Blicken durch den Raum und dachte, wie sehr habe ich mich an diese Wohnung gewöhnt. Inzwischen verriet ihr der Stand der Sonne im Zimmer, wie spät es war, ohne dass sie auf die Uhr schauen musste. Da die Sonne, die morgens gewissermaßen in ihrem Zimmer aufging, schon an Biss verloren hatte, musste es nach zwölf Uhr sein. Vor zwei Tagen summten mit der Sonne auch zwei Fliegen im Zimmer herum, doch nach dem Reinemachen gestern Morgen waren sie verschwunden. Eigentlich müsste sie stets die Gardinen am Balkon geschlossen und die Wohnung sauber halten. So war sie blitzblank, wie Naira Hanım gesagt hatte. Eine saubere Wohnung wirkte beruhigend, linderte bei ihr sogar Scham und Kummer. Wäre sie weniger wütend, weniger beschämt, wenn sie gestern Abend mit Kerem hierhergekommen wäre? Er war sicher längst wach. Ist er wohl überrascht, dass ich nicht mehr da bin? Oder ist er womöglich erleichtert, weil ich wortlos gegangen bin? Schaut er tatsächlich täglich bei dem Reisebüro vorbei, für das er als Reiseleiter arbeitet?

»Die sind wie Schlangen«, sagte Naira Hanım. »Einmal in den Kopf gesetzt, passen sie alles ihrer schönen Planung an. Jetzt ist die Rede vom Erdbebengesetz. Angeblich findet demnächst eine Prüfung statt. So haben sie die Anwohner nebenan rumgekriegt. Es heißt, die Stadt kann mir nichts, dir nichts ein Haus abreißen, wenn die Prüfung ergibt, dass es nicht erdbebensicher ist. Mein Mann war Architekt, der wusste ja wohl um die Erdbebengefahr in Istanbul! Der Grund hier ist felsig. Obendrein haben sie von weit her Steine herangeschafft, um den Untergrund zu befestigen. Wie viele Beben hat es in den sechzig Jahren hier gegeben, bei mir hat nie auch nur eine Vase gewackelt. Aber außer mir interessiert es ja keinen. Sieh nur, Nevin, die Inhaberin dieser Wohnung, ist weg. Meine Kinder, mein Schwager in Frankreich, meine Schwiegertöchter, keiner kümmert sich noch um dieses Haus. Wie könnte ich zustimmen, das Haus abreißen zu lassen, das mein Mann eigenhändig erbaut hat?!«

Die Frau war dem Haus mit solidem Fundament, aber maroden Balkonen, und dem Leben hier derart verhaftet, als hätten nicht sie selbst, sondern Haus und Straße all diese Dinge für sie erlebt. »Die Hauptstraße da vorne war früher ein verschlammter Bach«, erzählte sie. An seinen Rändern hatte Bartoz, ihr Mann, als Junge Ball gespielt, die Mädchen pflückten Mohn auf den umliegenden Wiesen und flochten Kränze aus Gänseblümchen. Naira Hanım hatte das nicht selbst miterlebt, aber von anderen gehört: von Karen gegenüber, die im letzten Jahr verstorben war, von Kirkor, dem alten Essighändler, der sein Geschäft längst Enkel Murat übertragen hatte. In dieser Gasse, in der früher die Hammerschläge aus den Ledermanufakturen erklangen, von der rußiger Rauch und Dämpfe die Hügel hinaufzogen, standen einst vereinzelte Häuser aus Holz. Als diese Bauten, die ständig in Gefahr standen, beim kleinsten Funken in Flammen aufzugehen, eines Tages tatsächlich dem Feuer zum Opfer fielen, wurden sie durch höhere Mehrfamilienhäuser ersetzt. Karen heiratete, Bartoz studierte Architektur, Kirkor übernahm den Essigladen seines Vaters. Als die Wohnblöcke ihrem von den Flammen verschonten Holzhaus immer näher kamen, hatte Bartoz dann als junger Architekt, frisch verlobt, beschlossen, hier ein neues Haus für die Familie zu errichten. Naira Hanım hatte beobachtet, wie der Grundstein gelegt wurde und die Arbeiter Steine schleppten. Die junge Braut hatte ihrem jungen kräftigen Verlobten Topf um Topf zu essen gebracht. Bald sah sie mit Freuden, wie der Bau Stock für Stock wuchs und zu einem Nachbarhaus aufschloss. Der vierte Stock und das Dach gehören uns, sagte Bartoz, er wollte, dass seine liebste Naira vom Balkon aus über den ehemaligen Bach hinweg die Silhouette der Stadt sehen könnte. Das Tiefparterre sollte dem jüngsten Bruder Stephanos gehören, so teilte er alle Etagen unter den Geschwistern auf. In diesem Haus hatte Naira Hanım ihre Kinder geboren und aufgezogen. An Sonntagen zog sie ihr schönstes schwarzes Kleid an, legte die zu den Ohrringen passende Goldkette um den Hals und ging zur Kirche, deren Geläut man hier leise hörte, um zu ihrem Gott zu beten. Siebenmal hatte sie Gott angerufen, vor allem in den schlimmen Zeiten: Bewahre meine Kinder und meinen Mann vor dem Bösen, das Haus vor Erdbeben, Feuer und Überschwemmungen, bewahre den Menschen vor der Bosheit des Menschen, vor Armut und vor deinem Zorn, so lautete ihr Gebet. Zum Gedenken an Christi Auferstehung hatte sie Eier noch und nöcher gekocht, in den ersten

Jahren hatte sie selbst sie angemalt und später, als sie größer waren, die Kinder. Stets buk sie den Osterkranz eigenhändig. Puder streute sie weder zu viel noch zu wenig darauf, zwar knauserte sie in schwierigen Zeiten ein wenig bei den Nüssen, doch nie versäumte sie, drei Tropfen Traubensirup unter das Ei zu rühren, das sie aufstrich, damit der Kranz seine Granatapfelfarbe erhielt. Nicht nur für die Familie im Haus, auch für die Nachbarn und entfernten Verwandten, die von den Inseln oder von Üsküdar herüberkamen, hatte sie unzählige Kränze gebacken.

Fatma hörte ihr zu, war aber mit einem halben Ohr beim Telefon. Kerem könnte anrufen, könnte fragen, warum bist du gegangen, ohne einen Ton zu sagen? Hatte sie überstürzt gehandelt, überempfindlich? Endlich hatte Naira Hanım sich sattgeredet und war in ihre Wohnung nach oben entschwunden, da fiel Fatma ein Moment aus der Nacht mit Kerem ein, die ihr jetzt wie ein Traum vorkam. Sie hatte nicht schlafen können. Als sie sich unruhig bewegte, um das warm gewordene Kissen zurechtzuzupfen oder sich anders hinzulegen, hatte Kerem sie im Schlaf in den Arm genommen, ihren Bauch gestreichelt, als beruhigte er ein Kind, dann ihren Kopf an seine Schulter gedrückt und war wieder in Tiefschlaf gesunken. Für Fatma war es nur schlimmer geworden, die Wärme der Haut unter ihrem Kopf, der schwerer werdende Arm nahmen ihr den Atem, bald hatte sie sich ans andere Bettende gewälzt. »Was bist du unruhig«, hatte Kerem gesagt, wie sie sich jetzt erinnerte. Unruhig. Ja, ein solches Bild hatte Kerem vermutlich von ihr. Eine unruhige, überempfindliche Frau, die nicht erwachsen geworden war. Ja, es war kindisch, was sie getan hatte. Wer rief denn jemanden an, der sich frühmorgens stillschweigend aus dem Staub gemacht hatte? Es war so schlimm, dass sie sogar fürchtete, Kerem würde nicht rangehen, als sie ihn am nächsten Tag anrief. Doch er war herzlich und aufgeräumt. Da entschied Fatma, alles sei reine Einbildung gewesen.

»Ich hatte es total vergessen, gleich früh am Morgen hatte ich eine Skype-Konferenz mit zwei Leuten aus der Firma«, erklärte sie ihm. Kerem war locker, alles kein Problem. Nun dachte Fatma, er ist froh, dass ich ihm keine Schwierigkeiten gemacht habe, ließ es sich aber nicht anmerken. Stattdessen sagte sie: »Es war ein schöner Abend.«

»Ja, es war schön. Danke dir!«

»Gut, wir sehen uns dann.«

»Wir sehen uns«, gab Kerem zurück.

Wir sehen uns, war das für ihn der Wunsch, sich zu sehen, oder einfach nur eine nichtssagende Abschiedsfloskel? Was für ein peinliches Gespräch war das denn! Warum habe ich ihn bloß angerufen! Ich hatte ihm so schön den Rücken gekehrt und war gegangen, was sollte das jetzt? Im Grunde hab ich mich von Anfang an falsch verhalten. Ich hätte ihn erst näher kennenlernen sollen und nicht gleich beim ersten Treffen mit zu ihm gehen dürfen. Wie dumm, wie dumm ist alles gelaufen! Aber so ist es nun einmal. Und da es nun einmal geschehen ist, habe ich ihn eben angerufen und es korrigiert. Man läuft doch nicht ohne einen Ton davon!

Jetzt war Fatma die wohlerzogene Dame, gleich der mit den gleich schwer beladenen Waagschalen als Symbol für Gerechtigkeit stehenden Frau.

Später aber, als sie am Freitag darauf mit Bahar und deren Arbeitskollegen in eine Bar ging, wo Musik aus den Achtzigern und

Neunzigern gespielt wurde, änderte sich das Selbstbild in ihrem Kopf wieder. Viele Frauen, die meisten Ende dreißig, Anfang vierzig, ein paar Männer und eine Handvoll Jugendliche, die sich älteren Schwestern oder Müttern angeschlossen hatten, hielten sich rings um die Tanzfläche an ihren Drinks fest, nur wenige tanzten und sangen lauthals mit. Strengten sich einige extra an, fröhlich und unbeschwert zu wirken? Hatten sie in der Jugend diese Songs mit demselben Enthusiasmus gehört? Manche von ihnen mochten mit Anfang zwanzig die Nase über Orhan Gencebays *Batsın Bu Dünya* die Nase gerümpft und gesagt haben, ich höre kein Arabesk. Zum Beispiel Bahars Kollegin Elvan. Sie tanzte wie die Sängerin Ajda Pekkan vor dem jungen Mann, der neu in der Firma war, und machte eine entsprechende Geste, als es im Refrain hieß: »Die Tür ist auf, dreh dich um und geh!« War sie tatsächlich so euphorisch, wie sie aussah, und so entschlossen wie ihre Hände, die den Lover abwiesen?

Doch als der Abend fortschritt, beobachtete und beurteilte Fatma nicht länger die Leute, sie gab sich der sentimentalen Stimmung der Musik hin. Beim Übergang von einem zum nächsten Lied bebte sie, spreizte sich euphorisch, zerbrach in tausend Stücke, sammelte die Teile wieder ein und verflüchtigte sich in der Luft. Der Körper bewegte sich zur Musik in einer sich ausdehnenden Unendlichkeit, alles drehte sich nur um eines. Kerems hübsches Lachen, wie er die Sardelle aus der Luft fing, ihr leidenschaftliches Knutschen … Als Semiha Yankı »Liebe währt ein Leben lang, Liebe machen nur einen Augenblick« sang, war Kerems Bild nicht länger nur in ihrem Kopf, sie spürte es im Magen, in der Brust und bis in die Finger hinein. Sie fischte nach ihrem Handy, schrieb ihm eine Nachricht und fing an, die Sekunden zu zählen, die Minuten und Stunden.

14

Sie tastete sich an den Wänden eines Labyrinths entlang. Mitunter sah sie das Licht am Ende des gewundenen Wegs. Es gelang ihr aber nicht auszumachen, ob sie dem Licht entgegenstrebte oder immer tiefer in den hintersten Winkel des Labyrinths zurückfiel. Im Dunkeln war ihr Körper schwer wie Stein und staubtrocken, erblickte sie das Licht, löste er sich und wurde feucht und klebrig. Bei glühender Hitze schlug sie die Augen auf. Im Licht schwirrten Fliegen. Die Fliegen paarten sich, riefen ihre Rivalen in die Schlacht, vermehrten sich und kreisten unaufhörlich. Ein nachts auf Fliegenjagd gehender Gecko verwandelte sich der Decke an, wenn er daran klebte, und sah wie Holz aus, wenn er auf dem Holzrahmen des Wandbilds hockte, er wechselte die Farbe wie ein Chamäleon.

Sie wusste, dass weibliche Geckos sich mit männlichem Sperma mindestens sechs Monate lang vermehren konnten und dass die im Licht kreisenden Fliegen auf der Suche nach Liebe waren. Bei diesen Gedanken, wenn sie sich als Teil einer vollkommenen Welt, einer Ganzheit sah, glaubte sie, ein riesiges Universum zu erkennen und es auch in sich zu tragen, das erfüllte sie mit Liebe. Dann lief sie zu Bahar oder telefonierte und redete mit ungewohnter Zärtlichkeit, die sie selbst erstaunte. Sie erzählte von der Insel, von dem Tag mit dem Lodos-Sturm, von der jüngsten Erinnerung, wie die Sardelle herunterfiel, von den großen Möwen. Von Kerems Lachen, von seiner Wut bei Tisch. Davon, wie er sie nachts in den

Arm genommen hatte, dass sie diese Umarmung vergessen hatte, wie auch immer ihr das gelungen war. Gut, aber hatte denn ein Mann von einer Frau schon nach einer Nacht genug? Und wenn die Frau noch nicht genug hatte? Bahar hörte mitunter wie eine weise Frau zu, gab ihren Senf dazu, meistens aber lachte sie nur bitter, wie um zu sagen: Ich hab's dir doch gesagt, diese Kerle zerreißen einen. Ich fahre mit zwei Freundinnen in den Süden, sagte Bahar, komm doch mit, das wird dir guttun und dich vergessen lassen. Doch jede Liebe hat ihre Laufzeit, ob man sie nun mit oder ohne den Geliebten verbringt, davon wollte Fatma nicht lassen.

Als draußen erst ein feuchter Wind wehte und dann ein Regenschauer niederging, verschwanden Gecko und Fliegen. Die den Hang hinaufkletternden Häuser, die hinter dem Regenvorhang schwitzten, und die Scham, die sich nicht vertreiben ließ, erinnerten sie an den Sommerregen auf Rügen. Es regnete Bindfäden, im warmen Regen spielten Kinder in dem klaren grünlichen Wasser und juchzten vor Freude. Die Mütter mit krausem Haar in der Schamgegend, die Väter, den Penis in der krausen Wolle verborgen, ältere Frauen mit schlaffen Brüsten bis auf den Bauch, geschrumpfte Männer mit hängender faltiger Haut wuselten über den Strand. Gleich ihnen im Adamskostüm stieg Bartal aus dem Wasser, breitete die Arme aus, als betete er um Gnade von oben, und umarmte mit dem ganzen Körper den Himmel. Für Bartal, die Kinder, die Mütter und Väter, Großmütter und Großväter waren die pendelnden Organe ebenso natürlich wie Beine, Arme und Hände. Was der Regen für die Erde ist, was das überschwängliche Grün an den Zweigen, die Blüten an den Büschen, die zur Sonne geneigten Lippen der Tulpen in und für die Natur sind, was die Verbindung der Hündin, die ihre Zitzen gen Himmel reckt, wenn sie sich auf dem Rasen wälzt, zur Umwelt ist, das Gleiche schien es auch für sie zu sein, wenn sie ihre Blöße der Sonne und dem plötzlichen Sommerregen entgegenstreckten. Fatma und ein vielleicht dreizehn-, vierzehnjähriges Mädchen, mit dem sie immer wieder Blicke wechselte, wendeten die Augen ab von diesen Leibern, wie das Mädchen zupfte sie unablässig an ihrem Bikini.

Der Himmel schüttete den Regen hastig aus seinem Beutel, als kein einziger Tropfen mehr übrig war, nahm er die Sonne in die Arme. Die Fliegen kehrten zurück und kurvten erneut durch das Zimmer. Sie musste putzen, die Fliegen verscheuchen, das Warten vergessen, sich entspannen, mit jemandem schlafen. Mit Barış? Aber Barış war in Ankara, bei der Familie, hatte er gesagt, anschließend würde er in Urlaub fahren. Sie war drauf und dran, anonym im Internet über Partnersuche-Seiten zu surfen, dann war es ihr peinlich und sie ließ es bleiben. Eines Abends zog sie ein Minikleid an, schminkte sich, ging in die Stadt, setzte sich in einer Gasse in eine Bar, bestellte ein Bier. Als sie Blicke auf sich spürte, legte sie ihren Schal um den Hals und bedeckte den Busen, senkte den Kopf, ging, noch bevor das Bier ausgetrunken war, stieg in ein Taxi und fuhr heim.

Draußen, unter dem Balkon Geräusche von Hammer und Motoren, das Dröhnen der Stadt, Hunde keuchten, als hätten sie Atembeschwerden. Auf dem Feldweg, von dem sie nur einen kleinen Abschnitt sah, liefen geduckt zwei Hunde, die Schwänze zwischen die Beine geklemmt, eng beieinander, als klagten sie einander ihre Sorgen. Eines von zwei Häusern im Bau am Hang auf der anderen Seite der Hauptstraße ragte schon bis zum vierten Geschoss auf, bei dem anderen schütteten Arbeiter Erde aufs Fundament. Mit ihren gelben Helmen wirkten die Arbeiter in der Hitze wie Bienen, die aus Versehen in ein Teeglas geklettert waren und nun nicht mehr herauskonnten, sich dennoch vergebens abmühten.

Schon als Kind hatte sie immer wieder Baustellen beobachtet, ihr war, als wäre sie mit Baustellen aufgewachsen. Ein Rohbau ohne Türrahmen wurde zum Spielplatz für die Kinder, wenn die Bauarbeiter gingen. Waren aber die Mauern hochgezogen, das Dach gebaut, Fenster und Türen eingesetzt und die Wände verputzt, wurden Wohnungen, Fenster und Balkone daraus, die anderen gehörten. Ihr Vater und ihr Onkel hatten seinerzeit die beiden einander gegenüberstehenden Gecekondu-Häuser eigenhändig erbaut. Mittlerweile stand weder das Vaterhaus, in dem sie geboren worden war, noch das des Onkels, in dem sie seit dem sechsten Lebensjahr aufgewachsen war. Beide waren abgerissen und durch einen mehrstöckigen Wohnblock ersetzt worden. Wann war sie zuletzt dort gewesen? Vermutlich als sie das Stipendium bekam, kurz vor der Abreise nach Potsdam. Sie hatte im Haus des Onkels unter dem Vordach gesessen, von dort konnte man über den Holzverschlag am Gartentor hinweg ein Stück ihres alten Zuhauses sehen. Die Abendsonne versank hinter den Dächern der Häuser, zurück blieb ein rötliches Licht. Herbstgeruch von Erde, von welken Blättern und Pflanzen, von Holzscheiten und Kohlehaufen vor den Häusern. Vor ihren Augen tauchten ihre eigenen Kinderschritte auf, wie sie zum Vater hüpfte, der am Transistorradio bastelte und rauchte. Grünliche Sonnenstrahlen, teilweise vom Baum zurückgehalten, umhüllten Vaters Oberkörper. Sein Pyjama war schwarzweiß gestreift, sein Bein schlenkerte über den Rand der Bank, der Rauch der Zigarette verteilte sich über dem Nebel … Mein Herzblatt … Welch wunderbarer Ausdruck, mein Herzblatt. Und dazu ein Lied im Radio: *Mein Schatz zerriss mich mit einem einzigen Blick … Wenn mein Herz sucht und findet, die es liebt … Bitteres Los, dann sollst du mich sehen, Freund, dann sieh mich …*

Plötzlich fiel ihr Tahir ein. Nicht wie er als Mann aussah, sondern sein unschuldiges Kindergesicht. Die geschwungenen Wimpern, seine warmen braunen Augen. Wo war gleich Gülays Telefonnummer notiert? Warum hatte sie Gülay nicht angerufen, um Kontakt zu Tahir herzustellen?

II

Was treibst du dich hier herum? Man weiß nicht, warum, doch in der Begrenztheit, der Isolation, der Kargheit hier findest du etwas, das zu dir passt. Die Dürre hier verhakelt sich mit der Dürre deiner Welt, gibt ihr offenbar einen Grund.

Ayhan Geçgin, *Son Adım* (Der letzte Schritt)

1

Zu Gülay fielen ihr Sommer und Herbst ein, Draußenspielen, vor allem aber das Klatschen ihrer Schlappen. Denn das Geräusch hatte eine eigene Sprache, ein Echo. Noch bevor die Verursacherin auftauchte, war schon das Geräusch zu hören und verriet durch Tempo oder Langsamkeit ihre jeweilige Stimmung. Es war der Gang eines flinken Mädchens, das herumhüpfte und Spiele gern in die Länge zog. Kaum hörte die Familie, die im Garten saß, der mit dem Einsetzen der Sommerhitze quasi zum Wohnzimmer wurde, das Klatschen, drehten sich alle Köpfe zu Fatma, als wollten sie sagen, da kommt wieder deine kleine Freundin. Fatma gab sich dann hochmütig wie ein verwöhntes, umschmeicheltes vielgeliebtes Kind, schürzte die Lippen und zuckte die Schultern.

Im Laufe der Jahre wuchsen Schlappen und Füße, und der Rhythmus des Klatschens änderte sich, es klang zögerlicher, als wollte es Gülays sich rasch rundende Hüften und Brüste zugleich verbergen und vorzeigen. Ein Klang, der flitzte, solange er fern war, aber sich der eigenen Begeisterung schämte, wenn er näher kam. Die Köpfe drehten sich nun nicht länger Fatma zu, sondern Tahir. Auf den Lippen der Kinder und Jugendlichen ein spöttisches Grinsen, in den Blicken von Tahirs Mutter Tante Sakine dunkle Sorge. Tztz, machte sie und schüttelte den Kopf, ihre flinken Hände verhärteten sich, was auch immer sie gerade in Arbeit hatte – Strickzeug, Bohnen, die sie strubbelte, Tomatenmark, das sie in Gläser füllte, Paprika oder Auberginen, die sie auf Schnüre zog –, alle bekamen ihr Fett weg und wurden gequält. Tahir senkte den Kopf und richtete den Blick auf den Beton, die Erde oder die Pflanzen zu seinen Füßen. Doch der Mund seiner Mutter war ja kein Beutel, den man hätte zuschnüren können. War sie gerade mit derselben Sache beschäftigt wie Fatma, klagte sie zunächst darüber, wie ungeschickt diese sich anstellte, dann murrte sie: »Was hat das Mädchen Tag für Tag hier zu suchen? Ihr seid junge Mädchen geworden. Sei nicht immer so freundlich zu ihr. Außerdem sind die …« Noch tiefer konnte Tahirs Kopf nicht runter, er stand auf und verzog sich.

Ähnliche Szenen spielten sich ein paar Häuser weiter im Garten von Gülays Familie ab. Die Hände von Gülays Mutter, bei derselben Beschäftigung wie Tante Sakine, hasteten, ihr Blick flackerte, ihre Zunge wurde mit den gleichen Worten hart. »Was hast du da zu suchen? Du bist jetzt ein junges Mädchen. Wenn ihr unter Mädchen reden wollt, soll Fatma zu uns kommen.« Den Zusatz »Außerdem sind sie« hörte Fatma dort zwar nie, wusste aber darum wegen der Fürbitten, die Gülays Mutter unablässig über die Lippen kamen, und weil sie alle naslang alles stehen und liegen ließ, um zu beten.

In dem Sommer, als sie Abitur machten und auf die Ergebnisse der Zulassungsprüfungen für das Studium warteten, wurde das Klatschen von Gülays Schlappen seltener. Nachts wälzten sich die jungen Leiber unruhig in den verschwitzten Laken, dachten an die Prüfungsergebnisse und schraken immer wieder hoch, tagsüber stellte sich immer öfter ein weinrotes Auto vor Gülays Haus ein. Erst verengte Gülay zweifelnd die Augen und kaute auf den Lippen, dann warf sie Tahir mit hochrotem Kopf einen Blick zu, der sagte: Nun tu doch was, mach dem ein Ende, bevor es anfängt! Sie wartete. Doch der junge Mann schwieg. Er konnte sich weder ganz von ihr lösen noch ganz zu ihr stehen. Manchmal setzte Gülay auch auf Fatma. Besprachen sie nicht alles? Hatten sie im letzten Frühjahr nicht zum Beispiel Seyfıs Liebesbrief gemeinsam gelesen und sich darüber lustig gemacht? *Mich hat, ach, das schöne Wetter um den Verstand gebracht*,* fing der Brief an. Fatma dachte daran, dass ihr noch nie ein Junge geschrieben hatte und dass beim Brennball manche Jungs den Ball so warfen, dass er Gülays pralle Hüften oder Brüste traf, das ärgerte sie zwar, aber sie schwatzte doch gern mit Gülay über Liebesdinge. Doch was ihr Verhalten Tahir gegenüber anging ... Seit geraumer Zeit fragte sie sich, wie »es« wohl funktionieren mochte, spielte auch mit dem Spannungspunkt zwischen den Beinen, als Kind aus reiner Neugier, als junges Mädchen stets in der Angst, etwas zu beschädigen. Ob auch Gülay? Gar mit Gedanken an Tahir? Wie eklig! Insgeheim verbündete sich Fatma mit der Tante, die längst mit Gülays Mutter gebrochen und sich geschworen hatte, sie nie wieder auch nur um eine Prise Salz zu bitten, mit der Frau, deren Blicke sie noch immer zittern machten. Brachte Gülay die Rede auf Tahir, wechselte sie auf der Stelle das Thema.

Irgendwann tauchte Gülay nicht mehr an der Gartenpforte auf, begegnete ihnen auch unterwegs nicht mehr, und wenn doch, hatte sie weder für Fatma Augen noch für Tahir. Der weinrote Wagen aber fuhr immer öfter durchs Viertel. Kurz nach der Veröffentlichung der Prüfungsergebnisse, Fatma hatte einen Studienplatz für Betriebswirtschaft in Ankara bekommen und Tahir sollte an

---

* *Berühmte Zeile aus einem Gedicht von Orhan Veli Kanık. (A.d.Ü.)*

der nur eine halbe Stunde von zu Hause entfernten Fakultät für Erziehungswissenschaften zum Klassenlehrer ausgebildet werden, verbreitete sich eine Nachricht im Viertel: Gülay war verlobt. Die Leute hörten gar nicht wieder auf, davon zu schwätzen, welch ein Glück das Mädchen hatte, den Sohn eines reichen Restaurantbesitzers zu bekommen. Gülay heiratete dann nicht in der üblichen Weise, wo Trommel und Oboe drei Tage und drei Nächte Stimmung im Viertel machten und die Halay-Tänze es in eine Staubwolke hüllten, sondern in einem edlen Saal in der City. Ihre Zukunftsaussichten in einer Wohnung mit Balkon und Heizung, mit Warmwasser rund um die Uhr, mit einer edlen Anrichte und Sitzgarnitur gingen wie eine Legende von Mund zu Mund. Tahirs Mutter hörte auf, sie ständig im Auge zu behalten, und war wieder ein Herz und eine Seele mit Gülays Mutter. Fatma zählte die Tage bis zu ihrem Studentenleben in der Hauptstadt, Gülay sah sie zuletzt, als sie zum Klang von Oboe und Trommeln aus dem Haus trat, um zum Hochzeitssaal gefahren zu werden. Nun war Gülay eine geschminkte Frau im weißen Brautkleid, die Tränen hinter dem Schleier verborgen. Als sie den weinroten Wagen bestieg, auf dem Kühler eine gleich ihr herausgeputzte Puppe, nahm sie auch ihrer aller Kindheit im Viertel mit und ließ sie mit dem von einer Staubwolke begleiteten Wagen verschwinden.

Jetzt, zwanzig Jahre später, saßen die beiden in einem Teegarten mit Blick auf den Bosporus und erwarteten sie. Gülay wirkte anders als bei ihrer ersten Begegnung kürzlich, braver. Das wilde Rot der Haare war einem honigfarbenen Ton gewichen, der zu ihrem Teint passte. Erweckte sie deshalb einen braven Eindruck, oder weil sie so still dasaß, oder weil Tahir dabei war? Auf den ersten Blick wirkten sie nicht wie ein harmonisches Paar. So sehr Gülays braune Haut, der dunkle Ton ihrer übereinandergeschlagenen Beine ein Produkt von Sonnenöl, Meer und Strand waren, rührte die Bräune in Tahirs knochigem Gesicht, das sie im Profil sah, und an seinen aus dem kurzärmeligen Hemd ragenden Armen von der Steppe her. Oben lichtete sich Tahirs Haar, doch es war noch genauso dunkel wie früher.

Gülay bemerkte sie als Erste, dann drehte auch Tahir den Kopf. Einen Moment lang glaubte Fatma in der ihr zugewandten Miene den Onkel und andere bekannte Gesichter zu erkennen. Aber es war eben doch Tahir. Trotz der dunklen Ringe unter den Augen und der verhärteten Haut war es Tahir mit seinem Kinderblick. Er hatte die Augen verengt, versuchte die auf ihn zukommende Frau zu erkennen, dabei trafen seine dichten langen Wimpern auf die kräftigen Brauen. Plötzlich rief er: »Fatma!« und sprang auf. Doch er hatte nicht daran gedacht, den Plastikstuhl zurückzuschieben, weshalb er mit den Knien unter dem Tisch hängen blieb. Fatma eilte hinzu und fiel dem Cousin, der kaum sein Gleichgewicht gefunden hatte, um den Hals.

»Meine Tränen überraschen dich, stimmt's?«

»Schon. Jahrelang haben wir nichts von dir gehört. Ich dachte, du hast uns total vergessen.«

Ihr fehlten die Worte, sie schaute Tahir nur an. Wie könnte ich, sagte ihr Blick, während sie das feuchte Taschentuch knetete.

»Ich weiß nicht, ob ich dich erkannt hätte, wenn wir uns auf der Straße begegnet wären. Du hast dich sehr verändert, sehr …«

»Wir alle verändern uns. Auch du«, gab Fatma zurück.

»Ich werde alt, sieh nur«, sagte Tahir und hob die Hand zu der schütteren Stelle auf seinem Kopf. Gülay hatte die beiden still beobachtet, jetzt strich sie sich übers Haar, legte dann die Hand ans Kinn, als wollte sie seine Fülle kaschieren, und warf ein: »Ich bitte dich, was heißt hier Altwerden! Du bist nur reifer geworden. Wir werden reifer.«

Tahir sah sie mit bitterem Lächeln an. Seine verdrossene Miene war so hart und entschlossen, dass Fatma nicht umhinkonnte zu denken: Wessen Temperament hätte sich wohl durchgesetzt, wer hätte wohl den anderen geprägt, wären sie tatsächlich ein Paar geworden? Gülays Lebensfreude, von der sie nicht lassen wollte, oder Tahirs Missmut, den sie von früher kannte, der jetzt aber noch deutlicher zutage trat?

Lustiges Getrommel und fröhliche Stimmen näherten sich. Alle drei wandten den Kopf. Eine Gruppe von fünfzehn, zwanzig jungen Leuten, die Frauen hübsch angezogen und frisch vom Friseur gestylt, die Männer in Anzügen, tanzten zum Rhythmus der Handtrommel zur Gartenmitte hin. Da tauchte hinter der Gruppe auch schon die Braut auf – der junge Mann mit hoher Stirn, im schwarzen Anzug mit Fliege, musste der Bräutigam sein. Die vollschlanke Braut drehte sich im Rhythmus der Handtrommel, kokettierte vor dem Bräutigam, verbeugte sich vor ihm, tanzte voller Leidenschaft. Die Gäste des Teegartens klatschten nach kurzer Überraschung mit, und alles drehte sich nur noch um die Braut. Sie war ein Star in Weiß und Tüll, für sie fror die Zeit als Freude ein.

»Die beiden haben sich wohl hier im Teegarten kennengelernt. Letztes Jahr habe ich schon mal so einen Hochzeitsaufzug erlebt.

Seht nur, was für eine glückliche Braut! Bei uns dagegen haben die Bräute immer geweint«, sinnierte Gülay.

Bei diesen Worten wich Gülay Tahirs Blicken aus. Gülay hatte Fatma vor zwei Tagen am Telefon lang und breit von ihrem Mann erzählt. Ob sie all das auch Tahir anvertraut hatte? Inwieweit kann ein Mensch, der aus dem Schatten von zwei älteren Brüdern trat, aus seinem eigenen Schatten treten, hatte sie in Bezug auf ihren Ehemann Sefa gesagt. In der Heimat hatte Sefa den Beruf des Vaters erlernt. Er war ein guter Koch, aber außerstande, sich gegen die Brüder durchzusetzen, nicht nur sich selbst, auch Frau und Sohn ließ er von ihnen unterdrücken. Als der Vater starb, Gülay war damals vierundzwanzig und seit sieben Jahren verheiratet, der Sohn war vier, entzweite Sefa sich mit den Brüdern wegen des Erbes. Ohne Gülay wäre es wohl gar nicht dazu gekommen, ihr Mann hätte weiter allein gegen freie Verpflegung in der Küche des berühmten Familienbetriebs in der City gearbeitet. Schließlich aber, auf Gülays Betreiben hin, war Sefa bereit gewesen, sich von den Brüdern zu lösen, nahm finanziell mit, was er bekommen konnte, und beschloss, nach Istanbul zu gehen, wo er seinen Wehrdienst abgeleistet hatte. Hier hatte er in Kadıköy ein Lokal aufgemacht, war aber von dem ehemaligen Kameraden, der ihm zunächst beim Einleben geholfen hatte, betrogen worden und kam so weit herunter, dass er das gesamte Kapital aufzehrte und bald nicht einmal mehr die Miete des Lokals zahlen konnte. Gülay las damals in den Magazin-Beilagen der Zeitungen etwas von Catering. Kochen wir zu Hause, geh zu den umliegenden Hotels und Firmen, sag, deine Speisen sind lecker und günstig, du führst den Beruf des Vaters fort, überzeuge sie, habe Gülay damals zu Sefa gesagt, aber er sei die Sache nur halbherzig angegangen und jedes Mal mit leeren Händen heimgekommen. Irgendwann nahm Gülay die Sache selbst in die Hand, klapperte Hotels und Firmen ab und kam mit einem kleinen Hotel für das Abendessen überein. Kurz darauf bereiteten sie dann auch das Mittagessen für eine Firma zu und als sie ein wenig Geld verdient hatten, machten sie wieder ein eigenes Restaurant auf. Sefa kochte, Gülay kümmerte sich ums Geschäftliche. Doch statt glücklich darüber zu sein, wurde Sefa eifersüchtig. Dass seine Frau aktiv war, sich aufs Handeln verstand, ihre Freundlichkeit und ihr Talent, Kundenwünsche zu erfüllen, brachten ihn um den Verstand, ständig sorgte er für Unfrieden. Dann hatte er einen Unfall. Grund war seine Verträumtheit und seine Unzufriedenheit mit dem Leben, hatte Gülay am Telefon gesagt. Jetzt war sein rechter Arm nicht mehr zu gebrauchen. Er saß nur noch an der Kasse, schimpfte alle naslang den neu eingestellten Koch aus und leerte jeden Abend eine Flasche Rakı, obwohl er früher keinen Tropfen getrunken hatte.

Nun sprach Tahir von seiner Familie. Fatma hatte den Blick auf einem schwarzen Fleck auf dem Kunststofftisch gerichtet, während sie ihm zuhörte. Der Fleck nahm die verschiedensten Formen an, je länger sie hinsah. Über seine Mutter sagte Tahir: »Sie ist alt geworden, jetzt klagt sie über ihre Schmerzen«, sein Vater habe das Rauchen aufgegeben und sei militanter Nichtraucher, da war der schwarze Fleck zu einem Kopf mit Pferdeschwanz geworden. Als Tahir erzählte, die älteste Tochter seiner großen Schwester Saadet habe ihr Medizinstudium abgeschlossen, ihre Schwester Arzu habe sich gerade von ihrem Mann getrennt und sei mit dem Sohn zu den Eltern gezogen, verwandelte sich der Fleck in ein Pferd. Fatma dachte, jetzt sind Tahirs Frau, eine Krankenschwester, und seine

Töchter an der Reihe, sie kannte alle drei nicht, da wurde der Kopf des Pferdes zu einer Welle, die sich im Meer aufbaute. Eine Woge, die einen weiten Bogen durch die Luft beschrieb und zu den Enden hin schmaler wurde, an einem Ende löste sich ein vorwitziger Tropfen. »Eigentlich ist bei uns alles beim Alten, alles setzt sich einfach fort. Die Gecekondu-Häuser sind weg, dafür stehen dort jetzt große Wohnhäuser, auch die sind schon marode, sonst gibt es nichts. Erzähl du doch mal, du bist es doch, die in der Welt herumgekommen ist«, sagte Tahir, und Pferdeschwanz, Pferdekopf und Welle verschwanden, nur der alte vertrackte Fleck war noch da.

Fatma schob die Hand über den Fleck und erzählte von ihrer Arbeit in der Firma, von Holland, von Deutschland, auch von der eigenen Lüge, dass sie bald in der neuen Filiale der Firma anfangen würde.

»Meine kleine Tochter ähnelt dir, weißt du«, warf Tahir ein. »Blitzgescheit.«

Blitzgescheit? So dachten sie also? Seit Langem schon war ihr Verstand nur mittelmäßig, ja, mäßig. Außerdem, was nützte denn ein Verstand, der schneller als ein paar andere dividieren und subtrahieren konnte, wenn er nicht wusste, wie man glücklich wird, sich nicht darauf verstand, die Harmonie des Lebens auszubalancieren. Fatma fühlte sich so schwach, so ungeschützt, dass sie ihren Kopf an Tahirs Schulter legte. Der Körper unter ihrem Kopf machte sich erst steif, entspannte sich dann aber. Tahir legte den Arm um sie und drückte sie an seine Brust. Fatma spürte, wie sich das aufgeregte Geschöpf in ihr beruhigte.

»Wie ist es dir nur gelungen, so schlank zu bleiben, Fatma? Ist wohl genetisch. Du siehst aus wie deine Mutter. So schlank wie sie. Aber gut, dein Gesicht hat sich ziemlich verändert.«

Bei diesen Worten verengte Gülay die Augen und inspizierte Fatmas Nase. Fatma spürte, wie sie rot wurde. Sie befreite sich geschwind aus Tahirs Armen und setzte sich wieder aufrecht hin.

»Du hast recht«, brachte sie endlich heraus. »Mein Gesicht hat sich verändert. Bevor ich in der Firma anfing, ließ ich die Nase richten. Ich hatte Atembeschwerden, sonst hätte ich nie den Mut zu so einem Eingriff aufgebracht. Aber es war wirklich gut, so bin ich den krummen Knochen losgeworden, der mir das Atmen schwer machte, und habe zugleich eine gerade Nase bekommen.«

Sie fühlte sich wie von einer schweren Last befreit, konnte aber Gülay noch immer nicht in die Augen schauen. Sie richtete den Blick auf das gekräuselte Meer direkt unter ihnen. Dem diesigen Himmel wie zum Trotz zeigte sich das Meer in Blasstürkis. Eines von zwei Schiffen auf dem Wasser entfernte sich gemächlich und zog dabei eine schmale weiße Linie hinter sich her, das andere näherte sich von Möwen umschwärmt, doch von hier oben wirkten beide wie Spielzeugmodelle, die sich weder entfernten noch näher kamen. Das sich zum Horizont hin wie in die Unendlichkeit erstreckende Meer glich einer blauen Wüste.

»Na endlich, da kommt unser Tee«, sagte Gülay.

Ein Kellner kam mit einem ausladenden Tablett, über dem Schnabel des kleinen Teekessels darauf kräuselte sich der Dampf. Gülay nahm die auf dem Tischrand liegende Zeitung auseinander, breitete die Seiten geschickt über den Tisch und schob ein Ende Fatma hin. »Fatma, zieh sie doch ein bisschen zu dir hin«, sagte sie in warmem Ton. Sie hatte alle Aggressivität abgelegt und war hausfraulich und herzlich. Während der Kellner Kessel, Kanne und Gläser auf den Tisch setzte, holte sie Simit und, wie sie sagte, selbstgebackenen Käse-Börek aus der Tasche. Sie deckte den Tisch patent, dass Fatma geradezu sehen konnte, wie Gülay zu Hause kochte, mit Sohn und Ehemann frühstückte und mit Angestellten und Kunden in ihrer Gaststätte umging. Diese Frau, die sie früher für hübsch, aber etwas dümmlich gehalten hatte, die früh erwachsen geworden war, früh geheiratet, ein Kind geboren und etwas Tantenhaftes angenommen hatte, von der sie geglaubt hatte, damit wären ihr Schwung und Jugend genommen, war enorm stark und im Einklang mit allem, was sie tat. Sie hatten beide vor Jahren dieselbe Stadt, dasselbe Viertel verlassen, hatten Migrationserfahrung, wenn auch auf unterschiedliche Weise, doch Gülays sämtliche Handlungen waren von einer Entschlossenheit geprägt, die andeutete, dass es für sie einen Ort gab, zu dem sie gehörte.

Fatmas Blick fiel auf Tahirs Muttermal an der rechten Wange, während er Tee einschenkte, sie musterte aufmerksam die Züge des Cousins. Würde Tahir ihrem Vater ähneln, wenn er jetzt so alt wäre wie der Vater auf dem Foto und einen Schnurrbart trüge? Würden sie einander ähnlich sehen, wenn ihr Vater am Leben wäre und sein Gesicht so wie Tahirs an der Schwelle zwischen Jugend und mittleren Jahren in der Schwebe wäre? Doch ihr Vater war sehr jung, mit neunundzwanzig, gestorben, umgebracht worden.

»Tahir«, sagte sie, »erinnerst du dich an meinen Vater? An sein Gesicht?«

Tahir stutzte, er stellte ein Teeglas Gülay und eines Fatma hin. Dann warf er Zucker in sein Glas und rührte versonnen um.

»Genau kann ich mich nicht erinnern, aber wenn die Rede auf früher kommt, erzählt mein Vater manchmal auch von Onkel Hasan Ali. Dein Vater konnte wunderbar Bağlama spielen, weißt du?«

»Ja, davon habe ich gehört. Aber ich wusste nicht, dass er eine Bağlama besaß, und kann mich auch nicht daran erinnern, dass er gespielt hat.«

»Wir waren so klein, Fatma. Papa sagt, dein Vater hat als junger Mann gespielt, später dann nicht mehr. Und eine schöne Stimme hatte er. Weißt du noch, im Sommer kamen die jungen Leute manchmal am Holzschuppen im Garten zusammen, da wurde dann Saz gespielt, dieser Brauch soll von deinem Vater stammen.«

Gülay legte die Servietten neben die Böreks und räusperte sich. Sie wollte etwas sagen, schien aber noch unentschieden. »Ich muss euch etwas beichten«, sagte sie endlich. »Der Holzschuppen. Den habe ich geliebt. Mit vierzehn habe ich da sogar meine erste Zigarette geraucht. Vor Mama hab ich es immer verheimlicht, dass ich dabei war. In unserer Familie galt es als Sünde, dass Mädchen und Jungen zusammen singen. Arme Mama, alle Nachbarn waren Aleviten, sie ging da ein und aus, aber …«

Gülay brach ab. Fatma konnte sich denken, warum sie verstummte und was auf das »aber« hätte folgen sollen. Vielleicht wollte sie jetzt tun, was sie vor all den Jahren nicht konnte, und erklären, warum sie mit siebzehn einen anderen geheiratet hatte. Jetzt erst wurde Fatma klar, dass damals zwischen Tahir und Gülay offenbar mehr gewesen war, Gülay wollte nun mit Macht ein Gefühl aus der Jugend zurückerobern.

»Unsere Leute waren nicht viel anders als eure«, sagte Fatma. Sie dachte an ganz andere Dinge. Sie war neugierig, wollte etwas über ihren Vater hören. Tahir erzählte, ihr Vater sei ein zorniger Mann gewesen, der Unrecht nicht ertrug. Nach dem Abitur hatte er die Abendschule absolviert und war in seiner Fabrik stellvertretender

Betriebsratsvorsitzender geworden. All das wusste Fatma bereits. Wie viel der Wahrheit entsprach und wie viel später dazugedichtet worden war, wusste sie allerdings nicht. Aber der in jungen Jahren getötete Vater war eine Legende, ein Held, das zu wissen gefiel ihr und entspannte sie.

Plötzlich verstummte Tahir. Er starrte auf ein Foto in der Zeitung: Zwei Polizisten führten einen Mann mit gesenktem Kopf ab. Die Schlagzeile darüber lautete: *Nachbar war Mörder des kleinen Mädchens*, darunter stand: *Erst vergewaltigte er sie, dann brachte er sie um!* Gülay versuchte kopfüber zu lesen, »Gott strafe ihn!«, sagte sie und verdeckte das Foto mit der Zuckerschachtel.

»Zu unserer Zeit gab es solche Meldungen nicht. Unsere Kindheit fand auf der Straße statt, von früh bis spät waren wir draußen. Heutzutage schicken Mütter ihre Kinder nicht mal in den Laden unten im Haus«, räsonierte Tahir.

»Vielleicht gab es auch damals solche Nachrichten«, meinte Gülay, »man redete nur nicht darüber.« Ihre Blicke huschten zwischen Fatma und Tahir hin und her. »Da war doch der Krämer im Viertel, der schenkte den Kindern immer Knabberkram. Ich weiß noch, dass ich ihn nicht mochte, er machte mich nervös. Wenn Mama mich Brot holen schickte, fand ich Ausreden und sah zu, dass ich nicht allein im Laden war. Später wurde der Mann dabei erwischt, wie er ein Kind in einen Nebenraum zerrte. Der Kerl verschwand, der Laden schloss, später übernahm ihn jemand anders.«

»Ja, ich erinnere mich daran, von so jemandem war mal die Rede«, bestätigte Tahir. »Dreckskerl, ein Perverser, hieß es damals, und wir wussten nicht, was das bedeutet.«

»Ich hörte Jahre später, dass der Mann Kinder belästigt hatte.

Erinnert ihr euch, die schönsten Ballons und Süßigkeiten hielt er immer hinten im Laden bereit. Ich hasste es, wenn ich allein in die dunklen Ecken musste. Aber stellt euch mal vor, womöglich hat er ein paar Kinder aus dem Viertel ...« Gülay wandte sich an Fatma. »Du siehst aus, als könntest du dich nicht daran erinnern.«

»Ich erinnere mich tatsächlich kaum daran.«

»Wie das? An dem einen Tag damals ... Du hattest eine Menge Geld dabei, aus heutiger Sicht wohl nur wenig, aber damals war es ein ganzer Batzen. Cemile, du, ich, Tahir, alle zusammen liefen wir zum Laden, du hast Brause und Waffelkekse für alle gekauft. Der Krämer tätschelte Cemile ständig die Wange und sagte: Was bist du für ein hübsches Mädchen!. Komisch, obwohl er mich beunruhigte, war ich eifersüchtig, als er Cemile streichelte, warum streichelt er sie und uns nicht, bin ich etwa hässlicher als sie, grämte ich mich. Was man als Kind so denkt! Und auf dich waren wir sauer, fällt mir jetzt wieder ein. Du hattest für uns alle etwas gekauft, aber du wolltest nicht, dass Tahir auch nur einen Schluck von unserer Brause trank.«

»Wahrscheinlich hatte Fatma sich mal wieder über mich geärgert«, meinte Tahir lächelnd.

»Warum sollte sie sich über dich ärgern? Ihr kamt gut miteinander aus. Wie Zwillinge habt ihr ständig zusammengesteckt.«

»Wir waren eben Kinder.«

»Ah, jetzt fällt es mir wieder ein«, rief Gülay. »War das nicht der Tag, an dem Fatmas Mutter heiratete?«

Das Lächeln auf Tahirs Miene erstarrte, er warf Gülay einen bösen Blick zu. Sie erschrak und als sie sah, wie Cousin und Cousine die Lippen zu einem schmalen Strich verkniffen, verstummte sie. Stumm tranken sie ihren Tee und aßen Börek, keiner versuchte noch, den anderen den Krämer, das Viertel oder das Schrottauto von damals ins Gedächtnis zu rufen. Doch Fatma wusste sehr wohl, dass Tahir und Gülay sich an jenen Tag genau erinnerten und darum ihren Blicken auswichen.

Mach dir nichts draus

Manchmal hörte sie Wasserrauschen, roch den Duft feuchter Erde, machte schemenhaft die Silhouette einer schmalen Frau aus, sah in ihren Tagträumen wirres Haar über den Boden fegen, hörte eine Kinderstimme »Mutti« sagen. Als sie vor Jahren nach der Nasenoperation zu sich kam, sagte eine ältere Zimmergenossin, sie habe die ganze Nacht nach ihrer Mutter gerufen, und sie war sich sicher, dass die Frau die Wahrheit sagte. Damals war ihr klar geworden, dass Anästhesie zwar den Körper betäubt, aber eine emotionale Erfahrung nicht löscht. Die Stimme, die im Klinikzimmer »Mutti« rief, hatte auch sie gehört. Jetzt hing sie dem Tag nach, an dem diese Stimme zum ersten Mal auf diese Weise gerufen hatte, gemeinsam mit Gülay und Tahir, die Geschichte war nicht länger zu verbergen, gehörte ihr nicht mehr allein.

Sie war acht. Beim Lernen war sie auf der Matratze eingeschlafen und erst wieder aufgewacht, als das Licht sank und sich an die Schwelle der Haustür zurückgezogen hatte. Etwas flatterte hektisch. Offenbar schlug ein Vogel mit dem Flügel oder ein am Eisengitter verhakter Vorhang im Lufthauch gegen das Gitter.

Mit schläfrigen Augen sah sie durch die offene Tür die geblümte Pluderhose der Tante und Tahir, der mit dem Gartenschlauch spielte. Im Garten wurden Tomaten gepflanzt, die aufgewühlte Erde roch nach Frühling. Der Junge konnte die Arbeit seiner Mutter nur im Spiel begleiten, Fatma hörte von ihm die Stimme des Glücks, dessen er sich noch gar nicht bewusst war: Tahir kicherte.

Dann kam die Mutter herein. Fatmas schlanke Mutter mit ihren glatten Haaren.

»Bist du aufgewacht?«

Mit der Freude des kleinen Mädchens, das junge, hübsche Frauen bewundert und seine Mutter anbetet, bejahte Fatma, glitt von der Matratze, lief zur Mutter und streckte ihr die Hand entgegen. Doch die Hand blieb in der Luft. Die Matratze, auf der die Tochter eben noch geschlafen hatte, im Auge, tadelte die Mutter: »Zieh das Laken glatt! Du bist jetzt ein großes Mädchen, niemand soll dir hinterherräumen müssen!«, und verschwand in dem Zimmer, in dem sie mit Fatmas Cousine Saadet Kelims webte. Fatma hörte die beiden hinter der geschlossenen Tür flüstern, verstand aber nicht, worüber sie redeten.

Wie still das Haus heute war. Normalerweise stand die Tür zu dem Zimmer offen, und kaum war Saadet Abla aufgestanden, schaltete sie das Radio ein, das lief, bald lauter, bald leiser, bis in dem großen Haus am Abend die Lichter gelöscht wurden. Oft zeigte ihnen das Verstummen des Radios einen Stromausfall an und dass er wieder da war, wenn es weiterdudelte. Seit Tagen war etwas merkwürdig im Haus. Es war wie an einem der Tage, da die Ofenrohre gefegt wurden, die Fenster bis zum Anschlag geöffnet, die Teppiche zum Lüften hochgenommen wurden und die Kinder kaum einen Platz zum Spielen fanden, sondern von hier nach dort gescheucht wurden, weil sie überall störten. Aber es war doch anders. Nichts wurde gefegt, kein Reinemachen war angesagt, alles stand an seinem Platz, ja, sogar viel ordentlicher als sonst.

»Guck mal, wie schön ich das Laken glattgezogen hab, Mutti.«

Mutters Blicke gingen in die Ferne, durch das offene Fenster zu dem Haus, wo sie früher gewohnt hatten, sie hörte die Tochter gar nicht. Auch Fatma schaute zu ihrem alten Zuhause hinüber, zur Mauer, von der der Putz abplatzte, zum Dach, zum Apfelbaum davor. Das war der Baum, dessen Blätter sie gezählt hatte. Doch jetzt war sie außerstande, die ineinander verschlungenen Zweige auseinanderzuhalten, geschweige denn einzelne Blätter im dichten Laub auszumachen. Ihr fiel ein, wie der Vater, als er merkte, dass sie die Zahlen herunterrasseln konnte, voller Freude sagte: Das Mädchen ist hochintelligent, wenn sie erst zur Schule geht, kriegt sie überall Einsen. Sie hatte die Nase an das Fenster gedrückt, auf dem Sofa gegenüber hatte der Vater es sich bequem gemacht, sie zählte die Blätter, hin und wieder drehte sie sich zu seinem versonnenen Lächeln um.

Doch nun schaute der Vater ihnen schon lange vom Schwarz-Weiß-Foto an der Wand zu, gleich neben Kalif Ali. Kalif Ali auf dem Wandteppich, das Schwert aufrecht in der Hand, und ihr Vater Hasan Ali auf dem Foto daneben. Der eine vollbärtig, der andere mit Schnauzer, der eine auf einem kakifarbenen Wandteppich mit einem Heiligenschein, der wie Sonnenlicht aussah, der andere schaute aus dichtem Nebel in Schwarz-Weiß hinaus in die Welt. Der heilige Ali, unser Pir. Was heißt Pir, Mutti? Ist Ururopa so etwas wie Allah? Und warum bist du mir böse? Weil ich die älteren Kinder in der Schule geschlagen habe? (Blöder Tahir, alles nur seinetwegen. Warum musste er auch gleich petzen!) Oder bist du mir wegen dem alten Mann böse? Die hatten doch um deine Hand angehalten, und Onkel hat gesagt, Fatma nehme ich von meinem Bruder in Obhut. Wie hässlich der Mann ist, nicht? Und erst die rothaarige Frau bei ihm …

Die Mutter erhob sich still und ging in die Küche. Fatma hinterdrein.

Sie griff nach dem Rock der Mutter, die Tee aufsetzte, schmiegte den Kopf an ihre Schulter. Als sie ihr die Arme um den Rücken schlang, stieß die Mutter sie zurück. »Lass das, Mädchen, siehst du nicht, ich hab die Hände voll!« Ihre dunklen Pupillen vibrierten, als sie sich zur Tochter umdrehte, rasch wandte sie sich wieder der Arbeit zu. Fatma bat um ein Glas vom Regal, obwohl sie gar keinen Durst verspürte, die Mutter stellte es auf den Küchentresen. Ächzend und stöhnend stellte Fatma sich auf die Zehenspitzen und reckte sich zum Wasserhahn. Laut schlürfend trank sie und blickte dabei die Mutter aus großen Augen an.

»Lass das!«, rief die Mutter, drehte sich abrupt um, schien es aber augenblicklich zu bereuen. »Sieh mal, mein Schatz«, fing sie an, wollte die Tochter in den Arm nehmen, überlegte es sich dann plötzlich anders, stürzte aus der Küche und rief: »Sakine Abla!«

Ein Ticken am Küchenfenster ließ Fatma aufschrecken, sie drehte sich um. Ein kleiner Vogel pickte nach einem großen Wurm, der außen am Fenster saß. Der Wurm wehrte sich, ein-, zweimal noch zuckte im Schnabel des Vogels der Schwanz – sie hatte nie verstanden, welche Seite nun Schwanz, welche Kopf war bei diesen ekligen Viechern –, dann war er still. »Tot!«, sagte Fatma laut. Im selben Moment klappte laut die Küchentür auf, der Vogel flog mit dem Wurm davon.

»Fatma«, sagte Tante Sakine, die Hand voller Kleingeld, »deine Mutti und ich haben heute im Haus eine Menge zu tun, nimm das Geld und geh mit Tahir zum Krämer, kauft euch, was ihr wollt. Aber lauft nicht zu weit fort, ja! Gülay ist auch gerade zur Baustelle hin. Spielt hübsch zusammen.«

Fatma senkte den Blick und tastete verdutzt nach dem Geld, das die Tante ihr in die Tasche gestopft hatte. Wie viel das war! So viel hatte sie noch nie. Von der Tante hatte sie überhaupt noch nie Geld bekommen. Die Tante hatte die Pluderhose bis zu den Knien hochgekrempelt, von den Latschen tropfte ihr das Wasser, sie beugte sich vor und strich Fatma über das zu Zöpfen geflochtene Haar. Jahre später würde Fatma sich daran erinnern, dass die Tante sich, bis auf die ersten Tage nach dem Tod des Vaters, zum ersten Mal so um sie kümmerte, es war aber auch das letzte Mal gewesen, dass sie ihr liebevoll über den Kopf strich.

Wie immer hockten die drei Mädchen unter dem Baum und Tahir am Rand des Schrottautos. Tahir schmollte immer noch. Seit sie ihn gehänselt hatten: Bist du ein Mädchen, dass du mit uns Fünf-Stein spielst?, beobachtete er die drei verstohlen von seiner Schmollecke aus.

Fatma hob den Kopf zum Himmel. Wie viele Dinge sah sie gleichzeitig, wenn sie so in den Himmel schaute. Als wäre alles weit voneinander entfernt und zugleich nah, in ihren Augen, in ihrem Kopf. Ohne den Kopf zu drehen, brauchte sie nur an das zu denken, was sie sehen wollte, schon tauchte es auf, das eine verschwommen, das andere deutlicher. Tahir auf einem Flügel des Schrottautos, das nur noch ein Gerippe war, nachdem die Karosserie Stück für Stück ausgeschlachtet und an die Frühjahr für Frühjahr ins Viertel kommenden Blechhändler verscherbelt worden war. Die Baustelle. Die Kleider von Cemile und Gülay, grün und blau, der Stein, den Gülay beim Spiel in die Luft warf, wie er dann auf die anderen Steine aufprallte. Ein blauer Wagen ächzte den Hang herauf. Ein Vogelschwarm pfiff unmittelbar über ihre Köpfe hinweg.

Erst sammelten sich die Vögel wie ein Haufen Blätter, dann bildeten sie eine lange Linie, senkten sich auf das Waldstück hinter der Baustelle und zerstreuten sich. Sind die blöd, dachte Fatma, die Jungs machen genau dort Jagd auf Vögel, jeder weiß, wie die Vögel dort enden, wissen sie selbst es etwa nicht?

Vögel verspeisten Würmer, Jungen rissen Vögeln die Köpfe ab. Aber Seyfi, der immer Vögel tötete, hatte sie gestern in der Schule die Hand blaugeschlagen.

Fatma war aufgewühlt, wenn sie daran dachte, was in der Schule geschehen war. Sie ordnete die Szenen. Der Lehrer schreibt die Rechenaufgaben für die vierte Klasse an die Tafel, aufgeregt verfolgt Fatma, die ganz vorn in der Ecke der Zweitklässler sitzt, den Lehrer. Kinder, strengt euch doch ein bisschen an, passt genau auf, ein Jahr, sage ich, ein Jahr … Das ist hier wichtig … Ein Jahr zweiundfünfzig Wochen, wiederholt Fatma still für sich, es hält sie kaum auf ihrem Platz. Doch niemand traut sich an die Tafel, um die Aufgabe zu lösen. Die sind wirklich ziemlich dumm, denkt Fatma. Sie ist drauf und ran aufzuzeigen, beobachtet weiter den Lehrer. Ihr Blick trifft den des Lehrers, er hebt den Finger vor die Lippen, zwinkert ihr zu, bittet sie, still zu sein. Keiner kann die Aufgabe lösen. Der Lehrer braust auf, wird laut zu den Schülern der vierten Klasse, am Ende wendet er sich doch an Fatma: Sag du es, wie viele Brote pro Woche macht das? Fatma steht auf, streicht den Rock der Schuluniform glatt, stellt sich gerade hin, ihre Stimme zittert vor Aufregung, als sie ruft: »Zwölf Brote pro Woche, Herr Lehrer!« »Bravo!«, lobt der Lehrer sie und tadelt die anderen: »Schämt euch! So ein Däumling von einem Kind kann die einfache Aufgabe lösen, aber ihr … Komm, zeig es den Dummköpfen, Mädchen!« Fatma wischt erst einmal das Gekrakel der anderen Schüler aus, dann schreibt sie in Schönschrift die Lösung an die Tafel. Mit bebender Stimme und rotem Kopf erläutert sie Schritt für Schritt. Bravo, sagt der Lehrer. Bravo, Fatma, gut gemacht! Bravo bravo bravo kluges Mädchen!, brüllt die Klasse im Chor. Dann reicht der Lehrer ihr ein langes Lineal, so groß, dass sie es kaum fassen kann. Erst schlägt sie sanft und ängstlich auf die Hände. Als der Lehrer »Härter! Härter!« fordert, schlägt sie härter zu, Angst und Scham lösen sich auf, je blauer die sich ihr entgegenstreckenden Hände werden, je mehr Spuren das Lineal hinterlässt, je roter die Scham über die harten Schläge des winzigen Mädchens die Köpfe der Schüler macht, desto wütender wird sie und schlägt nur umso heftiger zu. Als sie bei Seyfi in einer der hinteren Reihen ankommt, ist keine Spur mehr von Scham und Angst in ihr, nur noch die Lust, anderen wehzutun. Sie schlägt Seyfi so hart, dass seine Hand mit dem Lineal auf den Tisch knallt. Aua!, schreit Seyfi auf. Der Schmerz treibt ihm Tränen in die Augen.

Jetzt grämte sie sich, hätte ich bloß nicht so doll zugeschlagen! Was, wenn Seyfi herkam? Ihre Hand, verkrampft, als hielte sie noch das Lineal gepackt, entspannte sich. Die Nägel hatten sich in die Handfläche gegraben, es tat weh, die Spuren waren auf der Haut zu sehen.

»Herrje, angestoßen!«, rief Gülay. Eins, zwei, drei hatte sie geschafft, bei vier Steinen war sie zu langsam gewesen, jetzt war Cemile dran. Auf der Baustelle sang jemand. *Deine Brauen sind wie Kohle schwarz ...* Einer der Arbeiter sang laut das Lied im Radio mit. Auch Fatma summte leise mit: *Wie schwer fällt der Abschied vom Schatz.* Die Arbeiter hatten ihre Schicht beendet und räumten ihre Sachen zusammen, einer zog sein Arbeitsshirt aus, streifte ein Hemd über das unter den Armen gelbfleckige Unterhemd, ein anderer setzte sich auf die Briketts und hielt den Kopf unter den Wasserschlauch.

»Fallen gelassen!«, rief Gülay. »Fatma, du bist dran!«

Fatma zuckte mit der Schulter. »Ich hab keine Lust, ich geh nach Hause.«

»Ach komm, eine Runde noch«, murrte Gülay.

Cemile hatte den Kopf gesenkt und sammelte so still, wie sie immer war, die Steine ein. Vier hatte sie gefunden, nach dem fünften suchte sie weiter. Sie schnalzte leise, sie löste die Beine aus dem Schneidersitz, rutschte nach hinten und sagte wie zu sich selbst: »Tîne!«

Tahir sprang herbei, baute sich vor ihr auf und stupste mit triumphierendem Grinsen Cemiles Lockenkopf an.

»Tîne mîne gibt's hier nicht! Sprich Türkisch! Nur Türkisch, hörst du!«

»Wieso denn?«, ereiferte sich Gülay. »Ist tîne denn nicht Türkisch?«

»Nein, ›weg‹ sollst du sagen, ›weg‹, verstanden?«, verlangte Tahir und gab Cemile erneut eine Kopfnuss.

Cemile versuchte, Tahir zu entkommen, sie kniff die großen blauen Augen zusammen und zitterte, verzog weinerlich die Lippen und barg beschämt die Hände im Schoß. Als die Kleine die Wimpern senkte und den Kopf hängen ließ, verschwand mit ihren blauen Augen scheinbar auch ihr rotes Gesicht.

»Was geht dich das an!«, herrschte nun Fatma Tahir an. »Muss sie dich etwa fragen, wie sie sprechen darf!«

»Was mich das angeht? Hat Papa das nicht auch gesagt?«

Fatma zögerte. Er hatte recht. Onkel Ilyas ermahnte seine Frau oft: Sprich Tirkisch, sprich Tirkisch! Jedes Mal korrigierte Tahir den Vater: Türkisch, Papa, nicht Tirkisch, das heißt Türkisch! Wenn aber Onkel Ilyas glaubte, die Kinder seien nicht in Reichweite, sprach er mit seiner Frau und anderen erwachsenen Verwandten immer die eigene Sprache.

Fatma machte den Mund auf, um zu sagen: Dein Vater und deine Mutter sprechen untereinander auch nicht Türkisch, und Tahir damit einen Hieb mitten ins Herz zu versetzen, als er rief: »Fatma, guck mal, das ist deine Mutter! Da im Auto, sie fährt weg!«

Es war der blaue Wagen, der kurz zuvor den Hang heraufgekrochen war. Das Auto zog eine riesige Staubwolke hinter sich her, während es davonfuhr, hinter der Scheibe schaute ihre Mutter zu ihnen herüber.

»Mutti!«, rief Fatma, sprang auf und sauste dem Wagen hinterher, so schnell sie konnte. Alles drehte sich um sie, in ihrem Kopf dröhnte es. Je schneller sie lief, desto schneller fuhr auch das Auto, durch die Heckscheibe sah sie das verweinte Gesicht der Mutter und den Kopf des alten Mannes mit dem grauen Haar, das ihm oben schon ausging. Fatma rannte. Die Welt war nur noch ein ungeheures Dröhnen, das Heulen des Motors, das Gesicht der Mutter, das entschwand und bald nicht mehr zu sehen war, das Gewicht ihrer Beine, der Schmerz, der ihr in die Lunge fuhr und sie atemlos machte, ihr schwindender Atem. Die Beine wurden immer schwerer beim Rennen, im Kopf hämmerte es, der Wagen beschleunigte, Mutti, geh nicht fort!, ihre Stimme versagte. Sie stolperte, stürzte, als sie in Todesangst den Kopf hochriss, war der Wagen verschwunden. »Fatma, bleib hier«, hörte sie jemanden hinter sich rufen. Sie wandte den Kopf und sah Tahir außer Atem herankeuchen. Die Schläfen schweißüberströmt.

Er beugte sich zu ihr herunter, griff nach ihrer staubigen Hand.

»Los, Fatma, komm! Mach dir nichts draus, steh auf, gehen wir heim.«

2

»Ich habe einen Platz für den Bus in einer Stunde bekommen«, sagte Tahir.

Als er das Ticket faltete, in sein Portemonnaie steckte und dieses in die Hosentasche, wirkte er erleichtert. Sein verträumter Blick wies noch Spuren der feuchten Fröhlichkeit vom Vorabend auf. Vom Ticketschalter strebten sie zu den Ausgängen zu den Bussteigen, da hakte er sich bei Fatma ein. Auch diese Nähe war ein Überbleibsel des Abends, vielleicht war es auch eine Entschuldigung dafür, dass er froh war, noch am selben Tag nach Hause zu seiner Familie zu kommen.

»Wir haben gar nicht richtig miteinander reden können. Doch mir scheint, gestern Abend hattest auch du Spaß. Meine Freunde haben dich nicht gelangweilt, oder?«

»Natürlich nicht. Es war ein wunderschöner Abend«, gab Fatma zurück.

Gülay war nach Hause gefahren, sie aber war mit Tahir noch in eine Kneipe gegangen, wo er die befreundeten Lehrerkollegen Sema und Mustafa traf. Das Paar hatte die Kinder der Oma in Obhut gegeben, um der Vorsehung eine Nacht zu stehlen, anschließend waren sie in eine Bar mit Livemusik weitergezogen. Sema sang die Lieder der Band mit, ihre Stimme war viel besser als die der Sängerin, die oft nicht den richtigen Ton traf. Eine Weile dachte Fatma sogar, sie seien nur in die Bar gegangen, damit Sema singen konnte. Sie passte haargenau in das Klischee, Dicke seien fröhlich.

Sema war mollig und liebte es zu essen, zu plaudern und zu singen, hatte also Lust an allen Gaben des Lebens, gerade deshalb schien sie mit ihrem Gewicht in Harmonie und Frieden zu sein. Ein derart resolutes Temperament, dass es ansteckend wirkte. Im Wohnzimmer der beiden, auf dem Lager, das Sema ihr auf dem Fußboden bereitet hatte, schlief Fatma seit Wochen zum ersten Mal tief und fest und ohne Albtraum, Tahir war, kaum lag er auf dem Sofa, eingeschlummert.

Sie setzten sich an einen freien Tisch vor dem Supermarkt mit Blick auf die Bussteige. »Gülay kommt auch gleich«, sagte Fatma und warf Tahir einen Blick zu. Er hatte sich eine Zigarette angezündet und inhalierte den Rauch, seine Miene verriet nichts. Lediglich die altbekannte Wehmut konnte sie darin lesen. Dabei hatten seine Züge gestern Abend im Gespräch mit den Freunden lebhaft wie ein Chamäleon den Ausdruck gewechselt. Er hatte vom Dorf erzählt, in dem sie in der Kindheit die Ferien verbracht hatten. Von der Quelle unter den Felsen, aus der eisiges Wasser sprudelte, vom Maulbeerhain, von der sauberen Luft. Er malte alles in solcher Farbenpracht und so liebevoll aus, dass Fatma, hätte sie nicht dasselbe gesehen und erlebt wie er, glatt angenommen hätte, bei dem kargen Dorf handelte es sich um den schönsten Flecken auf der Welt. Nach einer Weile legte er Fatma die Hand auf die Schulter, als hätte er ihre Gedanken gelesen, sagte: Aber unser Fräulein hier mochte das Dorf nie besonders, und setzte einen Punkt unter das Thema.

Hatte sie das Dorf tatsächlich nicht gemocht? Die Häuser der Großeltern im Dorf? Oder war ihr Hochmut, den sie nie ganz ablegen konnte, vor allem den Dorfkindern gegenüber, zum Vorschein gekommen? Die Dorfkinder beäugten die Städter scheu und mit Scham und äfften ihre Sprechweise nach. Doch bald hatte man sich aneinander gewöhnt, nach ein paar Tagen waren sie selbst ein wenig bäuerlich und die Dorfkinder ein wenig städtisch geworden und spielten miteinander. Anfangs wehrte Fatma sich immer. Cousins und Cousinen waren nach ein paar Stunden des Fremdelns eins mit den Dorfkindern, sie aber stand abseits und schaute zu. Manchmal setzte sie sich mit einem Buch unter einen Baum, doch in Gedanken war sie beim Spiel der anderen, sie bewegte die Lippen wie im Gebet, wie Gülays Opa der Hadschi, sie gab vor, ins Buch versunken zu sein. Bald aber fühlte sie sich einsam und beteiligte sich doch am Spiel.

»Ich würde gern sagen, es wäre schön, wenn du mit mir kommst. Aber ich kann, denke ich, auch verstehen, warum du es nicht willst.«

»Wie kommst du denn darauf?«

»Na, immerhin hast du praktisch den Kontakt zur Familie abgebrochen. Seit du bei uns aus dem Haus und dann ins Ausland gingst, hast du dich kein einziges Mal zu uns umgedreht. Aber versteh mich bitte nicht falsch, das ist kein Vorwurf. Ich verstehe dich sehr gut. Du musstest die Sticheleien meiner Mutter ertragen und bei der Hausarbeit mit anpacken. Deshalb gebe ich dir recht, auch wenn ich dir hin und wieder grollte, weil du einfach so verschwunden bist. Du warst wütend, und das nicht ohne Grund. Vielleicht verstand ich das noch nicht ganz, als ich jünger war, aber heute …«

»Du hast das auch als Kind schon verstanden«, entgegnete Fatma und sah den Cousin an, der den Blick gesenkt hatte. Wie oft hatten sie sich als Kinder gestritten. Er war wohl der Einzige, bei dem sie im Streit nie ein Blatt vor den Mund genommen hatte. Und nach jedem Schmollen war es Tahir, der ihr den Olivenzweig reichte. Als hätte er an jenem Tag, als ihre Mutter damals fortging, ihr nicht nur seine Hand, sondern auch sein Gewissen und sein Herz gereicht. Damals hatte Tahir sie aufgehoben, ihr am Wasserhahn der Baustelle die verschrammte, blutende Hand gewaschen, ihr Gesicht von Rotz und salzigen Tränen gereinigt, den Staub abgeklopft und auf den Briketts am Bau bis zum Abend bei ihr gesessen, weil sie sich weigerte, nach Hause zu gehen. Geh, hatte Fatma gedrängt, doch er war nicht gegangen. Alles nur deinetwegen, hatte sie gesagt, er hatte mit seinem Kinderverstand dagegengehalten, war nicht beleidigt, oder, falls doch, hatte es sich nicht anmerken lassen. So war es weitergegangen, bis sie groß waren. Sie hatte es wohl auch ein wenig Tahir zu verdanken, dass sie in Geborgenheit aufwuchs.

Tahir drückte seine Zigarette im Aschenbecher auf dem Tisch aus und langte mit der anderen Hand zur Hemdtasche. Sein Telefon klingelte. »Tochter!«, sprach er die Anruferin an. Fatma beobachtete, wie er herzlich lächelte und einen liebevollen Gesichtsausdruck bekam, während er sprach. Er stand auf, betrat den Supermarkt, suchte sich eine ruhige Ecke.

Fatmas Blick fiel auf das Paar am Nebentisch. Eine schwarzhaarige Frau mit heller Haut und schmalen Lippen. Der Mann, dunkelblond, mit einem Schnurrbart, der heller war als sein Haar. Beide etwa Mitte dreißig. Wie höflich, herzlich und beflissen der Mann war, als er der Frau Feuer gab. Sie schauten einander an, als würden sie die Intimsphäre des anderen zwar schon kennen, jetzt aber aufs Neue entdecken. Also gab es in diesem Land doch solche Liebe, was sie erlebt hatte, mochte eine Ausnahme gewesen sein. Der Albtraum, der sie wochenlang geplagt hatte, die Scham, das Gefühl, beschmutzt zu sein, kamen hoch, und sie wandte den Blick ab. Jetzt nicht daran denken, Tahir nichts merken lassen. Oder sollte sie ihm davon erzählen? Ließe sich mit einem Mann, dem sie vertraute, das Geheimnis eines fremden Mannes ergründen? Was würde Tahir sagen? Doch wann hätten sie je Herzensangelegenheiten geteilt?

Tahir lächelte, als er wiederkam. Seine kleine Tochter hatte nicht schlafen können, weil er nicht zu Hause war. Seine Frau ließe grüßen und hoffte, sie bald kennenzulernen. Jetzt zog er mit dem milden Stolz eines Vaters, der vermisst und ersehnt wurde, ein Foto aus dem Portemonnaie, hielt es in der Hand, als wollte er es weniger Fatma zeigen, als vielmehr selbst betrachten. Zwei kleine Mädchen, die große dunkelblond, die kleine, von der Tahir sagte, sie ähnele ihr, dunkler, umarmten von beiden Seiten ihre Mutter, die ein freundliches Gesicht mit runden Wangen hatte. Alle drei sahen froh und glücklich aus, und die Augen des Mannes, der sie betrachtete, strahlten.

Auf einmal hielt Tahir inne, hob den Kopf vom Foto und schaute Fatma zögernd an, als wollte er etwas Wichtiges sagen, traute sich aber nicht recht. Fatma konnte sich denken, was es war. Innerlich lehnte sie sich auf, wich seinem Blick aus. Doch ungeachtet ihrer Abwehr fragte er: »Fatma, wann hast du deine Mutter zuletzt gesehen?«

Fatma ließ das Foto sinken. Wie um sich zu verstecken, rutschte es unter die Hand seines Besitzers. Sie zuckte gleichgültig die Achseln und wandte den Blick ab.

Busse kamen an, Busse fuhren ab, Zurückbleibende winkten Abfahrenden hinterher, hinter den dunklen Scheiben waren die Gesichter der Reisenden kaum zu erkennen. Eine Frau, die aus dem Bus aus Trabzon gestiegen war, kämpfte mit einem Sack, den sie sich auf den Rücken hieven wollte. Mit ihrer Pluderhose und dem geblümten Kopftuch sah sie aus, als wäre sie geradewegs von der Haselnuss- oder Teeplantage in den Bus gestiegen, hätte zuvor noch rasch die Felderzeugnisse im Sack verstaut und schulterte diese Last jetzt hier am Busbahnhof. Ein junger Mann kam ihr zu Hilfe, schob den Schlüssel in seiner Hand in die Tasche und setzte den Sack, den die Frau soeben geschultert hatte, auf den Boden. Die Scham im Verhalten des Mannes, der den Sack nun mit beiden Händen packte, schien Fatma greifbar. Sie warf einen Blick auf die Armbanduhr. »In einer Viertelstunde fährt dein Bus.« Da klingelte Tahirs Telefon. Gülay war da und erwartete sie am Bussteig.

Tahir atmete auf, als er in der ersten Reihe gleich hinter dem Fahrer Platz nahm. Das zweitätige Abenteuer hatte ihn sichtlich erschöpft, er freute sich auf zu Hause. Gülay, die gekommen war, um ihn zu verabschieden, war still. Was Tahir für sie empfand, hatte Fatma weder damals noch in den letzten beiden Tagen ergründet, doch das Schweigen, in das Gülay verfiel, als der Bus abfuhr und den Blicken entschwand, gab ihr zu verstehen, dass sie mit dieser Begegnung die Vergangenheit abgeschlossen hatte. Als Tahir sich verabschiedete, offenkundig glücklich, löste er auch die Verbindung zwischen den beiden Frauen. Gülay war wieder die Businessfrau, die sie bei der ersten Begegnung gewesen war, und musste zurück nach Hause, zu ihrer Arbeit, in ihr Leben, das sie von Fatmas trennte.

Sie trug zwei Pfirsiche, zwei Bananen, ein halbes Kilo Kirschen und ein Büschel Weintrauben in dem handgeknüpften Netz, das Gülay ihr geschenkt hatte. Die Gasse war still, es war warm. Gelassen wie jemand mit Interesse für den Alltag, musterte Fatma Netz und Obst und marschierte nach Hause. Als sie um die Ecke bog, fiel ihr etwas auf. In einem der Mehrfamilienhäuser, an denen sie täglich vorüberging, stand im Erdgeschoss sperrangelweit ein Fenster offen, die Wohnung war gewissermaßen zu einem Teil der Außenwelt geworden. Darin saß ein Mann, das Frottee-Unterhemd unter den Armen gelb verfärbt, auf einer Couch mit zerknittertem Überwurf und sah fern, unbekümmert, obwohl die Passanten ihn sehen konnten. Das Haar verwuschelt, das Gesicht verquollen, als wäre er gerade erst aufgestanden. Während Fatma ihn musterte, überfiel sie unvermutet Panik. Wieder stand ihr die erschreckende Leere zwischen vier Wänden, die Höhle, bevor. Sie öffnete die Haustür, betrat den schummrigen Flur und blieb stehen. Wieder Geräusche hinter Orhans Tür. Sie wartete ab, horchte. Wenn Orhan die Tür öffnete … Vielleicht würde sie etwas sagen, zum Beispiel: Wie geht es Ihrer Mutter?, wenn er sagte, Mutter ist zu Hause, kommen Sie doch herein, würde sie zum ersten Mal die Wohnung betreten. Doch die Tür ging nicht auf, die Geräusche dahinter verstummten. Oben hustete jemand.

»Naira Abla!«, rief Fatma.

»Fatma, bist du das?«

Die Stimme klang laut und kräftig. Fatma antwortete. Zum ersten Mal, seit sie hier wohnte, rief sie laut, störte sich nicht an der eigenen Stimme, freute sich darüber, dass Naira Hanım da war. Sie lief an der eigenen Wohnungstür vorüber und stieg mit dem Obst im Netz die Treppen weiter hinauf.

3

Kaum aus dem Minibus gestiegen, drehte sie dem Wind den Rücken zu und versuchte, ihre eigene Schrift auf dem Zettel zwischen ihren Fingern zu entziffern, anschließend faltete sie ihn wieder zusammen und steckte ihn außen in die Handtasche. Sie lief los und sagte sich vor: Unter der Fußgängerbrücke hindurch, die Straße hinunter, gleich hinter dem Einkaufszentrum abbiegen. Beim Stichwort Einkaufen fiel ihr ein, dass sie vielleicht ein kleines Mitbringsel besorgen sollte. Blumen, Kuchen, Obst, eine Schachtel Pralinen. Doch auf der Stelle wischte sie den Gedanken wieder weg. Es war ja kein freiwilliger Besuch, sie war nicht unterwegs, um jemandem einen Olivenzweig zu reichen. Froh über ihre Entscheidung legte sie beide Hände über die Tasche vor ihrem Bauch und schritt die breite, von Hochhäusern gesäumte Straße entlang.

Sie war schon am Einkaufszentrum vorbei und wollte in die Nebengasse einbiegen, da blieb sie stehen. Keine Spur mehr von ihrer entschlossenen, gleichsam kriegerischen Haltung, ihre Schritte hatten sich verlangsamt. Kein innerer Kampf, mehr auf der Suche nach etwas, ihr Blick hielt nach Bekanntem Ausschau. Vielleicht verbarg sich, was sie zu finden hoffte, hinter der Wand von Hochhausreihen und stünde vor ihr, sobald sie in die Nebenstraße abbog. Wir haben nur Spaß gemacht, wir waren die ganze Zeit an Ort und Stelle, haben uns allem Neuen verweigert, würden sie sagen. Und Fatma würde von bröckelnden Betonmauern umgebene, verlassene Gecekondu-Häuser mit Holzzäunen davor passieren, würde gleich hier in der Stadt staubige Gassen erblicken und Mädchen mit verschwitzten Gesichtern, die in den Winkeln dieser Gassen spielten, Jungen mit roten Backen vom Rennen und Ballspielen, manche soeben von der Vogeljagd zurück, und schließlich würde sie eine Baracke betreten und darin ihre Mutter vorfinden.

Sie bog in die Gasse ein, doch nichts geschah. Sie bog in eine weitere Gasse ab, dann in noch eine. In leeren, von vier-, fünfgeschossigen Wohnblöcken gesäumten Gassen, kein Freiraum, keine nett anzusehende Grünfläche dazwischen, fühlte sie sich wie von der Julibrise des Marmarameers gepackt, wie vor Jahren von dem unangenehmen Wind in Marseille: Sie lief durch wirbelnde Zeitungsfetzen, hörte quietschende Planen und knarrende Fensterflügel. Vor einem Frisiersalon, dessen Tür auf und zu klappte, nahm eine junge Frau hastig abgewetzte Handtücher vom Wäscheständer. Eine alte Müllsammlerin bemühte sich, ihren Müllkarren vor dem Wind zu schützen, und zupfte zugleich ihr knittriges Kopftuch zurecht.

Als sie hinter dem Internetcafé rechts abbog, entdeckte sie den Gemüsehändler. Doch vergebens suchten ihre Augen nach Orange, Grün, Lila, Rot und Gelb, Farben, die bei jedem Gemüsehändler auf den ersten Blick fröhlich stimmten. Riesige Wassermelonen, Kartoffeln und Zwiebeln, gigantische Tomaten mit Beulen, offensichtlich hormongespritzt, darüber hinaus konnte sie kein Obst oder Gemüse entdecken. Der Weißhaarige auf der Schwelle des Ladens wirkte frustriert von der Menschenleere der vom Wind bestürmten Gasse, als er die Frau vorübergehen sah, kam Leben in ihn. Was suchen Sie denn, hörte Fatma ihn fragen. Unwillkürlich wollte sie, in alter Gewohnheit zu reagieren, wenn jemand sie ansprach, sich zu ihm umdrehen, ließ es aber bleiben. Sie war reichlich herumgewandert, hatte sich aber nicht verlaufen, schon war die Hausnummer 15 in Sicht.

Nichts unterschied das Haus von den anderen Gebäuden in der Straße, an den disharmonischen Fassaden Häusliches, das nicht in die Wohnungen hineingepasst hatte und auf die Balkone hinausgeschwappt war. Vor die Balkongitter gespannte Leinenstoffe verbargen kaum die gestapelten Stühle, Küchenschränke, die einen Teil der Küchenaufgaben übernahmen, Öfen, in Jutetaschen gestopfte Ofenrohre. Zudem Antennen, die ausnahmslos auf jedem Balkon ihr Ohr in den Himmel streckten.

Der Gedanke, in wenigen Minuten, gleich in dem Haus da vorn ihrer Mutter gegenüberzustehen, sie wusste gar nicht mehr, wann sie sie zuletzt gesehen hatte, strengte sie an und erschreckte sie. Warum nur war sie hergekommen? Besuchte sie die Frau, an die sie stets mit Wut dachte, nur aus Pflichtbewusstsein? Oder suchte sie gar nach Trost, wie schon bei Tahir, bei Gülay und sogar bei Barış? Sie wollte eine Entschuldigung, das wusste sie, wollte Trost, wollte ihr gebrochenes Herz repariert, ihren schmerzenden Körper geheilt haben. Doch von dieser Frau erhoffte sie all das gar nicht. Sie empfand nichts für sie. Da war keine Sehnsucht in ihr, kein Gefühl von Verwandtschaft, kein Erbarmen, nichts Positives. Sie bewegte sich seit Wochen nur mit unstillbarem Kummer, stieß ständig irgendwo an, war aufgewühlt, versuchte, sich dagegen zu wehren und sich dabei an etwas Bekanntes, an die Vergangenheit, die sie Inneres nannte, zu klammern. Wieder flammte Ärger auf Tahir auf, flaute aber ebenso rasch wieder ab. Es wäre ohnehin geschehen, auch wenn Tahir ihrer Mutter nicht gesagt hätte, dass sie hier war, wenn er ihr nicht Fatmas Telefonnummer gegeben hätte, schlussendlich hätte sie sie gesehen, und das würde nun geschehen.

»Fatma Abla?«

Ein kleines Kind und ein junger Mann mit schon reichlich kahler Stirn hinter dem Fenstergitter unweit der Tür, vor der sie stand.

Erhan und sein Sohn! Erhan hatte sie auch schon vor zwei Tagen ohne zu zögern Abla genannt, ältere Schwester, als er ihr am Telefon den Weg beschrieb. Die ältere Schwester eines Mannes zu sein, bei dem sich das Haar lichtete, noch bevor er dreißig war, war sonderbar und zugleich so fremd, als würde ihr jemand etwas aufzwingen, was sie gar nicht erlebt hatte.

»Ja, das bin ich«, sagte sie. Die Tür vor ihr knackte. Erhan und sein kleiner Sohn verschwanden vom Fenster. Fatma drückte gegen die schwere Eisentür.

Irgendwo lief ein Fernsehapparat, ein Baby schrie, ein schwacher Geruch von Menemen-Rührei und Salzkartoffeln stieg ihr in die Nase. Im Halbdunkel machte sie eine Treppe aus. Als die Haustür zufiel, stand sie im Finstern. Wie in eine schwarze Höhle hineingezogen. Sie suchte etwas zum Festhalten, ihre Hände tasteten durch die unheilvolle fremde Leere. Sie kniff die Augen zusammen, um sie an die Dunkelheit zu gewöhnen. Eine Tür quietschte, etwas geriet in Bewegung, eine Frau sagte, mach das Licht an, noch mit geschlossenen Augen spürte sie, wie gelbes Licht ihren Körper gleich einer Decke einhüllte. Sie schlug die Augen auf und ging auf die Stimmen zu, die unter der Treppe zu ihr heraufdrangen.

Mochte sie die Besitzer der Stimmen nicht gleich anblicken oder war es die prächtige Versammlung der Dinge? Unwillkürlich glitt ihr Blick noch vor den menschlichen Gestalten auf die Schuhe vor der Tür. Ein winziges Paar staubige blaue Kindersandalen aus Plastik, Straßenschlappen, Männerschuhe mit nach innen getretenen Fersen, die Absätze gespalten, breit ausgetretene, vorn und an den ovalen Absätzen abgewetzte schwarze Pumps ...

Dann die Gesichter. Erhans Blicke gespannt, aber herzlich, die Züge seines Sohns mit dem glatten Haar ähnelten dem Vater, nur ein bisschen schüchterner. Die schlanke Grauhaarige, die soeben über die Schwelle hinaustrat.

Sollte sie die Frau alt nennen, sie zögerte. Unstillbarer Kummer im Gesicht machte sie älter. Das früher rabenschwarze kräftige Haar war grau und schütter, der Hals faltig, die Runzeln im Gesicht tief. Nichts an dieser Frau kam ihr bekannt vor, kein sanfter Hinweis auf Jugend, keine einzige tröstliche Spur schien an ihrem Körper verblieben zu sein. Nähme Fatma sie als Mutter an, würde sie ihr die Haare färben wollen, das Grau wieder zu dem früheren Rabenschwarz machen, Gesicht und Stirn mit weichzeichnenden Mitteln behandeln, den Hals mit Falten reduzierenden Cremes einreiben, vielleicht würde das den Ausdruck von Verzweiflung in ihrer Miene lindern.

Sie ging auf sie zu, ignorierte die Mitleid heischenden Blicke, hielt beidseitig ihre Wangen an die der Mutter. Ihr Körper roch nach Kolonya und strömte einen leicht säuerlichen Geruch aus, wie von Hefeteig. Sie hat also Kartoffel-Börek gebacken, dachte Fatma, und erschnupperte in der Wohnung frisch aufgesetzten Tee, der noch Zeit zum Ziehen brauchte. Rasch hatte sie die Mutter geküsst und trat zurück, als die sie mit einer von ihrer schmalen Gestalt unerwarteten Kraft festhielt, in die Arme nahm und an die Brust drückte. Fatma fühlte sich zu Eis erstarren, als sie im Nacken die Tränen der Frau spürte.

»Schon gut, wein doch nicht«, sagte sie sanft und befreite sich aus den Armen der Mutter. Um die Frau, die beide Hände vor den Mund schlug und still weiterweinte, nicht wieder ansehen zu müssen, wandte Fatma sich rasch Erhan und der zierlichen jungen Frau an seiner Seite zu. Enttäuschung in Erhans Augen, gezwungenes Lächeln der jungen Frau, die von dunklerem Typ war. Fatma reichte dem jungen Mann die Hand, doch das genügte ihm nicht, er küsste sie auf beide Wangen. Sie hatte ihn zum ersten und letzten Mal gesehen, als sie in der achten Klasse war. Eines Tages war die Mutter mit dem kleinen Sohn im Haus des Onkels aufgetaucht. Damals war Erhan so alt wie der kleine Junge, der sie jetzt neugierig aus runden Augen musterte, und er hatte genauso ausgesehen. Ein schüchternes Kind, das darauf wartete, dass man sich seiner annahm.

»Meine Frau Nurcan«, sagte Erhan mit einer Geste zu der jungen Frau. »Und unser Sohn Miran.«

Nurcan wirkte resoluter als die anderen. Ihre Blicke waren eine Herausforderung, besagten: Du bist mir so was von egal! Vor diesen Blicken scheute Fatma zurück, einer absoluten, entschlossen ablehnenden Macht gegenüber, wem auch immer sie gehörte, wurde sie nervös. »Freut mich«, sagte sie zu der Frau.

Sie saß auf einem dunkelblauen klobigen Sofa in dem schmalen Wohnzimmer, schnupperte an dem Kolonya, das Nurcan ihr auf die Hand geschüttet hatte, und schaute sich um. Ein mächtiger Esstisch, eine Vitrine, Nippes darin, Fotos darauf, dem Sofa gegenüber ein Schrank und darauf das Fernsehgerät, ein Set Beistelltischchen zum Ineinanderschieben, der Couchtisch vor ihnen, mittig darauf die Häkeldecke, eine kristallene Zuckerdose, ein Aschenbecher, Fernbedienung, Handys ... Ein sauberes, enges Zimmer. Der Versuch armer Leute, die es ungeachtet der Enge an nichts fehlen lassen wollten, mit billigem Mobiliar den Wohlhabenden nachzueifern. In einer Ecke neben einer Tür ein Haufen Matratzen und Decken unter Wolldecken verborgen, davor ein Feuerwehrauto und ein Spielzeuglastwagen. Diese Ecke, offenbar Mirans Spielplatz, war gemütlich und bekannt.

Still und angespannt warteten sie ab. Es war, als warteten sie darauf, dass die Fremde sich an die Möbel gewöhnte, nicht nur mit Augen, auch mit dem Körper genug von dem zu ihnen gehörenden Raum haben würde, endlich den Blick von den Dingen löste, sich ihnen zuwandte und sagte: Ich bin bereit. Als Fatma den Blick des Jungen traf, der auf Erhans Schoß im Sessel gegenüber saß, lächelte sie. Miran senkte verlegen den Kopf, glitt auf den Boden, drehte sich um und barg das Gesicht in Vaters Schoß. »Nun hör schon auf zu fremdeln, das ist doch deine Tante!«, sagte Erhan und tätschelte dem Sohn den Kopf.

Nein, das schwierigste Kapitel dieses Besuchs hatte noch gar nicht begonnen. Sie würde nicht einfach nur Hallo sagen und wieder gehen können, ohne Scherze gemacht, ohne den Sohn geherzt zu haben. Das Schlimmste, was die Mutter ihr angetan hatte, war womöglich, sie ausfindig gemacht und hierher eingeladen zu haben.

Aber natürlich wurde geredet. Man fragte nach dem Befinden, Fatma erzählte leise die Lüge, die sie jedem hersagte und an die sie allmählich selbst zu glauben begann, und bekam die Geschichte der Mutter zu hören. Erfuhr, dass ihr Mann vor zwölf Jahren an Krebs gestorben war. Vor ihren Augen tauchte einen Moment lang der Mann auf, den Fatma wie Erhan, dessen Beine im Verhältnis zum Oberkörper zu lang waren, nur ein einziges Mal gesehen hatte, damals, als er um die Hand der Mutter angehalten hatte. Sie erinnerte sich kaum an den Ehemann der Mutter, erinnerte sich nur dunkel an einen älteren Mann mit getönter Brille und weißen Haaren, die Stirn schon kahl. Dabei war der Mann, wie sie jetzt ausrechnete, damals erst einundvierzig gewesen.

Erhan war hergezogen, als er und Nurcan vor acht Jahren geheiratet hatten, und arbeitete in einer Jeans-Manufaktur. »Diese berühmten teuren amerikanischen Marken«, sagte er, »die produzieren wir hier.« Textil lag in der Familie, auch Nurcan hatte vor drei Monaten in einem Konfektionsatelier angefangen. »Nurcan ist eine gute Schneiderin«, sagte die Mutter. Die Vorhänge im Haus, selbst die kurze Hose, die Miran trug, stammten von ihrer Hand. Sie schien die Schwiegertochter glücklich stimmen zu wollen, indem sie ihre Fähigkeiten rühmte. Dass Nurcan jetzt arbeitete, war auch der Grund dafür, dass sie ihr Heim in Maraş aufgegeben hatte und hergekommen war, sie kümmerte sich um den Enkel. Als die Mutter sagte: »Nurcan ist hier geboren und aufgewachsen«, mischte sich zum ersten Mal auch die Schwiegertochter ein: »Und zwar in diesem Viertel hier. Als ich zur Schule kam, wohnten wir hier in dieser Gasse in einem Haus mit Garten.«

»Haus mit Garten heißt natürlich Gecekondu«, warf Erhan spöttisch ein. »Und was für einen Garten es hatte«, bekräftigte seine Frau und wies mit der Hand durchs Zimmer. »Ich meine, es war besser als diese enge, finstere Höhle hier. Wir hatten sogar Apfelbäume und einen kleinen Gemüsegarten, wo wir Tomaten und Zwiebeln zogen.« Sie warf ihrem Mann einen erzürnten Blick zu und verstummte. Ein Paar, das sich nicht gut verstand, aber notgedrungen zusammen blieb, auch wenn permanent Streit herrschte. Die Mutter, ständig um Ausgleich bemüht, schien auch nicht in erster Linie wegen des Kindes gekommen zu sein, sondern um Sohn und Schwiegertochter zu befrieden.

»Nurcan ist keine Fremde, Tochter. Sie ist mit dem Mann deiner Tante verwandt. Deine Tante Rukiye in Ankara meine ich, meine ältere Schwester.«

Fatma sah Nurcan an, zwang sich ein Lächeln ab, das ihr nicht recht gelingen wollte, nur die Mundwinkel bekam sie hoch. Sie war überzeugt, diesen Leuten mit ihrer Anwesenheit den Frieden zu rauben. Könnte sie nur gleich wieder gehen, sich davonmachen, ohne jemanden zu kränken! Doch die Mutter trotzte, sie war näher gerückt, ihr dürres Knie berührte beinahe Fatmas Bein. »Auch Serkan hat letztes Jahr die Aufnahmeprüfung für die Uni bestanden und wohnt jetzt bei seinem Bruder«, sagte die Frau. Serkan? Als sie Fatmas fragende Blicke bemerkte, fuhr sie beleidigt fort: »Der jüngste von euch, Tochter. Er studiert Ingenieurwesen. Und ist sehr neugierig auf dich. Er müsste gleich da sein.«

»Er studiert an der TU Yıldız«, ergänzte Erhan und zeigte dann auf seine Frau, »wir dagegen waren faul, wir haben nicht studiert.« Wie peinlich es Erhan war! Reue, damals den bequemen Weg gegangen zu sein, verletzliche Blicke, die um Akzeptanz heischten.

Als Fatmas Blick Nurcans traf, wich diese erst aus, dann stand sie auf, schritt mit erhobenem Kopf energisch durch eine der Türen aus dem Raum. Hinter der Tür ein Herd, darauf ein Ausschnitt von einem Teekessel, aus dessen Tülle es dampfte. Die Tür ging zu, wütendes Geklapper ertönte. Fatma kannte und verstand ihre Wut, in ihr sah sie ein wenig die Gründe für ihre eigene Flucht. Ihre alten Ängste, warum es sie in die Ferne, stets in weite Ferne gezogen hatte, warum sie sich immer für Männer interessiert hatte, die in ihr ein Gefühl von Freiheit weckten. Studierte Söhne von Verwandten und Bekannten, die sie während und nach dem Studium in Ankara besuchten, führten gleich Heirat im Mund, noch bevor man auch nur Händchen hielt. Sie war ja ein studiertes Mädchen, das zu ihnen passte, eine Waise, von der erwartet wurde, dass sie brav war. Schwiegermütter, Händeküssen, Hausarbeitsroutine ohne Ende, Verwandte ... Vielleicht hatte Barış doch recht. Er kannte all das. Ja, recht mochte er haben, war er glücklich?

»Ich schau mal nach ihr«, sagte Erhan und ging mit dem Sohn, der ihm hinterherlief, in die Küche. Leise sagte er etwas zu seiner Frau, was, war nicht zu verstehen, Nurcans Reaktion aber fiel laut und eindeutig aus: »Sie hat in Europa studiert, na und? Warum machst du dich ihr gegenüber so klein?« Flüsternd bemühte Erhan sich, seine Wut zu unterdrücken: »Schweig, Mädel! Es ist doch nicht ihre Schuld!«

Fatma schrak hoch, als die Hand der Mutter ihre berührte. »Hast du Kummer, Tochter?«

Sie war derart überrascht und hilflos, dass sie gern ihre Hand aus den abgearbeiteten, knüppelharten Fingern befreit hätte, vermochte es aber nicht sofort. Sie war in die Ecke gedrängt, es gab keine Ausflucht mehr. Verloren blickte sie die Frau an. Ein Gesicht, das in eine Handfläche zu passen schien, tief in den Höhlen liegende Augen, stellenweise ergraute Brauen, dunkle Ringe unter den Augen, tiefe Runzeln. Die Mutter wirkte eingefallen, im wahrsten Sinne des Wortes, ihr Körper war im Laufe der Zeit nicht etwa in die Breite gegangen, sie hatte ihre Gestalt bewahrt, sich aber ins Innere zurückgezogen.

»Nein, was soll ich denn für Kummer haben«, entgegnete Fatma endlich und hob die Hände aus dem Schoß, vorgeblich um sich das Haar zu richten, so befreite sie sich aus dem Griff der Mutter. Sie schwieg, doch in ihr schrie eine Stimme unablässig, der über die Jahre aufgestaute Zorn wollte sich in Worte gießen. Würde die Frau an ihrer Seite nur ein bisschen stärker wirken, hätte sie den kleinsten Hinweis darauf, dass sie in diesem Haus ein glückliches, zufriedenes Leben führte, wäre sie vielleicht imstande gewesen zu schreien.

Sie drehte den Kopf zum Fenster hinter dem Sofa. Draußen ging eine Frau im langen Mantel mit Kopftuch vorüber, von den Knien abwärts und oberhalb der Schultern außerhalb des Blickfelds, ein Zeitungsfetzen wirbelte hinter der Frau durch die Luft, am Haus gegenüber bewegte sich ein Vorhang. Als schaute sie nicht bloß mit den Augen, sondern auch mit den Ohren hinaus, hörte sie jetzt von Weitem jemanden »Schrotthändler!« rufen, die Stimme entfernte sich, ein Kind weinte leidenschaftlich.

»Tochter, warum bist du mir so böse?«, fragte die Mutter. »Ich bin alt. Und du bist eine erwachsene Frau. Glaubst du, es war leicht, fortzugehen und dich zurückzulassen? Ich konnte doch nicht im Haus deines Onkels bleiben. Ich war sechsundzwanzig, eine Witwe mit Grundschulbildung. Ich habe doch nicht aus freien Stücken wieder geheiratet. Es war zwei Jahre her, dass dein Vater ermordet worden war, ich hatte nichts in den Händen. Weißt du denn nicht, mit welchen Augen man in einem solchen Viertel eine junge Witwe anschaut, vor allem eine unter dreißig? Wer hätte eine solche Frau genommen? Ich dachte, ich heirate und nehme dich zu mir. Es ging nicht sofort, und als ich dann später kam, wolltest du nicht.«

»Ich wollte nicht?«

»Du warst in der Mittelstufe. Es war das Jahr, in dem deine Oma starb. Serkan war noch nicht auf der Welt. Erhan war ein kleiner Junge. Ich dachte, du freust dich, wenn du deinen Bruder siehst. Du warst ja nun ein junges Mädchen. Du verstehst mich, dachte ich. Ich wollte dich mitnehmen. Aber du wolltest nicht. Ich war da, du hast mir nicht einmal wirklich ins Gesicht geschaut. Als dein Onkel dann noch sagte, nein, meiner Nichte geht es gut bei mir, war ich am Ende und fuhr zurück. Später, als du für das Studium in Ankara zugelassen wurdest, war es dasselbe. Wie kann man seine Mutter so sehr hassen? Zieh in Ankara zu Tante Rukiye, bat ich dich, ich besuche dich und in den Sommerferien kommst du zu uns, statt zum Onkel zu fahren. Aber nein. Kein einziges Mal bist du ins Haus deiner Mutter oder deiner Tante gekommen, hast kein einziges Mal angerufen und gefragt, wie es mir geht. Du bist einfach verschwunden. Ganz allein. Was macht man denn so allein? Ich rief ein paar Mal im Wohnheim an, da sagtest du: Ruf mich hier nicht mehr an! Hast du dich denn so sehr für mich geschämt? Für uns? Für deine Leute? Seit Jahren hast du dich auch bei deinem Onkel nicht gemeldet …«

»Hör auf, Mutti! Doch nicht geschämt! Hör jetzt auf damit! Was hätte ich denn tun sollen? Du hattest deine Familie, da war kein Platz für mich. Ich bin dir ja gar nicht böse. Wenn du mich deshalb gebeten hast, herzukommen …«

»Nicht doch, mein Liebling! Ich habe mir Sorgen gemacht, wollte meine Tochter sehen. Wie viele Jahre ist es her … Und was für eine hübsche Frau aus dir geworden ist. Wenn du doch auch …«

Als sie die strengen Blicke der Tochter auffing, verstummte sie. Fatma wusste sehr gut, wie der Satz weitergehen sollte. Wenn du doch auch eine Familie gründen würdest, Kinder hättest ... Kinder haben ... Daran hatte sie nicht im Traum gedacht. Sie wollte mit jemandem zusammen sein, hatte sich verliebt, hatte Liebeskummer durchlitten. Und jetzt wartete sie auf einen Mann, den sie kaum kannte, mit dem sie nur ein einziges Mal zusammen gewesen war, der längst verschwunden war, wegen dem ihr das Herz wehtat, obwohl er ihr längst fremd geworden war. Ja, sie wartete noch immer. Aber ein Kind, eine Familie ... Diese Frau redete von einem sehr fernen Leben, das Fatma floh und auch nicht beanspruchen wollte, von dem sie im Grund glaubte, es nicht verdient zu haben. Es gehörte nur anderen.

»Omi?« Mirans Stimme erschreckte Mutter und Tochter gleichermaßen, zugleich atmeten sie auf, von dem unangenehmen Gespräch erlöst zu sein.

Die Mutter eilte dem Kleinen entgegen, der einen Teller mit einem Stück Börek balancierte. Wie hatte sie diese Frau als Kind geliebt, ihr langes Haar, unmittelbar nach dem Bad war es fülliger, am nächsten Tag aber schon wieder glatt wie Lauch. Ein Erlebnis im Bad ging ihr wie ein Albtraum nach, es war Winter gewesen, außer ihnen beiden war niemand im Haus. Die Mutter hatte sie gebadet und zum Abtrocknen und Anziehen zum bollernden Ofen in die Stube geschickt. Die Tür ließ sich von innen nicht abschließen, also hatte sie die Tochter ermahnt, niemanden ins Haus zu lassen. Fatma hockte vor dem Ofen in der Stube und wartete, doch die Mutter kam und kam nicht aus dem Bad. Irgendwann hielt sie es nicht länger aus, öffnete behutsam die Tür zum Bad und schlüpfte hinein.

Zuerst nahm sie nur Dampf wahr und ein stoßweises Stöhnen. Als der Dampf sich lichtete, erkannte sie von hinten den nackten Körper der Mutter auf den Fliesen sitzen, das Haar nach hinten geworfen. Die Hand zwischen den gespreizten Beinen fuhr vor und zurück, sie stöhnte, das dichte, fransige Haar fegte über den Boden.

Fatma versuchte, die Gedanken rasch wieder zu verscheuchen, doch es gelang ihr nicht. Jetzt geisterte ihr eine Frau durch den Kopf, die heiratete, weil sie ihre Sexualität nicht ausleben und nur von Bad zu Bad das Verlangen des Körpers stillen konnte. Vielleicht hatte sie es nie so beim Namen genannt, doch, ja, im Grunde genommen hatte sie diese Frau all die Jahre hindurch so gesehen, war ihr aus dieser Perspektive heraus böse. Als Erwachsene konnte sie die Frau verstehen, konnte sich in sie hineinversetzen, doch das Kind Fatma konnte ihr nicht verzeihen.

Aus der Küche rief Nurcan der Mutter etwas in einer fremden Sprache zu. Eine fremde Sprache? Nein, sie verstand sie sehr wohl. Soll ich auch Ayran machen, fragte Nurcan. Ja bitte, gab die Mutter zurück. Auch das verstand Fatma. Und dennoch war es eine fremde Sprache mit einem ungewohnten Klang, die sie seit Jahren nicht gehört und nicht einmal als Kind gesprochen hatte. Wenn sie jetzt die Mutter anschaute, die aufgestanden war, zum Esstisch vor dem Bettenstapel lief und die gehäkelte Tischdecke abnahm, hatte Fatma für einen Moment das Gefühl, gar nicht gelebt zu haben. Und hatte sie doch gelebt, war alles außerhalb von ihr geschehen. Weder hatte sie ganz im Geschehen drinnen gelebt, noch vermisste sie, was sie aufgegeben hatte, oder meinte, es würde ihr fehlen, ebenso wenig hatte sie ein Leben, wie andere es führten, unter denen sie gern gewesen wäre, Leben nennen können. Der Tisch wurde gedeckt, wenn sie aufstünde und den beiden Frauen zur Hand ginge, würde sie vielleicht zu einem Teil dieses Hauses werden, integriert in das Leben, das sie floh. Doch sie war unfähig sich zu rühren. Da hörte sie ein Geräusch hinter sich.

Ein junger Mann mit dunklem Teint drückte das Gesicht ans Fenster, lächelte und winkte. Plötzlich stand ihr Kerems beinah vergessenes Gesicht vor Augen. Sein Lächeln, seine ebenmäßigen weißen Zähne. Ihre Nase juckte. Die Mutter rief herüber: »Guck, da ist ja auch Serkan.«

Bei Serkans Ankunft weitete sich das enge Zimmer scheinbar, ließ vergessen, wie klotzig das Mobiliar war, alles wurde erträglich. Serkan brachte die Coolness von Beyoğlu, den Hauch der Jugend von seiner Universität in Beşiktaş mit herein und an den Tisch. Natürlich, redselig und jugendlich, wie er war, verwies er auf die schönen, appetitanregenden Seiten des Lebens. Er machte Späße, brachte seinen Neffen zum Lachen, neckte Fatma, als würden sie sich seit Jahren kennen und nach langer Trennung endlich wieder beisammen sein, stellte Fragen. Wie lange sie in Potsdam oder Berlin gelebt hatte, ob sie mal das Berliner Filmfestival besucht hatte, ob sie die Filmakademie in Potsdam kannte, wollte er zum Beispiel wissen. Fatma erinnerte sich nicht einmal daran, ob sie die Orte, die ihn interessierten, je zu Gesicht bekommen hatte, doch der kleinste Schnipsel Information reichte, um den jungen Mann zu begeistern. Die Mutter strahlte, sie lauschte der Unterhaltung der beiden Geschwister, wischte ab und an eine Träne aus dem Augenwinkel. Nurcan zürnte nicht länger, sie war mit dem Sohn beschäftigt, Erhan aß verdrossen.

»Ingenieurwesen passt ihm nicht«, platzte Erhan heraus, als er nicht länger an sich halten konnte. »Regisseur will er werden. Kino, Mann! Mit welchem Geld, mit welchen Beziehungen willst du denn einen Film drehen? Jetzt redet er auch noch von der Filmakademie. Wer gibt denn Leuten wie uns eine solche Chance? Weißt du überhaupt, was es kostet, auf solche Schulen zu gehen?«

»Was soll das heißen, Leute wie uns? Es gibt Stipendien. Warum denn nicht? Sieh doch Fatma an! Wer hat denn hinter ihr gestanden? Wie hat sie das Stipendium bekommen? Mit Brachialgewalt!«, sagte Serkan und ballte die Faust, lachte dann aber. Er berührte ihre Hand auf dem Tisch. »Pardon, ich meine natürlich mit der Gewalt ihres Verstands.«

»Mann, das ist doch etwas ganz anderes. Fatma hat ein Masterstudium in ihrem eigenen Fach gemacht. Stimmt's?«

Fatma nickte. Aber ihr Herz schlug für Serkan. Vielleicht sorgte sie sich nicht so wie Erhan um den Bruder, vielleicht kümmerte es sie nicht, ob er das Studium abschloss und in einen Beruf einstieg mit der Garantie auf einen Achtstundenjob. Sie schaute den beiden nur von außen zu und fand die Wünsche des jungen Mannes, der seinen Traum wahrmachen wollte, attraktiv. Sie schwieg, doch als sich ihre Blicke trafen, lächelte sie und zwinkerte ihm kaum merklich zu. Als wollte er sich für ihre Unterstützung bedanken, langte er nach der Teekanne und schenkte Fatma Tee nach, die Kanne in Händen schaute er von einem Glas zum anderen, sagte, Schwägerin?, mit einem Schwenk zu Nurcans Glas, in dem noch ein Schluck stand. Sie kippte den Tee hinunter und schob Serkan das Glas hin, da lächelte sie zum ersten Mal herzlich. Kaum saß er wieder, sprudelte Serkan weiter.

»Eigentlich gehen mir eine Menge Geschichten durch den Kopf. Ich würde zum Beispiel gern die Geschichte von dem Pferd drehen, von dem Mama mir als Kind erzählt hat.«

»Welches Pferd?«, fragte Fatma mit Blick zur Mutter.

»Er meint das Pferd von Memed, dem Onkel deines Vaters. Was schaust du denn so? Hast du denn nie davon gehört? Deine selige Oma hat oft davon erzählt, sie redete und redete und dann weinte sie. Und ich hab's von deinem Vater. Nun, deine Oma hatte einen älteren Bruder, Memed, der starb, als er erst zwanzig war. Ein stattlicher Jüngling soll er gewesen sein. Und er hatte ein schönes treues Pferd. Später, im Winter, holte Memed sich eine Erkältung und starb dann an Lungenentzündung. Man sagt, an dem Tag, als er starb, habe das Pferd echte Tränen geweint, so sehr habe das Tier seinen Besitzer geliebt. Sogar Memeds Sarg haben sie mit diesem Pferd, geschmückt wie eine Braut, zum Friedhof gebracht. Monate vergingen, doch statt dass Memeds Mutter den Kummer um den Sohn verwand, erinnerte sie sein Pferd immer wieder an ihn, dann setzte sie sich hin und stimmte Wehklagen an. Ihr Mann meinte, so geht das nicht weiter, er brachte das Tier weg und verkaufte es auf dem Markt im Städtchen. Doch nur wenige Tage darauf stand das Pferd plötzlich an Memeds Grab. Ein alter Onkel, ein Verwandter der Großmutter, sagte allerdings, es sei gar nicht Memeds Pferd, vielmehr kämen von jeher immer wieder Wildpferde zum Friedhof herunter.«

Der lästige Wind war abgeflaut, die Straßenlaternen brannten. Der Gemüsehändler am Ende der Gasse war dabei, die Wassermelonen vor der Tür abzudecken. »Guten Abend!«, rief Serkan im

Vorübergehen. Als der Händler den Kopf hob, um zu schauen, wer ihn da gegrüßt hatte, bogen sie schon in die Nebenstraße ab. Kaum um die Ecke, als wäre er erst jetzt sicher, weit genug von zu Hause entfernt zu sein, sagte Serkan: »Eigentlich bin ich während des Semesters kaum hier. Nach anderthalb Jahren Warten habe ich endlich einen Platz im Wohnheim. Nur hin und wieder bin ich hier, um in der Jeans-Sandstrahl-Werkstatt zu jobben, wo mein Bruder arbeitet.«

»Sandstrahlen?« War das der Job, den Orhan meinte, als er sagte, wir produzieren teure Markenjeans? Ihr fiel die Jeans mit den weißen Knien ein, die sie schon länger nicht getragen hatte, sie schauderte. Vor Monaten hatte sie gehört, dass der Staub von Sand oder Stein beim Sandstrahlen zum Bleichen von Jeans die Arbeiter krank machte, dass sogar ein paar Arbeiter gestorben waren, zuletzt hatte sie am Taksim eine Protestaktion dieser Arbeiter gesehen. Die meisten konnten sich die Behandlung nicht leisten, weil sie nicht versichert waren. Die Nachricht hatte sie nicht weiter berührt, war nur eine Information. Nun aber hatte diese Information einen lebendigen Körper, und der lief neben ihr.

»Ist der Job gefährlich?«

»In einigen Manufakturen ist das gefährlich, ja. Wo mein Bruder arbeitet, werden aber Anzüge und Masken benutzt, die Gesicht und Körper vernünftig schützen. Mein Bruder war sechs Monate beim Sandstrahlen beschäftigt, jetzt ist er Vorarbeiter. Ich häng mich sowieso nur hin und wieder an.«

Anhängen! Als ginge er mit Freunden zu einem netten Abend in die Bar. Doch das Wort nahm der Sache nicht die Brisanz. Der fantasievolle junge Mann, der so gern Filmemacher werden wollte, klang jetzt eher verzweifelt als fröhlich. »Ich hör da bald auf«, sagte Serkan, als sie die Hauptstraße erreichten. »Ich habe es zu Hause noch nicht gesagt, aber ich habe das Versprechen, im Café eines Kulturzentrums zu arbeiten, das demnächst in Beyoğlu aufmacht. Du hast es ja selbst gesehen. Die Familie hat vor allem Angst. Und sie versuchen, auch dir Angst zu machen. Stell dir nur vor, du machst den miesesten Job der Welt, aber sie haben Angst, dass du ihn verlierst. Sie fürchten, du könntest das ungeliebte Ingenieursstudium abbrechen, also scheitern.«

Als sie zur Fußgängerbrücke kamen, verstummte Serkan. Fatma verabschiedete sich und stieg ins Dolmuş, kaum saß sie in der letzten Reihe am Fenster, fuhr der Wagen los. Durch die Scheibe sah sie zuletzt, wie der Junge die Hand hob und winkte. Dann blieb alles zurück, Serkans schmale Silhouette unter der Straßenlampe schmolz und schmolz, vibrierte noch wie eine gerade Linie in einem Lichtstrahl, dann war er im Schimmer etlicher Lichter nicht mehr zu erkennen.

Den Kopf an die Scheibe gelehnt, saß sie in den Rücksitz des Minibusses geschmiegt. Wie auf einer Reise ohne Ziel. Die Straßen waren leer. Der Minibus rüttelte und schüttelte sich, mit ihren Hochhäusern und gewaltigen Fußgängerbrücken drückte die Stadt sich in dunkle Ecken, um bei einer neuen Ansammlung von Licht erneut vorzutreten. In Gedanken war sie bei Memeds Pferd, das sie wochenlang neugierig gemacht hatte, auf der Zunge lag ihr noch der Geschmack von Kartoffel-Börek mit Gehacktem, den sie seit mindestens zwanzig Jahren nicht gegessen hatte. Diesen Geschmack hatte sie ganz besonders vermisst, wie auch das Lied im

Fernsehen, der nach dem Essen eingeschaltet wurde, es in einer Runde zu hören, in der alle es liebten; nicht die alte Frau, die sie vorgefunden hatte, eine Mutter hatte sie vermisst. Eine Mutter, die sie kaum erlebt hatte; als sie klein war, hatte sie sie wie jedes Kind über alles geliebt, auch wenn sie fern war, und in der Jugend gehasst, jetzt aber empfand sie Mitleid. Es war kein reines Mitleid, es war auch Angst. Womöglich würde sie in zwanzig Jahren ihr ähnlich sein, auch ihr Haar würde sich lichten, alles an ihr würde einfallen. Undeutlich ihr Arm am Fensterrahmen, das Kinn zwischen den Fingern, die Brauen geballt. Sie nahm Abstand, suchte sich im Spiegel des Fensters. Das alt gewordene Gesicht der Mutter verschwand aus ihren Gedanken. Bruder, ältere Schwester, welch schöne Wörter! Sie hatte also Brüder. Obendrein einen tollen Bruder, der Träume hatte und Filme machen wollte. Plötzlich sah sie Serkans schwarzes Haar und sein Gesicht wie in weißen Staub getaucht, sie schauderte. Unwillkürlich fischte sie das Handy aus der Tasche, wählte schnell Bartals Nummer.

Das Klingeln ertönte wie aus den Tiefen des Weltalls, wie von sehr weit her. Überzeugt, dass Bartal gar nicht rangehen würde, dass sie ihm längst egal war, biss sie sich nervös auf die Unterlippe und glaubte, Blut zu schmecken. Doch nein! Ein Knacken und Bartal sprach, als stünde er unmittelbar neben ihr: »Fatma, wie schön, deine Stimme zu hören!«

»Bartal, ich will zurückkommen«, sagte sie.

»Es gibt kein Zurück für dich, das weißt du selbst«, Bartal hörte sich an, als bekäme er keine Luft. Doch die Stimme im Telefon sprach weiter: »Ich dachte, du bist ganz dorthin gezogen, du willst endlich in deiner Heimat leben. Aber du kannst ja woanders hingehen, wenn du willst. In der russischen Filiale suchen sie einen Marketingchef, unter anderem mit Türkischkenntnissen. Gerade jetzt. Die Stelle ist auf dem Firmenportal ausgeschrieben, sogar die ehemaligen Angestellten wurden informiert. Rufst du denn deine Mails nicht ab?«

»Ich konnte nicht. Ich ...«, Fatma stotterte, dann fasste sie sich: »Ich musste ein paar Dinge erledigen. Das weißt du doch ...«

4

Sie sah Nevin entspannt auf der Schwelle sitzen. Den Rücken an den Rahmen gelehnt, ein Bein auf dem Balkon, das andere ins Zimmer gestreckt, wie sie den Rauch der Zigarette inhalierte und wieder ausstieß, schien sie mit der Welt einverstanden. Gar nicht pessimistisch. Bei jedem Zug ließ sie offenbar einen neuen Gedanken sprießen, stieß sie den Rauch aus, reinigte sie den Gedanken von allen Haken. Nevin strahlte eine zähe Kraft aus. Vielleicht rührte diese Kraft von ihrer Schönheit her, oder ihre Schönheit barg eine solche Kraft in sich. Aus einem wirren Knoten fielen ihr wie elektrisiert Strähnen der roten Locken auf die sonnengebräunte Haut, die feinen braunen Härchen auf den Armen waren auf dem honigfarbenen Untergrund kaum auszumachen. Doch die Runzeln, die sich rings um ihre Augen bildeten, wenn sie lachte, wiesen darauf hin, dass die Schönheit verletzlich war.

Fatma riss den Blick von der Inhaberin ihrer Wohnung und lenkte ihn auf den Lärm weiter unten. Auf dem Feldweg, von dem sie zwischen den Dächern nur einen kurzen Abschnitt überblickte, war Bewegung. Mit Getöse manövrierte ein Lastwagen vor und zurück, bald war an einer Seite des Daches seine Nase zu sehen, bald an der anderen seine Ladefläche.

»Sie bauen da ein Hotel, das weißt du, oder?«, sagte Nevin. »Wo zwei Werkstätten und vier Mehrfamilienhäuser standen, entsteht ein Hotel. Letztes Jahr habe ich eine Familie in der Gasse interviewt. Mir schwebte damals ein Doku-Theaterprojekt vor. Zu zwölft wohnten sie in einer Zwei-Zimmer-Wohnung. Da die Großeltern kaum Türkisch konnten, übersetzte die Enkelin für mich. Ein tolles Mädchen mit kräftiger Stimme und strengem Blick. Sie waren vor Jahren dorthin gezogen, als ihr Dorf geräumt wurde. Wer weiß, wohin sie jetzt ziehen.«

Endlich stand der Lastwagen, in Decken gewickelte Dinge, vermutlich Bettzeug und Ähnliches, wurden aufgeladen. Als bestünde der umziehende Haushalt nur aus Decken und Betten, Kleidern und Plunder. Zwei junge Frauen mit hinten gebundenen Kopftüchern und zwei Männer trugen die Sachen. Die Männer wirkten, sobald sie beladen aus dem Haus kamen, als schämten sie sich dessen, was sie trugen, oder berührten weibliche Intimsphäre und versuchten, sie schnell wieder loszuwerden. Sah sie das tatsächlich? Aus dieser Entfernung waren weder die Gesichter noch die Körper richtig zu erkennen, vielleicht schloss sie aus den raschen, wie abgehackten Bewegungen, dass es so sein müsste, aber wohl doch eher aus ihrem Wissen.

»Siehst du den Birnbaum dort?« Nevin drückte die Zigarette in dem Aschenbecher auf ihrem Schoß aus und wies mit dem Kinn zum Balkongitter hin. Fatma sah zwar den Birnbaum nicht, dafür aber die über den Balkon hinausragende Spitze der Kiefer. Ihre Blicke hatten sich stets gegen diese Kiefer gewehrt. Bei einem näheren Blick verglich sie sie jetzt mit alten, hässlichen Katzen, kahl geworden, weil ihnen das Fell ausfiel. Die Kiefer war anders als andere ihrer Art, die grün und kräftig in die Breite gingen, wie man sie meist zu sehen bekam. Dieser Baum hingegen hatte Schmutz und Dreck der Stadt in seine Nadeln aufgenommen und war spitz in die Höhe geschossen. Ein dicker Ast war abgebrochen und hing nun herunter, zwischen den steppengrauen Nadeln flatterte eine Plastiktüte, in die Spitze hinauf wand sich ein roter Faden.

Nevin aber deutete auf etwas anderes. Fatma beugte sich vor und richtete den Blick auf den gewiesenen Baum.

Die Äste des Baumes mit ihren langen, schmalen gelblichen Blättern rankten an der Hauswand zum Balkon hinauf. An den Zweigen hingen braunbackige Birnen. Zwei kleine Birnen reckten ihre Bäuche über die Blätter, sie sahen aus wie Genießer, die nach reichlichem Essen ein Nickerchen hielten. Wie konnte es sein, dass sie nie auf dem Balkon dieser Wohnung gesessen hatte, in der sie nun schon seit fünf Monaten wohnte? Sie war zwar hin und wieder hinausgetreten, um durchzuatmen, doch den Baum, der in voller Blüte gestanden haben musste, als sie einzog, hatte sie nie bemerkt.

Viele Dinge in der Wohnung hatten eine neue Gestalt gewonnen, seit Nevin da war, waren frischer, bunter geworden. Nun wurde jeden Morgen Wasser auf den Balkon geschüttet und, kaum war die Herbstsonne auf die andere Seite des Hauses gewandert, die Kissen ausgelegt, auf denen sie jetzt saßen. Einer der Radiosender im Fernseher spielte am laufenden Band Musik, bald leiser, bald lauter. Nevin kochte zu Hause, als richtete sie sich häuslich ein, obwohl das Haus demnächst abgerissen werden sollte, bei Fatma, die in fünf Tagen nach Russland abreisen würde, weckte sie zunehmend den Wunsch zu bleiben.

»Wusstest du, dass Naira Hanıms Mann die Kiefer und den Birnbaum gepflanzt hat, als das Haus gerade fertig war? Wenn man sie nicht beschneidet, werden Birnbäume bis zu fünfzehn Meter hoch. Ich habe mir immer gesagt: In ein, zwei Jahren reicht die Birne zum Balkon hinauf, dann verspeise ich mit größtem Appetit ihre

Früchte, egal wie sie schmecken. Denn Früchte, die bis zu meinem Balkon hinaufklettern, gehören mir. Doch keine Chance, nun dauert es keine drei, vier Monate mehr und der Baum wird abgesägt.«

»Zieht Naira Abla wieder hier ein, wenn das neue Haus steht?«

»Sie sagt nein. Ihr fällt dann eine große schöne Wohnung im Haus zu, aber sie will nicht. Vorerst wohnt sie bei ihrem Sohn. Die Arme. Wie sie sich immer um das Haus gekümmert hat! Für unsereiner, die wir es gewohnt sind, in unseren vier Wänden zu bleiben, war es nervig, dass sie so rührig war. Ich mag die Frau, aber um ehrlich zu sein, hat es mich manchmal ganz schön genervt, wenn sie plötzlich zur Tür hereinschneite.«

»Genauso ging es mir auch«, warf Fatma ein.

»Als ich herzog, war ich ziemlich eingeschüchtert von Naira Ablas Interesse, von Orhan unten, seiner alten Mutter, dann von der Wildnis unter dem Balkon. Später habe ich mich an die Trostlosigkeit genauso gewöhnt wie an die Wildnis. Schade drum. Weißt du, selbst Orhan, der mich so genervt hat, tut mir leid. Als seine alte Mutter vor zwei Tagen auf den Umzugswagen geklettert ist, warf sie einen letzten Blick in die Gasse. Die Arme konnte sich kaum auf den Beinen halten. Sie haben ein kleines Souterrain am anderen Ende der Stadt gefunden.«

»Was willst du tun?«

»Weiß ich noch nicht. Ich bin noch einen Monat hier. Das Geld von dem Unternehmen, das das Haus gekauft hat, reicht nicht für eine neue Wohnung. Die hier hatte ich supergünstig bekommen. Ich kaufte sie damals Hals über Kopf, als ich von meinem Opa erbte, weil ich Angst hatte, sonst das Geld ratzfatz zu verschleudern. Damals war ich mit Fuat zusammen. Das heißt, ich wohnte bei Fuat. Du glaubst, der Mann liebt dich, denkst, Liebe räumt einem alle Rechte ein, Fuats Wohnung in Cihangir mit Blick aufs Meer ist auch meine Wohnung, ich lebe da und produziere tolle Drehbücher, schreibe vielleicht auch Romane, Erzählungen. Doch ich hatte angefangen, wie improvisiert zu leben, traute mich kaum noch, etwas im Haus anzurühren. Nicht allein in der Wohnung, nicht mal auf der Terrasse konnte ich noch rauchen. Auf Schritt und Tritt spürte ich Fuats Blicke. Er hat Geld. Seine einzige Leidenschaft sind die Antiquitäten, die er in der Wohnung sammelt. Glaub mir, ich hab nie begriffen, warum er diese Sachen kauft. Egal in welche Stadt er kam, er musste unbedingt etwas kaufen. Stell dir vor, er hatte in einer Ecke sogar ein Exemplar der ersten Singer-Nähmaschine stehen. Mit der Zeit kam es mir so vor, als wäre auch ich für ihn eine von seinen Antiquitäten. Der Unterschied bestand nur darin, dass ich mich bewegte, dass ich die Antiquitäten anfasste, meinen Atem über sie streifen ließ. Er hatte eine Höllenangst, dass ich die Bilder an den Wänden berührte, den Lack seiner Stühle ankratzte, die er aus Wien geholt hatte, dreißiger Jahre, wie sagt man, Bauhaus-Stil. So ging das ein Jahr lang. Dann kam der Anruf. Mein Großvater war verstorben. Meine Eltern hatten sich getrennt, als ich noch klein war. Mein Vater hatte nie nach mir gefragt, Mutter war so wütend auf ihn, dass ich niemanden aus Vaters Familie kannte. Wie auch immer, plötzlich war da ein Erbe vom nie gesehenen Vater meines Vaters, den ich kaum kannte. Mein Großvater hatte dafür gesorgt. Wenn ich an das Erbe denke, das er mir hinterließ, blicke ich optimistischer ins Leben. An einem Ort, den du nicht kennst, denkt jemand an dich, von dem du überhaupt nichts ahnst, vielleicht sucht er auch nach dir und eines Tages erreicht er dich irgendwie. Mein Opa hat mich ja schließlich mit seinem Erbe erreicht. Es war nicht besonders viel, aber für jemanden wie mich, der Drama studiert hat und mit lächerlichen Gelegenheitshonoraren auskommen muss, war es natürlich ein Vermögen. Kaum hatte ich das Geld in Händen, guckte ich mich nach einer Wohnung um. In einem irren Tempo kaufte ich die Wohnung, ließ sie renovieren, packte meinen Kram bei Fuat und zog hier ein, ohne auch nur einen Stuhl zu haben. Die Möbel hier besorgte ich an einem einzigen Tag, ich wollte auf der Stelle eine Wohnung haben, mich so schnell wie möglich gut fühlen, wollte, dass es vorbei ist, lieber heut als morgen.«

»Und deine Mutter?«, hakte Fatma nach.

Nevin straffte sich, stand auf, rieb sich die Beine, hockte sich dann im Schneidersitz auf das Kissen am anderen Balkonende. Sie zündete sich eine neue Zigarette an und zog lange daran.

»Mama war Grundschullehrerin. Ihre Pension reicht nicht für das Leben hier. Sie lebt mit einer Freundin, einer pensionierten Lehrerin wie sie, in Marmaris. Manchmal frage ich mich, ob ich auch dort hingehen sollte, aber das würde Stillstand bedeuten. Als die Doku in Antalya abgedreht war, war ich bei ihnen. Drei Wochen, das hat gereicht. Ich habe noch ein paar Dinge vor. Das Leben ändert sich, Menschen verlieren ihre Heimat, nicht nur bei uns hier, das ganze Land ist im Wandel. Wo alles in Bewegung ist, denkt man anders, da kommt man auf ganz andere Themen, unwillkürlich.«

»Mein Bruder will auch zum Film, weißt du? Er ist gerade neunzehn und studiert Ingenieurwesen, aber er träumt von der Filmakademie.«

»Ach ja?« Nevin riss die grünen Augen auf. »Ich dachte, du hast niemanden? Mach uns doch bekannt, bevor du abreist, aber du hast ja kaum noch Zeit. Na, du wirst ja oft herkommen.«

»Ich denke schon. Im Augenblick bin ich für die Koordination der türkischen und der russischen Filiale zuständig. Aber bei diesem Job weiß man nie. Die meisten Ersatzteile lässt die Firma von Robotern in Malaysia herstellen. Kann gut sein, dass sie irgendwann den Job einer neuen Generation von Robotern überlassen und sagen, wir schrumpfen weiter.«

»Sollen sie nur! Vielleicht möchtest du ja auch wieder herkommen. Hier wirst du keinen Hunger leiden, da sei dir sicher. Wo selbst Fossile wie ich, die szenisches Schreiben studiert haben, irgendwie über die Runden kommen!«

»Darf ich dich mal was fragen? Ich bin in deinem Bücherregal auf ein Märchen mit deiner Unterschrift gestoßen.«

»Welches denn? Ich habe mehrere geschrieben.«

»Die Geschichte von dem Mann mit dem Pferd. Das kam mir ziemlich bekannt vor.«

»Na klar, weil Geschichten von jungen Männern und Pferden hierzulande enorm verbreitet sind. Als Studentin schloss ich mich einem Wandertheater an. Dank denen weiß ich, dass ich keinerlei Talent für die Schauspielerei habe, aber mit der Truppe bin ich in Anatolien herumgekommen. Ein etwas älteres Mitglied der Gruppe sammelte Märchen, ich war so eifrig wie dilettantisch damals und unterstützte ihn als eine Art Assistentin. So bekam ich unzählige Märchen zu hören. Es waren allerdings eher Geschichten vom eigenen Leben, von der eigenen Vergangenheit als Märchen. Die meisten Leute wissen ja so wenig über die eigene Geschichte, dass ihnen die Erlebnisse der Großeltern wie Legenden vorkommen. Hat dir mein Märchen denn gefallen?«

»Sehr! Total interessant, ich habe es ein paar Mal gelesen. Es ist so bekannt, es greift die heutigen Mann-Frau-Beziehungen auf und ist zugleich doch ein Märchen.«

»Ja, ein bisschen Mythologie«, bestätigte Nevin. Es freute sie, dass ihr Märchen gut angekommen war. In einem Ton, der ihre Freude ein wenig herunterspielte, sagte sie: »Ich will dich auch etwas fragen. Vor zwei Tagen, als ich Bahar traf, sagte sie etwas über dich wie, das Mädel ist in die Heimat gekommen und wundert sich über die Verhältnisse hier. Es ging dann um anderes und die Rede kam nicht wieder darauf. Wenn es dir nichts ausmacht, darf ich dich fragen, was passiert ist? Hast du hier etwas Schlimmes erlebt?«

Fatma zuckte die Achseln, dann sagte sie: »Ich habe den Jäger aus deinem Märchen getroffen.« Nevin lachte kurz auf, wurde aber sofort wieder ernst. Mit bitterem Lächeln schaute sie Fatma geradewegs in die Augen. Unwillkürlich wich Fatma dem Blick der grünen Augen aus und wandte den Kopf ab. Hinter dem Dach schlossen die beiden Männer die Klappe der Lastwagenpritsche, obenauf waren die Rücken von zwei Kindern auszumachen. Nevins Blick lag noch immer auf ihr. Fatma wandte sich ihr wieder zu.

»Nanu, bist du auf der Suche nach einer neuen Geschichte für dich?«

»Warum nicht? Was bleibt schon auf dieser Welt von uns, wenn nicht die Geschichten, die wir erzählt und an die wir andere erinnert haben? Gut, es ist eine andere Sache, wie nachhaltig sie sind. In zehn Jahren gehören wir zu den Alten, dann werden wir Mühe haben, unsere Umwelt zu begreifen. Vielleicht ist es jetzt schon so weit. Denn was wir wissen, verschwindet. Schon bald wird es auf den Straßen hier nicht einmal mehr Katzen und Hunde geben. Ist mir aufgefallen, es sind schon viel weniger. Und Kinder sind auch kaum noch da.«

Nevin schwieg, dann fiel ihr Blick auf das leere Teeglas, das Fatma hin und herdrehte. »Soll ich uns Tee nachschenken?«

Fatma folgte ihr mit Blicken, als sie in die Küche ging, da fiel ihr plötzlich ein, dass sie in fünf Tagen zu der Filiale in Russland fahren würde. Zu einem geringeren Gehalt als zuvor würde sie, wie sie vor zehn Jahren Kälte und Schnee in Polen getrotzt hatte, nun den Umständen in Russland trotzen. Dennoch war sie seltsamerweise nicht verzweifelt. Ihr war, als könnte sie überall leben, sich überall anpassen, Hauptsache, sie hatte eine Beschäftigung, ein Ziel. Hier hatte sie eine Menge erlebt, nicht nur sechs Monate, sie hatte die ganze Vergangenheit auf einmal durchlebt. Sie hatte ihre Mutter wiedergesehen, von der sie geglaubt hatte, ihr niemals verzeihen zu können. Sie war sich nicht sicher, ob sie ihr nun verziehen hatte, glaubte aber mittlerweile, sie zumindest verstehen zu können.

Mit Kessel und Kanne kehrte Nevin auf den Balkon zurück und goss Tee ein. Sie stellte beides zur Seite und schob die Zuckerdose in die Mitte, bevor sie sich erneut im Schneidersitz auf ihrem Platz niederließ. Dann sah sie Fatma an, wie um zu sagen: So, nun erzähl, ich höre.

Fatma trank einen großen Schluck Tee, ihr Großvater kam ihr in den Sinn. Die starke Erinnerung an ihn mochte daher rühren, dass sie seine märchenhafte Erzählweise liebte. Wem ähnelte sie mehr, Großmama oder Großpapa? Bisher hatte sie eher wie die kummervolle Frau geschwiegen, war ihrer eigenen Geschichte ausgewichen, hatte im Stillen gelitten, hatte für sich allein Wehklagen angestimmt, nun aber war die Zeit gekommen, die Wehklage in Worte zu fassen.

Der Abend brach an. Der Lastwagen, der die Habseligkeiten aus der Wohnung drüben geladen hatte, rumpelte zur Hauptstraße hinunter, der Schutt eines abgebrochenen Mehrfamilienhauses wurde beiseitegeräumt, auf einer Baustelle, auf der gerade der Estrich verlegt wurde, arbeiteten die Arbeiter ohne Pause weiter. Fatma lehnte den Rücken an die Wand, streckte die Beine locker von sich und atmete tief die Herbstluft mit ihren Düften ein, dann begann sie zu erzählen.

Die Geschichte von dem Märchen, dem Vogel und der Seuche

Man sagt, das Land, in dem der hübsche Jüngling lebte, der in aller Welt für seine Jagdkunst berühmt war, lag mitten im Gebirge, gesäumt von Wäldern und Gewässern, der Flecken war arm, aber reich an Märchen und Geschichten und voller weiser Träume. Erwachsene verwandelten das Gedächtnis der jüngeren Zeit, Weise und Gelehrte die Geschichten von Propheten und Heiligen in Märchen, Dichter wurden zur Nachtigall, verliebt in die Rose. Bereits in der Wiege lauschten die Kinder den Märchen, mit ihnen glitten sie in den schönsten Schlaf, wenn sie aufwachten, wussten sie ihre Träume noch genau.

Frauen wie Dilnaz, die sich an schöne Jünglinge heranmachten und sie verführten, waren die Ausnahme im Land, gab es doch die eine oder andere, ließ man durch Weise und Gelehrte feststellen, um wen es sich handelte, und den Jünglingen die Augen öffnen.

In diesem Land erlernten die Jungen den Beruf des Vaters und liebten später die Ehefrau, die ihnen zuteilwurde, die Frauen heirateten jung und schenkten dem Land wohlgeratene Kinder, die Frauen wussten um ihre Weiblichkeit, die Ehemänner um ihre Ehepflichten und lebten friedlich im Einklang mit ihrem Schicksal wie im Märchen dahin. Es lebte dort aber auch eine Halbwaise. Sie hatte eine Mutter, die war still und scheu, und einen Stiefvater, der war tyrannisch und herzlos. So böse war er, dass er nicht einmal erlaubte, diesem Mädchen, das nicht sein eigen Fleisch und Blut war, Märchen zu erzählen. So konnte die Mutter die Märchen, die in diesem Land jedem Kind unbedingt erzählt werden mussten, dem Mädchen erst ins Ohr flüstern, wenn der Mann schlief. Die arme Frau fürchtete ihren Mann aber so sehr, dass jedes Märchen bei ihr mit »Es war einmal, in einem fernen, fernen Land, ein mutiger, ehrlicher und wohlgestalter Jüngling und ein wunderwunderhübsches Mädchen« anfing, aber damit auch gleich beendet war. Das Mädchen war ungeheuer neugierig auf die Geschichte von dem Jüngling und dem Mädchen, doch sosehr es auch bat und flehte, die Mutter konnte und konnte nicht weitererzählen. So kam es, dass das Mädchen an den Türen und Fenstern der Nachbarn lauschte, um das ihm vorenthaltene Märchen dort zu hören. Doch außer Stimmengemurmel, das in ihren Ohren wie eine wundervolle Weise klang, hörte sie nichts, das Märchen erfuhr sie nie.

Das Mädchen wuchs also heran, da brach eine Seuche über das Land herein. Es war aber eine Pest, die nicht die Ärmsten und Ungebildetsten zuerst heimsuchte, sondern die Reichsten und Mobilsten und jene, die den besten Zugang zu Informationen hatten. So hob etwa die fünfzehnjährige Tochter eines reichen Kaufmanns bei ihrer Hochzeit vor allen Gästen den Schleier, schaute den Bräutigam an und sagte: »Ich will das mir bestimmte Glück nicht nehmen, sondern selbst hinausziehen und mein Glück suchen.« Anderswo hatte ein Jüngling wie sein Vater das Schreinerhandwerk erlernt, nun war es an der Zeit zu heiraten, da sagte er: »Weder will ich Schreiner werden noch sogleich heiraten. Ich will reisen und mich in der Welt umschauen.« Eine sonderbare Seuche war das, wen sie traf, der begann krumm zu nennen, was er gerade wusste, und gerade, was er krumm wusste. Es tauchten gar blutjunge Jungfern auf, die Frauen wie Dilnaz nacheiferten.

Die Oberhäupter des Landes suchten also nach dem Ursprung der Pest, unser kleines Mädchen war weiter auf der Suche nach dem Märchen, das ihre bange Mutter nicht zu erzählen wagte, stets war es mit Augen und Ohren an den Türen und Fenstern anderer, war durch Gärten und Häuser gewandert und nun schon zwölf Jahre alt. Eines Tages wanderte es wieder einmal so einher, da landete vor ihm ein weißer Vogel. Der Vogel piepste, als spräche er mit ihm, wendete den Kopf und schien sagen zu wollen: Folge mir! Neugierig ging das Mädchen mit. Der Vogel in der Luft, das Mädchen auf der Erde, so liefen sie weit und lang, durch Wälder, über Hügel und Ebenen und kamen endlich in ein fremdes Land. Dort spazierten Jungen und Mädchen Hand in Hand, niemand drehte sich nach niemandem um oder mischte sich ein, es schien ein friedlicher Ort mit Wohlstand zu sein. So wenig scherten sich die Leute hier umeinander, dass selbst, als das Mädchen weinte, weil es nicht wusste, wohin, sich niemand ihm zuwandte und fragte: »Was hast du denn, warum weinst du denn?«, ganz im Gegenteil, erblickte jemand das arme Mädchen im fremden Gewand, ging er ihm aus dem Weg. Verzweifelt und verwundert lief das Mädchen weiter, da landete ein Vogel vor ihm, diesmal ein kunterbunter. Der Vogel flog voran, vor einem Haus flog er tiefer, ließ eine kunterbunte Feder fallen und verschwand. Kaum hatte die Feder die Haustür berührt, ging sie auf und eine Frau erschien auf der Schwelle, kalt waren ihre Augen, aber freundlich ihre Miene.

»Komm doch näher«, sagte die Frau zu dem Mädchen. »Ich habe dich erwartet. Du bist also das kleine ausgerissene Mädchen.«

Scheu betrat das Mädchen das Haus, setzte sich an den Tisch, zu dem die Frau es führte, und löffelte brav die fremden Speisen, dabei gingen ihm aber die Worte der Frau durch den Kopf. Endlich hielt sie es nicht länger aus und sagte: »Ich bin doch gar nicht ausgerissen. Ein weißer Vogel brachte mich in euer Land und ein bunter Vogel in dieses Haus.«

Die Frau lachte kalt, schaute dem Mädchen lange in die Augen und sagte: »Schon gut, schon gut, ich glaube dir, der Vogel hat dich verführt, so bist du hergekommen. Aber sag das bloß nicht vor anderen! Denn in unserem Land glaubt seit altersher niemand mehr an Vögel und Märchen. Wo du nun einmal da bist, möchtest du ein schöneres, freieres Leben leben, dann musst du dich auch an unsere Regeln halten. Unser Land ist reich, kein Waisenkind, das hier Zuflucht sucht, lässt es hungern und dürsten.«

Das Mädchen verstand kein Wort, freute sich aber, die Frau gefunden zu haben, die ihr zu essen und anschließend auch ein warmes Bett gab.

So fing es also an, in jenem Haus zu leben. Früh am Morgen stand es auf, machte sein Bett, räumte nach dem Frühstück den Tisch ab, ging zur Schule, lernte rasch, wie es hier zuging. Es erfuhr, dass man in diesem Land den Kindern tatsächlich keine Märchen erzählte, stattdessen las man ihnen Geschichten vor von Aufrichtigkeit, von Wahlfreiheit, von Mann und Frau, Kindern, Geburt, Natur, all den Namen in der Natur, von Tierarten, von ungeschlechtlicher Vermehrung und von vielen, vielen Dingen mehr. Kein Wort wurde hier verbogen, jedes Ding beim Namen genannt und nur dabei; jedes Gefühl wurde mit einem einzigen Wort beschrieben in diesem Land. Was Mädchen taten, taten auch Jungen, wie Jungen sich verhielten, so verhielten sich auch die Mädchen. Die Jahre vergingen, das Mädchen war inzwischen eine junge Frau, die Geld verdiente, sie bezog ein kleines hübsches Haus und hatte auch einen anständigen Partner gefunden, der Nein verstand, wenn sie Nein sagte, der sie berührte, wenn sie es wollte, der sie in Ruhe ließ, wenn sie ihn darum bat, so lebte sie in Ruhe und Frieden.

Sie lebte in Ruhe und Frieden und doch verspürte sie einen Mangel, den sie nicht erklären konnte. Starke Sehnsucht überfiel sie, jeder weiße Vogel entzückte sie, flogen der Vogel und die Sehnsucht davon, blieb in ihrem Herzen eine große Leere zurück.

An einem solchen Tag, an einem Sommerabend saß sie vor dem Fenster und schwebte im Nichts, da tauchte unvermutet leibhaftig der Jüngling aus dem Märchen auf, das die Mutter ihr seinerzeit nur halb erzählt hatte, und kam auf sie zu. Als er näher kam, sah sie hinter ihm eine schöne Landschaft, als er sich neben sie setzte und ihre Hand ergriff, nahm sie die Gerüche der Kindheit wahr, als er sprach, hörte sie das Flüstern der Mutter, das Gemurmel hinter den Türen der Nachbarn. Die Sehnsucht verflog, die Leere wurde leichter und verschwand, die Welt verharrte in weiter Unendlichkeit. Doch als sie am Morgen erwachte, war der Mann nicht mehr an ihrer Seite. Zuerst glaubte sie, geträumt zu haben, doch nein, auf ihrer Haut lag noch sein Duft, in ihrem Ohr klangen die geliebten Weisen nach. Es gibt ihn also doch, sagte sie sich und machte sich noch am selben Tag auf die Suche nach ihm. Doch in dem riesigen Land kannte niemand einen Mann, der auf ihre Beschreibung des Jünglings passte. Ich muss den Mann finden, ob er nun Traum ist oder Wirklichkeit, und wenn ich ihn nicht finde, dann muss ich seine Geschichte aus dem mir vorenthaltenen Märchen erfahren, sagte sie sich und beschloss, die alte Heimat zu besuchen.

Und so besuchte sie die Heimat, doch dort war nichts mehr wie zuvor. Die Mutter hatte sich in eine alte Frau verwandelt, die gar nicht mehr redete, der Stiefvater, vor dem sie früher vor Angst gezittert hatte, in einen Narr, der sie nicht erkannte. Viel wichtiger aber war, dass niemand mehr von der alten Märchentradition sprach und in den Häusern, an denen sie horchte, keine Stimmen mehr erklangen, die den Kindern Märchen erzählten. Hier und da beklagten alte Männer, im Land hätten die Frauen ihre Weiblichkeit und die Männer ihre Männlichkeit vergessen, andere meinten, alles sei wegen der Ausländer so gekommen. Und von einsamen, unglücklichen Frauen war die Rede und von unersättlichen Männern, die ohne Unterlass von einer Frau zur anderen jagten und diese wie auch sich selbst nur unglücklich machten. Die junge Frau nahm dennoch ab und an den Geruch ihrer Kindheit wahr, auf den Straßen, durch die sie wanderte, hörte sie ein Märchen klingen, uraltes Wispern tönte ihr im Ohr.

Während sie so von Tür zu Tür, von Gasse zu Gasse wanderte und auf die Stimmen hörte, lernte sie eine welterfahrene Frau kennen. Ihr erzählte sie alles von Anfang an, vom Märchen der Mutter, das nie zu Ende erzählt wurde, von dem Jüngling, auf dessen Geschichte sie so neugierig war, von dem weißen Vogel, von dem fremden Land, aus dem sie nun kam, von der Nacht, die sie glaubte, mit dem jungen Mann verbracht zu haben, und davon, wie sehr der Wandel hier sie verwunderte. Die Frau nickte, während sie erzählte, die Weisheit in ihren Augen vertiefte sich. Schließlich sagte sie:

»In den Zeiten, als du geboren wurdest, kannte unser Land nur seine eigene Sprache und erzählte seinen Kindern die eigenen Märchen. Jedermann lebte wie in den Märchen und Parabeln im Einklang mit seinem Los glücklich und zufrieden. Dann aber tauchte ein schneeweißer Vogel an unserem Himmel auf, ließ vor unseren Türen weiße Federn fallen und machte damit unsere Städte alle gleich, die Kenntnis der Sprache jenes Landes, in das du als Kind gezogen bist, sprang auf unsere Sprache über. Zunächst wurde es Pest genannt, später dann nagelneues Leben. Von der Pest angesteckte Erzähler vergaßen die Sprache der Märchen, die Zuhörenden verstanden ihre Sprache nicht mehr. Es entstand eine Minderheit im Land, die das Glück hatte zu lernen, wie man glücklich ist, weil es ihnen gelang, die Märchen durch die neue Sprache zu ersetzen. Doch ebenso tauchten auch unglückliche Menschen auf, die mit der Pest lebten und doch weiter an die Märchen glaubten. Männer lebten tagsüber mit der neuen Sprache, träumten nachts aber von der einen sanftmütigen Frau aus dem Märchen und davon, allmächtig zu sein, die Frauen indes suchten nach dem kühnen, rechtschaffenen Mann aus ihren Träumen. Das sind die unglücklichen Frauen und sich herumtreibenden Männer, die du hier auf den Straßen antriffst. Doch es gibt noch Viertel in der Stadt, wo man weiter mit den alten Märchen lebt. Nur dort, mithilfe der Weisen und Gelehrten, die die Märchen bewahren, kannst du das gesuchte Märchen und den Jüngling finden.«

Unsere Heldin dankte der weisen Frau und suchte eines der erwähnten Viertel auf. Als sie näher kam, sah sie den weißen Vogel, der ihr in der Kindheit den Weg gewiesen hatte, er suchte, ins Viertel hineinzukommen, schien aber in der Luft immer wieder gegen eine unsichtbare Mauer zu stoßen, und musste schließlich kehrtmachen. So mühte sich der Vogel in der Luft ab, die junge Frau aber lief um das von einer dicken hohen Mauer umgebene Viertel herum und fand endlich eine schmale Tür. Das muss der Weg zu dem weisen Gelehrten sein, dachte sie und rief. Bald wurde die Tür geöffnet, und kaum war die junge Frau eingetreten, klappte sie wieder zu. Endlich stand sie vor dem berühmten weisen Gelehrten Weißbart.

Sie erzählte ihm ihre Geschichte, von dem unvollendeten Märchen und von dem Jüngling und sagte zum Schluss, was sie von ihm wollte.

»Nun gut«, entgegnete der Weißbart, »da dir als Kind unsere Märchen vorenthalten wurden, ist es unsere Pflicht, sie dir jetzt zu erzählen.« Er brachte die junge Frau in einen Raum, von dem gar viele Türen abgingen, und bat sie, auf dem Diwan Platz zu nehmen. »Warte hier, ich bin gleich wieder bei dir.« Im Hinausgehen sagte er noch: »Siehst du diese Türen? Jede öffnet sich in eine andere Welt. Die große Stahltür dort führt in den Garten, den ich mit Hingabe pflege. Mein Garten ist schön wie das Paradies. Falls du die Tür öffnest und in den Garten hinausgehst, rühre um Himmels willen nicht die Obstbäume an. Ich habe sie frisch gespritzt, nachher vergiftest du dich noch, Gott bewahre!«

Die junge Frau setzte sich in die Ecke, die ihr der Weißbart gewiesen hatte, und wartete, doch der Alte kam nicht zurück. Da hörte sie hinter einer der Türen eine Stimme. »Wasser, Wasser!«, jammerte die Stimme unausgesetzt. Die junge Frau stand auf und öffnete zaghaft die Tür. Ein glühender Hauch schlug ihr entgegen, vor ihrem Auge erstreckte sich eine Sandwüste. Als die erste Überraschung verwunden war, sah sie etwas ganz anderes: In einer heißen, schmalen Kammer kniete ein verwahrloster Mann wie Mecnun, der Held aus der Liebeslegende, drehte sich um die eigene Achse und rief bald »Wasser!«, bald »Wo bist du?« Ich sollte die Tür offen lassen, dann kriegt er Luft, könnte ich nur eine Schale Wasser für ihn auftreiben, dachte sie, da starrte der Mann sie mit irrem Blick an, als hätte er sein Wasser gefunden, und berührte ihre Füße. Erschrocken knallte sie dem Mann die Tür vor der Nase zu.

Auf dem Weg zum Diwan zurück hörte sie hinter einer anderen Tür eine Frau singen. Dahinter deckte eine muntere hübsche Frau den Tisch und sang dabei vergnügt, es duftete nach wohlschmeckenden Speisen. Als die Frau sie erblickte, rief sie: »Komm, setz dich zu uns an den Tisch! Gleich kommt auch mein Mann. Essen wir doch gemeinsam!« Als sie den verblüfften Blick der jungen Frau zum Tisch bemerkte, so überladen, dass er für mindestens zehn gereicht hätte, erklärte sie: »Er hat immer einen Bärenhunger, er ist ja auch stark wie ein Bär. Früher war er ein rechter Yeti, doch mit meinen weiblichen

Fähigkeiten habe ich ihn gezähmt, mit Geduld und Kochkünsten habe ich ihn ans Haus gebunden. Er war hässlich, ich habe ihn schön gemacht, er war roh, ich habe ihm Manieren beigebracht.« Während sie sprach, tauchte plötzlich ein Riese von einem Mann auf. Bewundernd blickte seine Frau zu ihm auf, wie um zu sagen, sieh nur, welch schöner Mann! Doch die junge Frau sah etwas ganz anderes: Ohne Gruß und ohne ein Wort flätzte der Mann sich an den Tisch, raunzte der Gattin Kommandos zu und stürzte sich schmatzend auf die Speisen, noch bevor die Frau Platz genommen hatte. Wenn das der gezähmte Mann ist, dachte die junge Frau, wie muss er da als Yeti gewesen sein! Sie ließ das Pärchen sitzen und schlüpfte aus der Kammer. Bald öffnete sie eine weitere Tür. Dahinter fand sie eine hochschwangere Frau, die nach ein paar Grußworten ihre Geschichte erzählte: »Als mein Mann an unsere Tür kam, war er ein an der Hand verletzter, erschöpfter Derwisch, der geschworen hatte, keine Frau anzurühren. Ich setzte Wasser auf, wusch ihm die Füße und verliebte mich heftig in ihn, ein Blutstropfen aus seiner Wunde fiel ins Wasser, als ich ihm die Füße wusch, ich trank es und wurde schwanger.« Der jungen Frau drehte sich der Magen um, sie beeilte sich, der sonderbaren Frau Lebewohl zu sagen und in den Diwan-Raum zurückzukehren. Da ging schon ganz von selbst eine andere Tür auf, das Herz schlug ihr bis zum Halse, denn auf der Schwelle stand ein Mann, der dem Jüngling ihrer Träume aufs Haar glich. Der Mann nahm ihre Hand und bat sie herein. In allen Ecken und Winkeln saßen junge und alte, blonde und dunkelhaarige Frauen und plauderten nett miteinander. »Willkommen in meinem Haus«, sagte der Mann. »Ich will dich meinen anderen Frauen vorstellen. Sei auch du mein Weib, ich verspreche dir, auch zu dir gerecht, stark und liebevoll zu sein, dann wirst auch du in diesem Haus glücklich wie die anderen.«

Auf einen Schlag gefror der jungen Frau das Herz, der Mann büßte all seine Anziehungskraft ein. Mit Mühe und Not entkam sie aus der Kammer.

Dann, ein wenig zu Atem gekommen, fiel ihr Blick auf die große Stahltür, von der der Weißbart gesprochen hatte.

Spatzen zwitscherten im Garten, betörende Blumendüfte schwebten durch die Luft, mitten durch den Garten plätscherte ein kristallklarer Bach. Wie verzaubert wandelte die junge Frau unter den Bäumen mit ihren prallen, reifen Früchten, zwischen den Blumenbeeten und vor den über die Gartenmauer kletternden Weinreben einher. Da tauchte weiter hinten im Garten plötzlich ein magerer junger Mann auf. Wie ein Schlafwandler stand er da und betrachtete all die Früchte, ohne sie zu sehen. Ob er Hunger hatte? Ob er sich nicht traute, die Früchte zu essen, weil der Alte sie gespritzt hatte? Da fiel ihr Blick auf den klaren Bach. Ihre Hand griff nach einem Apfel, gerade wollte sie ihn pflücken, da lugte ein Wurm aus dem Apfel hervor und blickte sie an. Sie riss die Hand zurück und ihr fiel wieder ein, warum sie in dieses Haus gekommen war, der Jüngling, den sie so gern treffen wollte, das Märchen, das sie unbedingt hören wollte, und der alte Mann. Sie ließ den Mann im Garten stehen und kehrte in den Diwan-Raum zurück.

Da sah sie den Weißbart auf dem Diwan sitzen und auf sie warten.

»Und, gefällt dir mein Garten?«, fragte er.

»Dein Garten ist wunderschön, aber deine Äpfel sind wurmstichig. Außerdem steht da ein elendig aussehender Mann im Garten. Mir war nicht klar, ob er hungrig ist oder krank.«

»Ah ja? Hast du auch in die anderen Kammern geschaut?«

»Das habe ich«, sagte sie und erzählte, was sie gesehen hatte. Dann setzte sie sich dem Mann gegenüber. »Wie auch immer, ich bin ja nicht gekommen, um mir dein Haus anzuschauen, sondern weil ich das Märchen hören wollte, nach dem ich suche, wie du weißt.«

Der Weißbart schaute der jungen Frau ins Gesicht und seufzte tief. Dann sagte er: »Liebe Tochter, das hier sind die Märchen, die man dir vorenthalten hat, der Jüngling, nach dem du suchst, ist niemand anderes als die Männer, die dir in den Kammern begegnet sind.«

Sie erschrak. »Aber nein!«, lehnte sie sich auf. »Einer ist verrückt, einer phlegmatisch, einer hat gleich mehrere Frauen und einer ist ein ungehobelter Yeti. Der Jüngling aus dem Märchen, nach dem ich suche, kann keiner von diesen sein. Erzähl du mir doch lieber einmal das Märchen.«

»Das habe ich bereits getan. Doch welches Märchen auch immer ich dir auf welche Weise auch immer erzähle, du wirst ihm stets mit deinem Wissen im Hinterkopf lauschen. Solange du aus diesem Blickwinkel schaust, wirst du den gesuchten Jüngling hier niemals finden.«

Die junge Frau sah den Weißbart entschlossen, er würde nichts mehr erzählen, notgedrungen ging sie zur Haustür. Da sah sie auf der Schwelle eine Feder des weißen Vogels liegen. Sie konnte nicht umhin, sich zu fragen: Hat der Alte es erzählt und ich habe nicht zugehört oder hat er vielleicht die Sprache der Märchen verlernt?

Man sagt, an jenem Tag hörte die junge Frau auf, nach dem Märchen und dem Jüngling zu suchen, doch sie träumt von beiden bis heute. Und weiter sagt man, der weiße Vogel klappert nach wie vor Tür um Tür ab und macht mit immer neuen Seuchen weiterhin Dörfer, Städte und Länder einander gleich.

Berlin – Istanbul, Dezember 2013